立松和平
Tatematsu Wahei
横松心平
Yokomatsu Shimpei

鳩摩羅什《くまらじゅう》

法華経の来た道

佼成出版社

鳩摩羅什

法華経の来た道

ブックデザイン　鈴木正道（Suzuki Design）
カバー装画　高山裕子

第一章　長者窮子

井上薬山和尚　10
苦しみの出口　19
潔斎の修行　28
赤いどくろ　37
ひきこもり　45
唱題行　52

第二章　霊鷲山

その僧の名は　60

鳩摩炎　67
身の危険　75
鳩摩炎の出家　82
耆婆との出会い　88
子豚の絵本　95
掃除仲間　102
常彦の正体　109
異変　116

第三章　常不軽菩薩

鳩摩羅什の誕生　124
父と見た月　130

小さな手紙 138
鳩摩羅什の翻訳 146
あなたがたを敬います 154
旅立ち 162
槃頭達多 170
父捜し 183

第四章　良医治子

母さん！ 192
白馬 200
永遠の命 208
十如是 215
空 222

受戒 229
白蓮のように最もすばらしい正しい教え 237
ハンバーグ 245
別れ 262

第五章　破戒

戦 272
小さな布施 281
呂光の陰謀 288
告白 295
あなたのそばに立っています 302
常彦の提案 310
再会 318

長安へ 326
道影 333
筆受者の選抜 340

第六章　三草二木

スバシ故城 350
幹夫の決意 358
姚顕徳 366
雅霜 373
小さな花を咲かせる 380
陀羅尼 387
妙法蓮華経 395

第七章　観世音菩薩

幻の城　404
流出　412
慧遠からの書簡　421
御柳の花　429
身近な菩薩　437
坂の向こうの青空　445
常不軽菩薩　454
あらゆる方向に顔を向けたもの　461
法華経から吹いてくる風　468
仏の道を生きる　476
願い　483

第一章　長者窮子

井上薬山和尚

夕刻になって光が失われてくるや、心に力が満ちてくる。月が出ると、月に力をもらうのかもっと元気になる。こちらの姿や顔が他人に見えなくなり、身も心も解き放たれるからだろうかと、水野幹夫は考えてみた。他人の視線にさらされるのは、鬱陶しくて嫌なことである。いつも闇の中に身をまぎれ込ませて生きていられたらいい。

これまでの幹夫の本音だった。この自分の心のことを観世音寺の井上薬山和尚には完全に見破られていることが、幹夫にはうすうすわかっていた。だからこそ幹夫はずっと年上の和尚が恐ろしい。和尚はある時命令をする口調でいった。

「お前は何をやっても長続きしない。お前は書写行をしなさい。法華経信解品《ほけきょうしんげほん》第四を一字一句間違えずていねいに写すのだ。なかなか意味はわからんだろうが、だんだんとわかってくる。少なくとも、わかりたいという気持ちが湧いてくるはずだ。優しく翻訳された解釈本なども読んでもいい。そうだな、とりあえず三度書写するのだ。一字一字手を抜かず、ゆっくりな。いくら時間がかかってもよい」

何かされるわけではなかったが和尚は物事を深く究めている恐ろしい人なので、幹夫としては逆らうことはできなかった。筆を持つなどもちろん慣れているはずがない。幹夫は墨汁を染み込ませた筆を、白い紙の上に置いていく。墨をつけすぎ、しかも筆の動きが遅いので、紙の上に染みが広がっていった。その染みから文字を引きずり出すようにして、幹夫は文字を心細く書いていく。

爾時《にじ》慧命《えみよう》須菩提《しゆぼだい》。摩訶迦旃延《まかかせんねん》。摩訶迦葉《まかかしよう》。摩訶目揵《まかもつけん》（犍）連《れん》。従佛所聞《じゆうぶつしよもん》。未曾有法《みぞうほう》。世尊授舎《せそんじゆしや》利弗《りほつ》。阿耨多羅《あのくたら》三藐三菩提記《さんみやくさんぼだいき》。発希有心《ほつけうしん》。……

和尚のいうことは何でも聞く約束だったので、幹夫は難しい字もていねいに見て、跳ねるところも点も細かなところをないがしろにせず、筆で書写していった。字はまともな形を作ることも困難であった。染みたり書き損じたがかまわず、前へ前へと進んでいった。もちろん意味などまったくわからない。それでも自分のことを本気で心にかけてくれている和尚のいうことは守らなければならないと、幹夫は我慢し何日もかけて書き進めていく。同じ一つのことがこんなにも続けられるのは、自分でも珍しいことだと幹夫は内心嬉しくなるのであった。

幹夫は自分で自分が苦しく、なんとかこの境遇から脱けだそうと一所懸命であった。かつては何をするのでも投げ遣りで、どうせなるようにしかならないのだとすぐあきらめていた。

何とか道は開けるのかもしれないと思いはじめたのは、薬山和尚に誘われて観世音寺に出入りするようになってからだ。観世音寺では毎週火曜日に講があり、メンバーは入れ替わり立ち替わりであったが、毎回十人ほどが集まって法華経を読誦し、和尚の法話を聞いたり、お互いに悩みを語り合ったりした。語り合いの最中、和尚は黙ってそれを聞いている。幹夫も自分のことを語らねばならないのだが、どうもうまく話せなかった。

「俺は生まれながらの病気をしている。損して生まれました。生まれなかったほうがよかったのかもしれません。十九歳まで生きましたが、いいことなんか一つもなかったです。これが俺の話したいことの全部です」

幹夫はこれまで悩み苦しんで生きてきて、決して単純な人生を送ってきたのではないという自負がある。まだ名前さえ知らない人の前で、自分でもよくわかっていない自分のことをそんなに簡単に話せるはずもないではないか。そう思って幹夫は話を打ち切ったのだが、和尚もその場の人たちもそのままの幹夫をそのままに受けとめてくれ、もっと話しなさいなどと追求はされなかった。幹夫はほっとすると同時に、意外な感じもした。

井上薬山和尚

両親から何度も聞かされていた。幹夫は生まれて間もなく高熱が出て、母乳も飲まなくなった。病院からは風邪だといわれたが、熱はいっこうに引かない。大きな病院で精密検査をしてもらい、腎炎と診断された。そのまま入院となり、母乳からミルクに変えられた。幹夫は一年間入院し、看護師と医者によって育てられたということになる。もちろんその時の記憶はない。

後で教えてもらったことによると、腎結核という病気で、膀胱内の尿が尿管から腎臓内に侵入し、結核菌によって感染症を起こしたということである。自分の足で歩くことができるようになっても身体はいつも怠《だる》く、母親に手を引かれて病院に通った。いつも雲の上にいるようで、自分の身体の中にいるのではないようであった。

腎臓の機能が落ちているので、塩分の濃い食べ物は食べてはいけないとされた。小学校に入っても週に一度の通院は続けられ、病院で痛くて大きな注射を打たれるので恐ろしかった。運動もとめられ、体育の時間は遠く離れて見学をした。みんなと一緒に跳んだりはねたりするのが夢だった。

高校一年生のとき、腰が痛くてたまらなくなった。吐き気があり、食欲もない。尿の流れが悪くなって尿がたまり、尿管がはれて、腰を圧迫していたのだ。水腎症と診断され、背中からカテーテルを腎臓に挿入して尿を外に出すという大手術を受けた。

それが完治しないうち、家が引越しすることになって重い荷を持っているとき、腰に激痛が走った。痺れてきて、じっとしていることもできなくなった。腰椎の椎弓という骨の一部が欠け、ずれてきて、腰椎すべり症との診断を受けて急遽手術を受けた。就職活動をしていた時期だったが身動きもできず、担任の先生があっちこっち企業にかけあってくれたものの、結局うまく就職することができなかった。赤ん坊のときに患った腎結核の症状が消えたわけではなく、いつも倦怠感に襲われていて、それが当たり前の状態だと思っていた。そこに腰痛が加わり、椅子の上で長時間じっとしていることは苦痛をきわめた。無理は三時間しかできないと、病院からは言われていた。

高校を卒業しても就職できないのでやることがなく、コンビニでアルバイトをした。だが立っていると腰が痛くなり、嫌だ嫌だと思うとなお無理はきかない。結局家でぶらぶらし、テレビを見ているしかない。家族も気を遣い、何もしない幹夫を腫れものに触るように扱い、見て見ぬ振りをした。

もちろん幹夫にしても、これでいいとは絶対に思えなかった。この場からなんとか脱出したいと願うのだが、無理は三時間しかできないという医者の言葉が、幹夫の思い切りをくじいた。起こしかけた身体を、またその場に屈めてしまう。外見からは金ばかり使ってただ無為にしているとしか見えないのだとわかっている。その一方で幹夫自身は激しく葛藤していたのである。自分に苛立ちながら苦しみの元に向かうこともあった。赤ん坊の時に病気をしたのがすべての原因である。赤ん坊の自分はなんの意思もないのだから、この苦しみの原因をつくったのは両親なのではないか。そう思うと居ても立ってもいられなくなり、自分を制御することができず、両親に向かって時折暴発した。

「こんな身体にしやがって。一生責任とってもらうからな」

苛立ちはそばにいる両親にぶつけるのが手っ取り早く、しだいに暴力性を帯びてきた。両親を直接殴るところまではいかなかったが、手当たりしだいに物を掴んでは壁や床に投げつけた。ひとたび荒れると、確かに三時間はおさまらなかった。それが過ぎると疲れ切り、物を投げる気力もなくなる。

家の中はみるみる荒れ果ててゴミ捨て場のようになり、両親はただおろおろするばかりであった。幹夫とまともに会話しようとしないばかりか、目も合わせようともせずに逃げまわっていた。

井上薬山和尚

そんなとき、突然、背筋をまっすぐに伸ばした人が幹夫の前に立った。光に包まれているようにも見えるその人は他に目を向けず、幹夫だけを見詰めて言ったのだ。

「お寺に来なさい。君の行くべき道を一緒に探そうじゃないか」

なぜかわからないのだが、その一瞬だけ幹夫は率直な気持ちになってうなずいたのであった。

お寺は街の中にあるごく普通のたたずまいである。同じ年頃の青年たちが十人余り出入りしていた。誰もが深い悩みを抱え、隠すこともなく和尚やみんなの前で語った。悩み苦しみをずっと自分の中だけに閉じ込め、そんなものはどこにも存在しないと装っていた幹夫は、他人に向かっておおらかに自分を開いて語るということができなかった。それでもここに自分のいくべき道が隠されているような気がして、また他人の語る悩み苦しみがある部分は自分のものでもあるような気がして、幹夫は観世音寺に週に一度通い続けてきた。そして、一年たった頃、法華経信解品第四を一字一句違わずに三度書写するようにと、幹夫は和尚に言われたのだった。

はじめは寺でだけ書写したのだが、しだいにおもしろいような気持ちになり、経本を家に持ち帰って書いた。一字一字に精魂を込めたつもりだった。はじめは字が乱れて読み難かったのだが、しだいに染みもなく端正と言えるほどになった。半年近くもかかり、ようやく三度の書写が完成して、幹夫は和尚に渡そうとした。

「私の部屋に来なさい。そこで受け取ろう」

和尚はこう言い、先に立って自分の居室に入っていった。満面に笑みを浮かべて和尚は幹夫の手から紙の束を受け取った。中味をひととおり点検すると、和尚は顔をあげて幹夫に言った。和尚の瞳は慈しみの色で揺れていると幹夫は思えた。

「よくやったな。苦労じゃったろう。して、少しは書かれていることの意味はわかったかな」

和尚の言葉が終わらないうちに、幹夫は顔を激しく左右に振った。難しい漢字ばかりで、どこに入口があるのか見当もつかない。相変わらず微笑とともに和尚は言う。

「ここに語られているのは、少しも難しいところのない物語でな。こういう物語だよ。ある息子が父親のそばを離れ、諸国を流浪して五十年たった。ひどく貧乏で、仕事を求め、衣のために四方をさまよい、ある町にやってきた。父親も子どもを探して他国に出ていくうちに、蔵を持つようになった。金、銀、宝石、瑠璃、珊瑚などの宝石を所有し、象、馬、牛、羊をたくさん持って、使用人や従者を大勢従え、その国の中でも大富豪の長者になっていたんだな。

息子が食べ物や衣服を求めてたまたま長者の邸宅にやってきた時、服装が立派で威厳のある長者を見て恐怖におののき逃げようとした。長者の父親は一目で息子だと気づき、使いの者に連れてくるように命じたんだ。ひっ捕えられると思った息子は、気絶してしまう。

息子は心が卑しく、自分の栄華に恐れを懐いていることを父親は知ったんだな。放してやると息子は貧しい人の中に入っていこうとするので、父親は顔色の悪い貧相な男を二人雇い、二倍の賃金で雇うからこの家で働かないかと誘うよう申しつけた。どんな仕事かと問われたら、自分と同じく便所の糞尿の汲み取りをするというように頼む。こうして息子は父親の屋敷の近くの藁小屋に暮らしはじめた。父親は屋敷の窓から息子が汲み取りの仕事をしているのを見守るんだ。

息子は二十年間便所の汲み取りをし、しだいに父親の屋敷の中に自由に出入りするようになるが、相変わらず藁小屋に住んでいた。自分は貧乏だと思い続けている息子は、無欲で、麦一升さえも自分のものにはしなかった。老衰し重病になった父親から息子は家財の管理をまかされたが、藁小屋に住んでいることは変わらず、長者の財産を自分とは無関係だと思い続けていたんだな。

やがて父親は息子が財産を受けるにふさわしい人間として成長したことを知る。息子の心は磨かれて謙遜で、かつての身も心も貧困な時を強く恥じて嘆息しているのを感じた父親は、自分の死の枕元に息子を呼び寄せ、大勢の親族に紹介してから、王や大臣や町の人々の前で宣言したんだな。

『この男は私の家の息子です。私の財産はすべて、息子に譲ります。私の財産については、細々としたものまでこの子は知っている』

息子は驚き、不思議の念を抱いてこう思った。

『自分は突然、財産の穀物や黄金であふれた蔵を得たのだ』」

和尚の話を聞きながら、ここには人を拒絶するような難しい漢字でこんなことが書かれていたのかと幹夫は驚いた。こうして意味を知ってみると、まるで突然財産や穀物や黄金であふれた蔵をもらったみたいではないか。

苦しみの出口

ここで一息つき、和尚は自らポットの湯を急須につぎ、幹夫のためにお茶を淹れてくれた。幹夫はもったいないというような感情を持った。思えば自分のためにこんなにていねいな動作で茶を淹れてくれる人は、母親より他には思いつかないのであった。幹夫が一心に見詰めているのを感じた和尚は、ふっと顔を上げ、微笑で揺れる柔和な視線を幹夫に向けてきたのであった。幹夫の緊張を溶かすようにである。

一瞬、幹夫は自分が光に包まれているように感じ、心臓を高鳴らせた。和尚に言われたとおり法華経信解品第四を一字一句違わず三度書写したのは、きっとよいことなのだと思えた。和尚は自分で淹れた茶をまず飲み、幹夫にもすすめた。まだずいぶん緊張してはいたのだが、幹夫は率直な気持ちになって両手で茶碗を口のところに持っていき、熱い茶を少しずつ啜った。これで幹夫は相当に心を落ち着けることができた。

「これを長者窮子の譬えという。水野君、この物語を聞いて君はどんな感想をもっただろうか」

和尚がいつもの通り穏やかな口調で聞いてくる。いつもなら幹夫はここで下を向いて沈黙してしまうところだが、書写行を三度もやりとげたのだという自信が、口を動かした。

「はい。二十年間便所の汲み取りをした息子は、まるで自分のようだと思いました」

「うむ。ここに書かれているのは、単なる空想による物語というのではない。我々の現実の中に確かにある物語だ。だから君は自分のようだと感じたのだな」

幹夫が黙ってうなずくと、和尚もうなずいて続けた。

「二十年間汚物の掃除をしたということは、長い長い修行をしたということだな。ひとたび虚無の中に入ってしまったら、そこから浮かび上がるのは簡単ではない。虚無の底に沈んでしまっているという自分の状態も理解できない。長者である父親が巧みに誘導してくれたからこそ、浮かび上がることができた。君にもこの父親が必要だな。いや、早合点してもらっては困る。私は父親ではない。ただ方向を示しているに過ぎない」

身体が三時間しか無理はできないということは変わらないだろうが、この苦しみの出口に向かって、幹夫はのそのそと歩き出している自分を感じた。それは生まれてからこのかた感じたことのない希望のようなものであった。和尚は続けた。

「さて、次の修行にいこう。君は市内の公園のトイレ掃除をするんだ。何箇所でもいい。君が決めればよい」

こう言われても、幹夫は驚かなかった。黙って深くうなずいた。

まず計画を立てるようにと和尚には言われたので、さっそく幹夫は市内を歩いて公園をまわった。ここに公園があったはずだと目星をつけていくのだが、記憶が違っていたのか、公園は見つからなかったりした。公園はあっても、トイレがなかったこともあった。

近所の人が掃除をするのかトイレットペーパーが備えつけられきれいに使われているところもあったが、ほとんどはひどく汚れていた。異臭がして、近寄るのもためらわれた。こんなものを何故、自分が掃除しなければならないのだと心の奥で疑問に思わないこともなかったのだが、和尚に修行だと言われたからには、やらないわけにはいかない。もし逃げたとしたら、書写行をはじめる以前の他人を憎むばかりのあの闇の中に自分が戻るしかないことがわかっていた。微かに見えたあの光を見失いたくない。和尚に見放されたくない。

最初に見た公園があまりにも汚れていたので、臆する気持ちと、新しい修行を始めようと意気込む気持ちが、半分半分であった。男の小便器は全体が黄ばみ、煙草の吸い殻が捨てられるので底に小便が溜まり、しかもその小便は腐っていた。大便器のほうは汚物が黒く固まりついて、全体を交換したほうが早いようだった。これを掃除するのは、実際に大変なことだ。

幹夫はとりあえず汚れの少ない便所を三箇所選んだ。そのうちの一箇所は近所の人の手で掃除されているのか、水をかければいかにも掃除したようになりそうなところであった。幹夫は市街地図にその場所の印をつけ、毎週火曜日にある観世音寺講に持っていった。

「こんなに少なくては修行にならない。とにかく十箇所を決めなさい。何日かかってもよいから、一箇所ずつきれいにしていくんだ。最初から逃げ腰では、修行にはならん」

書写行が満願したときのやさしさをまったく見せない和尚に、冷たく突き放された。以前の幹夫なら、もうここで間違いなく駄目になった。せっかくやってきた道をまた後戻りして、いつも同じところをぐるぐる回りつつ、際限もなく後退していった。それを繰り返してきたのだった。あげくの果てに、どうしたらよいかわからなくなり、まわりを恨んだ。今は自分がぎりぎりのところにいるとわかる。

また幹夫は公園をまわり、あれこれ選ばず、家に近いところから十箇所に印をつけた。観世音寺を取り囲む形になった。次の火曜日に見てもらうと、和尚はさっそくはじめなさいと言い、ポリバケツと柄のついたタワシとゴム手袋とを渡してくれた。どれもが新品で、和尚はあらかじめ準備しておいてくれたことを幹夫は知る。幹夫が怖じ気づくとは思わず、つまり信用してくれていたのだ。

「とにかく、一つ一つていねいにな。自分の心が満足するまでやりとげなければならない」

和尚はポリバケツを持って帰ろうとする幹夫の肩に手を掛け、幹夫の瞳の奥をのぞき込むようにして言った。観世音寺講に集まってくる仲間たち何人もに、幹夫は見られていた。そのみんなが幹夫を励ますようにうなずいていた。

いつどこでどうするかは、全部自分が決める。それは同時にあまりに自由な虚空の中に放たれることであった。細かなスケジュールを和尚に決めてもらったほうが、どれほど楽かわからない。

幹夫が自分自身に対して決めたのは、観世音寺講のある毎週火曜日の二時間前から掃除をはじめ、それから寺に行くということぐらいだ。掃除にも寺にも行きたくない日もあるだろうなとは思う。秋も深まって、これからいっそう寒くなる季節であった。

母には今から何をするか説明だけはしておいた。母は目にうっすらと涙を溜め、しっかりやるんだよと言っただけだった。幹夫が本当にやり切れるのか、心配というより不安になっている様子だ。やり切れるかどうか、幹夫は自分でもわからない。毛糸の帽子をかぶり、防寒のジャンパーを着て家を出た。もちろん清掃道具は持っていく。家を出たとたん、木枯らしに巻かれてぶるっと震えがきた。

空にはわずかに明るみが残ってはいたが、すでにまわりは暗かった。歩きだしたばかりには感じなかったのだが、少し街の中をいくと、ポリバケツを下げている自分の姿が窓に写って、幹夫には恥ずかしく感じられた。命じられた修行をやり抜くのだという強い決意と、意味もない虚しいことをしようとしているのだとの疑問が、相変わらず交互に湧き上がってくるのであった。

窓に明かりの灯った住宅の中に、森というほどではないのだが木立に囲まれた小さな暗い公園があった。砂場には象やキリンのすべり台が設置され、お定まりのベンチや水飲み場があった。片隅に電灯がついた便所がある。特に汚れているようにも感じるのだが、どれも似たようなものだといえばその通りだった。家から一番近いこの共同トイレが、幹夫の最初の修行の道場であった。

水飲み場でバケツに水を汲んでいく。なみなみと汲み過ぎたので、歩くごとにこぼれた水がズボンの裾と靴を濡らす。次からはゴム長靴をはいていこうと幹夫は反省する。家にはゴム長靴はないから、新しく買わなければならない。街の靴屋かスーパーでゴム長靴を売っているかどうかわからなかった。

まず男子用小便器から取りかかる。近づくにつれ小便の目を刺す腐ったような刺激臭に包まれ、汚れのひどさに絶望的な気分になる。息をとめて便器の前に立ったのだが、たちまち苦しくなってふらっと息をついてしまった。腐った臭気が肺の奥まで入り、一瞬にして幹夫は自分が汚れてしまったような感じさえした。

これができなければあの閉じられた苦しいあの場所に戻らなくてはならない。せっかく出会えた和尚からも見放されるかもしれない。自分でもよくわからないいろんな妄想が同時に胸の中に渦巻いたのだが、幹夫はその渦中にいる自分を案外冷静に感じることができた。自分のためにやることが、公園のトイレがきれいになれば多くの人が喜び、結局みんなのためになる。幹夫は自分が選ばれてこの場所にいるような気がして、思わず汚れた便器に向かって合掌していた。それから柄つきのタワシをバケツの水の中にひたすと、屈んで便器をこすりはじめたのだった。

尋常な汚れではなかった。黄色い汚物は幾層にもなって上のほうまでこびりついている。下のほうが汚れはひどくて、便器の底には煙草の吸殻やごみとともに、腐った小便が溜まっているのであった。これを流さないことにはどうにもならない。吸殻を挟んで出すため箸のようになる木の枝でもないかと公園を探してみたが、樹木は剪定がすんだばかりで手が届くところに適当な枝はない。

結局便器の前にしゃがみゴム手袋をした手を小便の中にいれ、吸い殻やガムのかみかすをビニール袋にとった。刺激臭が鼻腔を突き上げ、顔をそらしたくなった。それでも小便は流れないので、便器の底の穴に指をさした。指がもぐっていく柔らかな感触は気持ちのよいものではなかったが、濁った小便は少しずつ吸い込まれていく。それとともに幹夫の胸の中でも空気が流れはじめたようで、何となく清々《せいせい》してくるのであった。

しゃがんで、便器の下のほうをこすった。臭いには多少慣れてきたようだった。黄色っぽい汚水が流れて底の穴に吸い込まれていくのが見えるので、汚れが少しずつ落ちているのはわかる。だが汚れを一枚落とすと下から次の汚れが出てくるという具合で、本来の便器の白い地肌が現れるというところまではほど遠い。こんなにも汚れているとは幹夫にも驚きであった。幹夫自身もこの便器で小便をしたことはあったが、自分に触れるわけではないので、出してしまったあとのことまで知ったことではなかった。

便器をこすったタワシを、ポリバケツの水につける。水はたちまち汚れるので、便器の中に流す。水の吸い込みをよくするため、便器の底の穴に何度も指をさし、円型の溝になったところから詰まり物をほじくって出す。水は吸い込みがよくなった。

幹夫がバケツに水を汲みに行っている間に、男が便所に入っていく後姿が見えた。便所に戻ると、男は幹夫が清掃中の便器で用を足しているのだった。幹夫はトイレの入口に立って待った。男はチャックを上げてから向き直り、水の入ったバケツをゴム手袋をした手で持っている幹夫を見て怪訝な表情をつくり、何度か振り返りつつ闇の中に消えていった。

幹夫は男が汚した分を水をかけて流すと、続きに取りかかった。新しい小便の臭いが胸についた。懸命にタワシでこすっては流す。暑くなってジャンパーを脱いだ。一つの便器の中をきれいにするだけで、大変な時間がかかることを知った。この公衆トイレだけで、小便器が二つと大便器が一つある。隣に女性用のトイレがあった。どうせならきれいにしたい気持ちはやまやまだが、どんなに善意であっても男の幹夫が夕方女性用トイレに出たり入ったりして掃除をすれば、誤解を呼んでしまうかもしれない。男便所だけやるにしても、一箇所だけで何日もかかる。どうせなら誰もが喜ぶほどきれいにしたいものであると思いはじめた。これを十箇所やりとげるのは大変なことだと、今さらながらに幹夫は知るのであった。

講に顔を出したいので、幹夫は間に合うように作業を切り上げ、バケツとタワシとゴム手袋をていねいに洗った。汚物を入れたビニール袋は口を固く結び、家に持っていく。水飲み場の手洗いで顔も洗い、水を少し飲んだ。腰に下げていたタオルで顔や手を拭きながら、これからは石鹸も持ち歩こうと思った。

見上げると罅《ひび》割れのような裸木の枝の影が写る空に、星が瞬いていた。星は数えられるものではなく、まるで粉を撒いたようにたくさんあった。人に知られたくてやっているのではないが、この修行を誰かが見ているに違いないと、幹夫は改めて強く感じるのであった。

潔斎の修行

臭いには慣れていくものだということを体験した。最初の腐った小便の刺激臭は頭の芯がしびれるほどに強烈だったのだが、いつの間にか気にならなくなっていた。作業は思ったようにははかどらず、小便器一つも掃除しきれなかった。きちんと洗ったといえばその通りなのだが、幹夫自身が満足したわけではない。そうではあるのだが、どうやら修行の入口に入れたのだという安堵感はあった。自分自身はそう思っていても、他人、たとえば観世音寺に集まる観音講の仲間はどうとるだろうかと考えると、幹夫は不安にもなってくる。

煙草の吸い殻やガムのかみかすなどはビニール袋にいれ、口を縛って、ポリバケツの中にいれてきた。みんなの手によってきれいに清掃された観世音寺に、汚物のビニール袋やタワシをいれたバケツをさげ、公園の水道でよく洗ったとはいえ清掃のときに使っていたゴム長靴をそのままはいていってよいのだろうかという逡巡が、幹夫にはあった。バケツは迷ってから本堂横の敷石の上に置いた。長靴はそのままはいていくしかない。もちろん着ているものもそのままでである。

和尚の言う通り、困難な修行の第一歩をはじめたのに、幹夫にはまったく自信というものがなかった。とにかく一日はできたという安堵感があるにはあったのだが、高ぶりというものはまったくない。幹夫が書写した法華経信解品第四に出てくる長者窮子のように、父親である長者の屋敷で二十年間便所の汲み取りをした息子はまったくこの自分ではないかと、幹夫ははっきりと思った。息子は藁小屋に二十年間住んで便所の汲み取りをやり抜き、金、銀、宝石、瑠璃、珊瑚、象、馬、牛、使用人、従者すべてをもらうのだが、それはあくまで譬え話の中の出来事で、自分は何ももらえないだろうと幹夫は確信する。なぜなら、自分は長者の息子ではないからだ。幹夫の父親も母親も、平凡で、どちらかといえば貧しい人間である。

前からの癖で、何につけどうも幹夫はすべてを疑ってしまう。そうなるのも、これまでたいしてよいことがなかったからだと思った。悪いほうへ悪いほうへと考えが向かってしまうのは、これまでいつも悪いほうに事が向かっていったからで、自分のせいでは決してない。

「今晩は」

うしろからきた講のメンバーに声をかけられ、幹夫はなんとか返事をする。

「今晩は」

いつも通りで何も変わっていない。メンバーが次々とやってきて、今晩はと幹夫に挨拶をしてくる。幹夫も声を返しながら、爪先を外に向けて長靴を脱いだ。長靴は公園の水道でことにきれいに洗ってきたので、便所掃除をしてきたとは誰も気づかないはずである。それでも幹夫は靴下を脱いで裸足でスリッパをはいた。汚れが靴下に染みついているとも感じられたからである。

本堂では座布団が並べられ、いつもの講の仲間がすでに集まっていた。座布団の前には団扇《うちわ》太鼓《だいこ》と撥《ばち》と法華経の経本が全体に同じように揃えて置いてあった。誰よりも早く来て準備をすることを自分の修行としている人もいるのだ。幹夫は自分の指定席ともいうべき一番後方で端の席に正座をした。誰も幹夫のことを気にしなかった。ということは、気になるほど便所の臭いはしないということである。どうも自分はおどおどしているなと幹夫は思うのだが、これが性格なのだから仕方がない。

やがて紫色の法衣と袈裟を着けた井上薬山和尚が姿を現わして宝座につき、低い声で唸りだした。何を言っているのかわからなかったが、幹夫は背筋を伸ばしてじっと正座を続けていた。やがて和尚の大声が響きわたった。

「妙法蓮華経、方便品、第二ーっ」

爾時世尊《にじせそん》。従三昧安詳而起《じゅうさんまいあんじょうにき》。告舎利弗《ごうしゃりほつ》。諸仏智慧《しょぶつちえ》。甚深無量《じんじんむりょう》。其智慧門《ごちえもん》。難解難入《なんげなんにゅう》。一切声《いっさいしょう》聞《もん》。辟支仏《びゃくしぶつ》。所不能知《しょふのうち》。所以者何《しょいしゃが》。仏曾親近《ぶつぞうしんごん》。百千万億《ひゃくせんまんのく》。無数諸仏《むしゅしょぶつ》。尽行諸仏《じんぎょうしょぶつ》。無量道法《むりょうどうほう》。勇《ゆう》猛精進《みょうしょうじん》。名称普聞《みょうしょうふもん》。成就甚深《じょうじゅじんじん》。未曾有法《みぞうほう》。随宜所説《ずいぎしょせつ》。意趣難解《いしゅなんげ》。……。

（その時、世尊は気持ちを新たにして瞑想三昧から立ち上がり、舎利弗長老に話しかけられたのです。

「舎利弗よ、仏の智慧はあまりに深くて、限りがあるものではない。完全な悟りを得た阿羅漢である如来たちの智慧は、声聞や独覚には理解しがたい。正しい悟りを得た如来の智慧は、百千万億もの無数の仏陀につかえて修行し、勇猛精進して百千万億もの仏陀がしたとおりの修行をして、長いこと至上の悟りに向かって歩み続け、甚深なる未曾有の法を完全に自分のものとしたものだからである。……。」）

幹夫はまわりのみんなと何とか声を揃えながら、団扇太鼓を力一杯叩いた。太鼓の皮も破れよ、撥も折れよとばかりに叩いていると、幹夫はまだ完全に理解したとはとうてい言えないのではあったのだが法華経の世界に、柔らかく抱きしめられるような気がした。

続いて如来寿量品第十六、如来神力品第二十一、観世音菩薩普門品第二十五を読誦し声の限りお題目を唱えると、小一時間はたっているのである。

いつものことだったが、最後に薬山和尚が宝座から降りてみんなの前に立ち、説法をはじめる。力一杯唱えたお題目が、今でも虚空で渦を巻いているように感じた。

「どうぞお足を楽にしてください」

和尚はにこにこ笑ってはじめに必ずこのようにいう。まわりの人たちと同様幹夫も固まってしまったような膝を緩め、脚を指で揉みながらあぐらをかく。少しずつ血液の流れはじめる気配があった。みんなの頭の揺れがおさまるのを待って、和尚はひとわたり周りを見回してから、説法をはじめる。

「今から千四百年も前、日本では聖徳太子によって法華経が説かれはじめた頃のことです。中国では唐といっておりました。中国のある地方に行ないを積んだ尼僧がいて、法華経を信仰し、毎朝と晩に心から法華経を読誦していたのです。あるときその尼僧は書に巧みな一人を探し出し、一般より何倍もの手間賃を払って写経をしてもらうことにしました。

その際に改めて浄室を建て、尼は起きるたびに沐浴をし、衣に香を焚きこめました。写経を行なう浄室には、壁に外に通じる穴をあけて一本の竹筒を通し、写経をする人には息を吐こうとするたび竹筒を口にくわえ、壁の穴から息を外に出すようにしたのです。それほど清浄に気を遣って書写した七巻の法華経は、八年後に完成しました。完成した法華経は大勢の人を招いてことに盛大に供養し、寺の最も安全なところに保管してことのほか大切にしていました。今は法華経は印刷されたものがどこにでもありますが、昔は一字一字書写したのだから、ことのほか大切にしたのですな。

ある高僧は毎日たくさんの僧を集めて法華経の講義をしておりました。しかし、どうしても解けない疑問点があり、かの尼の法華経は厳密に校訂されたものであるから、弟子をやってどうしてもそれがほしいと言いました。お金をどれほど積んでもよいと言ったのですな。

尼は苦労して書写をさせた法華経であるから、相手がいくら高僧であっても譲る気にはなれず、その弟子に断りました。断りをいれるのも、尼にしたら当然です。するとその高僧は強い言葉で尼をなじったのでした。恐ろしくなった尼は、仕方なく自分で持っていった法華経を直接その高僧に手渡しました。しょんぼりする尼に対して、かの高僧は大いに喜んだのでありました。

高僧が改めてその法華経の巻物を開いてみると、まったく文字がありませんでした。文字が書かれていない黄色い紙があるだけでした。それが何を意味するかを知って恥ずかしくなった高僧は、釈迦如来に対しても懼《おそ》れを抱き、すぐさま弟子に持たせて尼に法華経を返しました。

尼は泣きながらその法華経を受け取りました。経を納める函を香水で洗い、沐浴潔斎して経巻を頭に戴いたのです。それから釈迦仏のまわりを礼拝しつつ七日七夜の礼拝が終わって経を開いてみると、法華経の文字はまったくもとの通りにあったということです」

薬山和尚は強い言葉でこう言うと、目に強い光を込めたままであたりを見回した。何か重大な決意でも秘めているかのようであった。まわりのみんなは、和尚の態度に幾分の懼れを感じた。幹夫も同様であった。和尚は瞳に宿る光を幾分弱めていう。

「法華経を読誦するときには、昔の人は命を懸けて読んだのです。最近このような霊験がないのは、潔斎が不充分だからなのです。もちろん潔斎というのは、沐浴して身体を洗ったり、香水をかけることですが、それだけではありません。水は必ずしも浄らかではなく、もともと不浄なものでもない。人の身体も必ずしも浄らかではなく、もともと不浄なものでもない。水は決して有情ではなく、無情ではない。人の身体もまた有情でもなく無情でもなく、物質現象はすべてこのようである。釈迦が説かれたことは、このようである。水によって身を浄めるのではない。釈迦の教えにより仏法を保つことによって、この潔斎の作法がある。身と心を浄めることによって、釈迦の身心を我が身心に親しく受けとめ、釈迦の説く一句を身心をもって理解するのである。釈迦の智慧の光明を明らかに保つとき、本来の仏性は身と心に余すことなく現れる」

不思議なこととしかいいようがないのだが、幹夫には和尚がこれまで聞いたことのない語彙で語っていることが理解できた。あるいは理解できたような気がしただけなのかもしれない。和尚が一瞬幹夫のほうを見て微笑したのがわかった。急に和尚は口調を改めてまわりの人に優しい口調で語りだした。

潔斎の修行

「潔斎の修行とは、きれいなものばかりに囲まれなければならないというのではないのですよ。汚れ切ったものを、かつてきれいだったころに少しでも戻そうというのも、潔斎の修行なのです。私たちの今日の社会では、かの唐の尼僧が浄室をつくって書写させたような法華経は、実はいたるところにあります。汚れているならば、その汚れを少しでも落とそうと努力するのが、私たちのやるべき修行ではありませんか」

こうしてその日の説法は終わり、いつもはここで解散なのだが、何人かが残って本堂の清掃をはじめた。七、八人ほど残ったうちの、幹夫もその一人だった。和尚の説法が我が身と心に染みたのである。三十分ほど箒で掃き、乾いた雑巾で空拭きしてから、みんなはそれぞれ家路についた。幹夫も便所掃除のバケツやタワシをさげて歩いていったのだが、そのことで何かを言ってくる人はいなかった。

講のある日もない日も、幹夫は便所掃除にまわることにした。家にいても何もすることがなく、ぶらぶらしていても悪いことを考えてしまうからだった。これまでのことを考えれば、どうせ嫌になってしまう日がくるのはわかっていたが、そうなるまでは和尚に言われた修行をやり抜く気になっていた。それにこの修行はとても尊いことだと思えたからだ。

人に顔を見られることが嫌だなどということはなく、幹夫は明るいうちに道具を持って家を出た。一箇所の公園の男便所の掃除がすむのは、どんなに一所懸命やっても一週間はかかりそうだった。もちろんのことだが、短期間にすませるのが重要なことではない。一つ一つを満足いくまでにていねいに掃除をし、十箇所を最後までやり抜くことが大切なのだ。

公園では近所の十人余りの保育園児が保育士さんに連れられてきたところだった。園児たちはロープで輪をつくり、全員がその中に入ってがやがや騒ぎながら移動してくる。保育士さんはそのまわりを取り囲んでいるのだった。幹夫と同世代の保育士たちは、砂場の前にある水道の蛇口をひねりバケツに水を汲んでいる幹夫に、いかにも不審そうな目を向けてくる。そんな視線には慣れていたし、保育士なら子どもたちを守るのが仕事なのだと理解した。

こちらのほうからこんにちはと普通に挨拶すればそれですむことだとわかっているが、幹夫にはその軽さを示すことができないのだ。

昨日途中まで洗った男子用便所にバケツを傾けて水をかけ、その正面に幹夫は膝を折ってしゃがみ、汚れに向かってこすりはじめた。白い光が汚れの底にあることがわかった。

赤いどくろ

毎日、幹夫は公園のトイレ掃除を続けた。もうこれ以上はないと満足のゆくまで磨きあげると、今度は便器の周りの床や壁の汚れが気になりはじめた。薬山和尚が渡してくれた、柄のついたタワシだけでは心許なかった。バスに乗ってホームセンターへ出かけることにした。

バスの中では、制服に身を包んだ女子高生たちが大きな声で話していた。

「何それ。めっちゃうける」

髪をポニーテールに結んだ、目の大きな女の子がそう言って笑い出すと、仲間たちも大笑いをした。幹夫は、彼女の笑顔にみとれていた。柔らかそうな唇の間から、真っ白な歯が垣間見えた。

かわいいなあ、と幹夫は思った。あんな子と仲良くなりたい。いや、自分には彼女などできるはずはないと、すぐに思いなおした。

ホームセンター近くの停留所に、バスはとまろうとしていた。幹夫は降車口に向かって、女子高生たちの横をすり抜けていった。甘くよい匂いがした。匂いをふりきるかのように、幹夫は足早にバスから降り、ホームセンターへと走り出した。

買い物をするのは久しぶりだった。工具、じゅうたん、バケツ、洗剤、金魚など、ここにはなんでもあると、幹夫は思った。どこに何が置いてあるのかわからず、店内を三度歩き回った。柄の長いデッキブラシを見つけた。

公園へ行き、デッキブラシをバケツの水に浸し、トイレの壁に向きあい立ったとき、体の中に力が膨れあがってくるのを感じた。もちろん、腎炎による倦怠感は隠しようもなく常に全身につきまとう。だが、だるさを出発点として考えられるようになっていた。以前は、健康な家族や同級生と比べていたのだ。今は自分が置かれている状態を受け入れている。

トイレ掃除を続けていると、しばらくは痛いところもなかった。もしかしたら調子のよいままで終えられるのかなと思った。だが、しばらくデッキブラシに力をこめて床をこすっているうちに、腰の痛みが強くなってきた。それも今の幹夫には、掃除を切り上げる合図だと思える余裕があった。

観音講がない日はまっすぐ家に帰った。幹夫が帰宅すると、母は必ず家にいた。

「おかえりなさい」

「ただいま」

幹夫は快い疲れのせいか意識もせずに答えたのだった。

幹夫の言葉を聞いた母は泣き出した。最近では、ごく普通の返事さえも、幹夫はしなくなっていたのだ。泣き顔を見せまいとして台所へ駆け込んだ母は、床にしゃがんでしばらく泣いていた。

結局、最初の公園のトイレをすっかりきれいにするのに、二十日間かかった。休む間もなく幹夫は、すぐに次の公園に向かった。こちらのトイレは広い道路に面しているため、車や人の往来が激しく、これまでよりもさらに汚かった。いっそのこと、丸ごと新品に取り替えてしまいたい。そんな考えが頭によぎった。

幹夫は薬山和尚の説法を思い出した。

「汚れ切ったものを、かつてきれいだったところに少しでも戻そうというのも、潔斎の修行なのです」

和尚の言葉に勇気づけられて、幹夫は敢然と便器に向かっていった。磨けば磨くほど、便器は白くなっていった。トイレ掃除が修行であるということが、わかってきたような気がした。

陽気が暖かくなる頃には、六つめの公園に通うようになっていた。小さな工夫を重ねるうちに、掃除の技術は少しずつ向上していた。

まず、持参した割り箸で便器の底に溜まったゴミを取り除き、ビニール袋に集める。排水口をブラシでこする。水を流してみる。流れが悪ければ、割り箸を穴に差してつまりをなくす。

インターネットで調べると、重曹でトイレをきれいにできる、と書いてあった。自分の体調に不安があるので、劇薬であるような洗剤は使いたくなかったのだ。重曹と液体石けんと酢を混ぜて、クリームクレンザーを作った。ゴム手袋をはめて、便器の中に塗りつける。三十分待つ。ブラシでこすると、白いクリームが黄色くなった。水を流すと、美しい便器が現れた。その瞬間、晴れ晴れとした気分になった。掃除を終えたトイレには、トイレットペーパーを買ってきて備えつけた。

ある日、このトイレもそろそろ卒業だなと思いながら公園に行った。トイレの建物が見えてくると、外壁に、見慣れない赤色の文字があった。

思わず幹夫は駆け出していた。

真っ赤なスプレーラッカーによって、「武羅苦参上」という文字が外壁に描かれていた。近づいていくと、入口の上にある蛍光灯が割られている。

幹夫はトイレの中に入った。トイレットペーパーが散乱し、床といい壁といい、あちこちから小便の臭いが立ちのぼっていた。便器の周りには糞があった。

激しい怒りが吹き出してきた。トイレの中に充満した悪意を全身の皮膚から吸収した。トイレを荒らしたやつを捕まえてやる。そう思って外に出た。

生暖かい春めいた風に当たり、大きく息をついた。なぜこんなことをするのだ。自分に向けられた攻撃ではないか。そう考えながら、赤い文字をじっと見つめているうちに、自分はトイレ掃除を仕事としているわけではないことを思い出してきた。

いや、これは自分の修行なのだ。他人が何をしようと関係ない。自分が何をするかだけを考えるべきなんじゃないか。

「よし」

独り言を言って気合いを入れ、トイレの中を片づけはじめた。ゴム手袋をはめ、濡れて溶けかかったトイレットペーパーを、集めてビニール袋にまとめる。バケツに汲んだ水を壁と床にかけて流す。便器の周りの糞もトイレットペーパーでつまみとり、トイレに流す。ブラシでこする。すぐに元通りにきれいになった。一度、きれいに磨きあげた便器も壁も床も、そう簡単に汚すことはできないのだと、幹夫は自信を取り戻した。掃除に没頭しているうちに、いつのまにか怒りは消えていた。

いったん帰宅して夕食を食べてから、幹夫は大型の懐中電灯を持って、公園に戻ってきた。夜の公園には街灯が灯っており、羽虫が群がっていた。それを食べようとしているのか、小さな蝙蝠が飛んでいる。懐中電灯のスイッチを入れて照らしながら、幹夫はトイレの中に入ってみた。昼間、きれいにしたままだった。

トイレから少し離れたベンチに座る。ここにいれば、トイレからは幹夫の姿を見ることはできない。懐中電灯を消し、見張りはじめた。

一時間ほどたった頃、人の気配を感じた。緊張して目を凝らしていると、黒い犬を連れた男が歩いてきた。犬は欅の根元に小便をすると、男とともに公園から出ていった。

それから二時間、怪しい人物は誰も現れなかった。もう帰ろうかと思いはじめたとき、けたたましいエンジン音が響いた。続いてバイクのライトが、公園の樹木や遊具を照らした。十台ほどのバイクが公園の入口に集まっていた。車道にも広がっており、走ってくる車は迷惑そうによけて行った。公園の反対側には住宅が連なっており灯りがついていたが、騒がしい来訪者を無視することに決めこんでいるようで静まりかえっていた。

エンジンを空ぶかしする音の奥から、男の声が聞こえてきた。

「なんだよ。また描くんか？」

幹夫からはよく見えなかったが、自分とそう変わらない、若い男のようだった。

「チーム・ブラックのマークだ」

別の男が答えた。

トイレを荒らしたのはこいつらなんだ。そう思うやいなや、幹夫は立ち上がっていた。トイレへ近づいていくと、バイクのライトに照らされた若い男たちの姿が見えた。一人の少年がスプレーラッカーを手にして、トイレの外壁に赤いどくろの絵を一つ、描いていた。

幹夫はあまりに興奮して、怒りをどう表現したらよいのか、わからなくなってしまった。少年に近づいていく。髪を黄色に染めた少年の顔には、幼さが残っていた。

歩み寄る幹夫に気づいたのは、少年のそばにいた、少し年長に見える背の高い男だった。目つきが鋭く、見る者すべてに飛びかかりそうな気配を発していた。

「なんだ、てめえ！」

男は幹夫の肩を突き飛ばした。幹夫はよろけたものの、踏みとどまった。男を無視してトイレへ向かって歩く。

突然、太った男が幹夫の前に出てきて、胸ぐらをつかんだ。幹夫はとっさに男の腹を殴った。男は幹夫をつかんでいた手を放した。その隙に、幹夫はトイレに向かって駆け出した。

トイレの壁では、赤いどくろが醜悪な表情をさらしていた。幹夫の目には、どくろしか入っていなかった。あいつを消してやる。

右腕を捕まえられた。左腕も固められた。それでも前に進もうとした。腕を振り払おうとした。足を蹴り上げた。空を切った。

拳が飛んできた。頬を殴られた。もう一発、殴られた。

「消してやる」

と幹夫は叫んだ。男たちは無言で幹夫を殴り続けた。時折、笑い声が聞こえた。

「やめろ」

幹夫が言った声は、ひどくかすれていた。ももを蹴られた。それから太った男に腹を殴られた。

幹夫は太くうめいて地面に崩れ落ちた。首をもたげてトイレのほうを見ると、少年がどくろを描き続けているのが見えた。「ちくしょう」と言おうとしたが、声にならなかった。

頭の中が寝返りを打ったように回転した。そのまま幹夫は意識を失った。

ひきこもり

体のあちこちが痛む。指先が土を掻いた。公園の地面に倒れたままだった。どれくらいこうしていたのだろう。幹夫は目を開けた。のぞきこんでいる二人の男が見えた。

年配の男と、若い男だった。また殴られるのだと思い、反射的に目をつぶって身をすくめた。

「君、立てるかい？」

聞こえてきたのは、意外なことに静かな声だった。よく見ると、二人は警察官だった。

近隣の住民が通報したのだった。二人が到着したときにはすでに、若者たちは消えており、幹夫一人が倒れていた。

幹夫は若い警察官の手を借りて立ち上がった。ももも膝もすねも痛むが、何とか歩けそうだ。トイレがどうなっているのか知りたかった。右足を引きずりながら、歩きはじめた。

「君、ちょっと交番まで来てくれないか？」

「少し待ってください」

体が痛いのでゆっくりと振り返って、幹夫は答えた。一歩進むごとに痛みが襲ってくる。それでも執念のほうが勝っていた。俺のトイレを見に行くんだ。少しずつ、少しずつ、トイレが近づいてきた。入口の電灯が割られているので暗かった。

トイレの外壁が、ライトに照らされた。年配の警察官が懐中電灯をつけたのだった。暗闇の中から、無数の赤いどくろが浮きあがった。

「ちくしょう」

幹夫はどくろをにらみつけながら、低い声でつぶやいた。

二人の警察官が幹夫に肩を貸し、公園の入口まで連れて行った。停めてあったパトカーの後部座席に、年配の警察官とともに座らされた。

「君、名前は？」

「水野幹夫です」

「水野君、交番で事情聴取をさせてくれませんか？」

幹夫は黙ってうなずいた。考える気力が失せていた。ただ、目の前に赤いどくろだけがちらついていた。パトカーは静かに発車した。

交番に着き、うながされるままに幹夫が中に入ると、天井から、真っ白い蛍光灯が煌々《こうこう》と光を発していた。どうしてここは、こんなに明るいのだろう。

いすに座ると、年配の警察官が、机をはさんで向かい側に腰を下ろした。白髪交じりの実直そうな男だった。警察官は書類を机の上に置き、猫背気味に書きつけはじめた。

「水野君、君は公園で何をしていたのですか？」

警察官は抑揚のない声でたずねた。自分のしていたことは、とても個人的なもののような気がした。こんなふうに、過剰な光に満ちた部屋で語ることは嫌だった。自分一人だけのものにしておきたかったのだ。そう思いながらも、警察官と同じように平板な調子で、感情を込めずに幹夫は答えた。

「トイレ掃除をしていたら、落書きされているのに気づいて、見張ってました」

そう言ってから幹夫は、ただそれだけのことだったのだと思った。これまで、思うようにならない自分の体への悔しさ、両親へのいらだち、これからどう生きていったらよいのかという不安、そんなことを便器磨きにぶつけていた。けれど、実際に自分がしていたことは、トイレ掃除、という一言で片づいてしまうのだ。

警察官は、幹夫の顔を真正面から見て、背筋を伸ばした。

「そうか。水野君だったのか。最近、パトロールをしていて、いくつかの公園の便所が、きれいになったような気がしていたんですよ。誰が掃除してくれているのかと考えていましたが、君だったのか。ありがとう」

幹夫は、自分のやっていることを見てくれている人がいたのだと、初めて気づいた。いくら公園のトイレを掃除しても、どうせ誰も気になどしていないと思っていたのだ。警察官の言葉を聞いて嬉しくなり、一瞬、温かなものが心にあふれた。しかし、すぐに赤いどくろがやってきて、尖った感情が渦巻いた。

やがて、連絡を受けた父と母が迎えに来た。父は幹夫と目を合わせようとしなかった。ただ、母に付き添って来ただけなのだと、そういうつもりのようだった。母は幹夫のことを悲しそうな目でじっと見ていたが、何も言わなかった。父は警察官に向かってお辞儀をして言った。

「幹夫の父です」

「お父さん、お母さん、幹夫君は公園の便所掃除をしていました。頭が下がります。最近、たちの悪い連中がうろついているんです。また何かあるといけませんから、これからは、夜遅く公園に行かないほうがいいでしょう。取り締まりを強化するよう、本署にも伝えます」

「わかりました。ご迷惑をおかけしてすみません」

父は淡々と言って頭を下げた。どうして謝るんだよ、迷惑って何だよと幹夫は思ったが、黙っていた。母も父の後ろから一礼し、とても小さな声でつぶやいた。

「無事でよかった」

独り言のようだったが、幹夫の耳には届いていた。

両親と幹夫は交番の外に出た。町はまだ眠りの中に沈んでいた。夜空の中から、朝の青空が生まれつつあった。空は一刻も留まることなく色を変えていた。蝙蝠が三人の頭上を、翼をひらつかせて飛んでいった。

父はこれまで、幹夫とまともに向き合わず幹夫と距離を置いてきた。何かにつけて、会社の仕事が忙しいと言っていたが、母に幹夫を押しつけていた。実際は、幹夫と対峙することが億劫だっただけなのだろう。

家に着くと、玄関に立ったまま、めずらしく父は、叱りつけるように言った。

「いつまでもこんなことをしていて、どうするつもりだ」

「お父さん、幹夫はお寺へ行って、自分なりに考えているんだから」

母は父をとりなそうとした。

父は、ただ、形だけ親を演じているにすぎない。本当に自分のことなど、考えてはいないのだ。そう思って幹夫は、テーブルの上のマグカップを手に取った。頭上に持ち上げ、投げつけようとしたとき、頭の中に言葉が響いてきた。

「爾時《にじ》慧命《えみよう》須菩提《しゆぼだい》。摩訶迦旃延《まかかせんねん》。摩訶迦葉《まかかしよう》。摩訶目揵《まかもつけん》（犍）連《れん》。従仏所聞《じゆうぶつしよもん》。未曾有法《みぞうほう》。世尊授舎《せそんじゆしや》利弗《りほつ》。阿耨多羅三藐三菩提記《あのくたらさんみやくさんぼだいき》。発希有心《ほつけうしん》……」

自分を見つめている薬山和尚の顔が見えるような気がして、幹夫はマグカップを机の上に戻した。大きくため息を一つつく。父も母も、いつものようになすすべもなく、ただ遠巻きに幹夫を見つめているだけだった。幹夫は立ち上がり、無言のまま、二階へ階段を上っていった。

自分の部屋に入ると、鍵をかけカーテンを閉めた。それからベッドに横になった。

なぜ、こんなことになってしまったのだろう。薬山和尚に言われて公園のトイレ掃除を始めた。汚くても、寒くても、好奇の目で見られても、一人で続けてきたのだ。何の得にもならないし、誰からも感謝されない。それでもトイレをきれいにした。それで満足だった。それなのにあいつら……。

繰り返し同じことを考え続けた。答えは出ず、目の奥に疲れがほこりのように積もっていった。

いつの間にか眠ってしまったようだ。目が覚めると、朝なのか夜なのか、わからなくなっていた。部屋の扉をノックする音が聞こえた。

「幹夫」

母の声だった。幹夫が無視していると、母は続けた。

「お父さんも、ああいう言い方しかできないんだけど、幹夫のことを心配しているのよ……。ここにご飯、置いておくからね」

階段を下りていく音が聞こえた。足音が消えるまで待ち、幹夫は扉を開けた。盆の上で湯気を立てているとんかつと味噌汁とご飯が置いてあった。食事を見たとたん、空腹を覚えた。部屋の中に持って入り、夢中で食べた。こんなときでも、ご飯はうまかった。

腹が膨れると、ベッドに横たわった。とにかく、父も母も自分も、嫌になった。トイレ掃除などしてみても、自分の置かれた状況は変わっていないことを幹夫はわかっていた。何も打ち込めるものがないのだ。ただ時間を、悶々と過ごすだけの毎日だ。楽しいことなんて一つもない。

幹夫はベッドに乗ったまま、真下に沈んでいった。物音のない、静かな海の中を底に向かって行く。いつまでたっても海底に届かず、果てしもない闇の中を下へ下へと降りていく。抗《あらが》うこともなく、幹夫は、落ちていくベッドに身を任せていた。

唱題行

今日は観音講のある火曜日だった。幹夫は何日も前から、火曜日が来るのを恐れていた。父も母も、何かしろなどとは言ってこない。自分自身が気にしていたのだ。

この数日間、幹夫は、ほとんどベッドから起き上がることなく過ごしていた。もちろん、講など行きたくなかった。薬山和尚や講の仲間に会ったとき、何と言えばよいのか。自分は修行を投げ出したどうしようもないやつだ。和尚が話してくれた長者窮子の譬えに出てくる息子は、父親の屋敷で二十年間汲み取りをした。自分は数か月しか、トイレ掃除を続けていないではないか。

他人と会えば、自分の小ささを突きつけられてしまうと、幹夫は考えていた。何もできないやつだと思われたくなかった。だから自分の部屋にひきこもっていたのだ。けれども、部屋にいると、今度は講のことばかり考えてしまうのだった。和尚と講の仲間たちの声が頭の中に響いていた。「なぜ、講に来ないのか」。

このまま部屋で考えをめぐらしているよりも、いっそ、出かけてしまったほうが楽かもしれない。幹夫は夕方になると、講に間に合うように家を出た。

寺の山門は変わらず立っていた。飾り気のないどっしりとした門は、訪れた者を迎え入れるように、扉を内側に大きく開かせている。いざくぐろうとすると、体がすくんで動かない。引き返そうかと思いはじめたときだった。

「今晩は」

後ろから声をかけられた。振り返ると、講の仲間の一人が立っていた。何度か会ったことのある、幹夫よりも十歳くらい年長の男だった。細い目をさらに細めて笑顔を見せ、男は「やあ」と言った。この男のことは、幹夫もよく覚えていた。講ではお互いに悩みを語り合う。その時に、この男がした話が強く印象に残っていた。それはこんな話だった。

九歳のときに両親を火事で亡くした。後に、父の放火が原因だとわかった。友人の借金の保証人になっており、返済できなくなったのだ。少年は父の弟の家に引き取られた。もともと父と弟の仲は良くなかった。叔父は自分の息子には何でも買い与えたが、少年には何一つくれなかった。小学校で使うノートさえ満足に買ってもらえず、しかたなく少年は文房具店で万引きをした。晩ご飯のおかずも、少年だけ必ず少なかった。少年のほうが年長だったのに、服はいつも、息子が着なくなった物をあてがわれた。ノートがないことも、おかずが少ないことも、服が小さいことも、少年は我慢できた。自分は居候の身なのだ。だが、何よりも、自分が嫌われている、必要とされていない、ということがこたえた。一人だけ肉の入っていない肉じゃがを食べているとき、食卓の上に満ちている悪意がつらかった。

家にいると気詰まりであり、成長した少年は夜ごと遊び歩くようになった。やがて、つきあっていた彼女が妊娠すると、これ以上家にはいられない雰囲気となり、十九歳で家を出て結婚した。一千万円の借金をして資金を作り、友達と共同経営で中古高級外車の販売会社を立ち上げた。景気の良い時代であり、車はよく売れた。ところがだんだんと売り上げが落ちはじめ、不眠不休で頑張っても車は売れなくなっていった。たくさんの在庫を抱え、経営はあっというまに傾いてしまった。これまで支えてくれていた人たちも姿を現さなくなり、あげくの果てに共同経営者である友達は、膨らんだ借金を残して夜逃げした。商売上の信用はがた落ちになり、会社は倒産し、妻子は出て行った。二十一歳にしてすべてをなくした男は、死のうと思って、ビルの屋上へ行った。飛び降りるつもりで、フェンスに手をかけた。しかし、死にきれなかった。

この男の話を聞いたとき、幹夫は自分が恥ずかしくなった。今まで自分は健康に恵まれず、悩みと苦しみの多い人生を送ってきたと、妙なことであるが自負していた。だがこの男の話のほうがずっと壮絶だった。自分には両親がいる。常々、鬱陶しいと思ってきたが、いるだけでも恵まれたことなのかもしれない。

ただその一方で、自分よりも不幸な人がいるのを見て、まだましであると安堵することに違和感を覚えていた。この男の苦労は自分とは関係のないことだ。自分の悩みは他人にはわからないものであり、だからこそ、他人の悩みは自分にはわからないはずだ。

そんなことを考えさせられたので、何人か顔見知りになった講の仲間の中でも、この細い目の男のことはよく覚えていた。だから、「今晩は」と言われた時、幹夫は無視することができなかった。「今晩は」と返事をし、自然と、自分が先に山門をくぐる形となった。

本堂に上がると、まったくいつもと同じように、並べられた座布団に講の仲間は座り、挨拶を交わしていた。みんな、それぞれの修行を続けているのだろう。自分だけが変わってしまった、と後ろめたい気持ちになった。幹夫はいちばん後ろ端の座布団に座った。隣に座ったのは、細い目の男だった。

定刻になると、井上薬山和尚が、紫色の法衣と袈裟を着けて、ゆったりとした足どりで本堂に入ってきた。須弥壇に安置された本尊を背に、こちらを向いて立っている。幹夫は和尚と目を合わせるのが怖かった。自分のしていることはすべて見透かされ、「お前は何をしているのだ」と無言で問い詰められているような気がした。和尚が自分を見た瞬間に、幹夫はうつむいた。

薬山和尚が本尊を祀る須弥壇に向きなおり、合掌して拝むと、講中の人々もそれにならった。和尚は導師座である礼盤上で居住まいを正すと、銅鑼を打ち、低い声で経文を唱えはじめた。続いて一同も、経本を手に読誦する。やがて唱題行が始まった。ひたすら「南無妙法蓮華経」という七文字の題目を唱え続けるのだ。

一同、それぞれの座布団の前に並べてある、一枚張りの団扇太鼓を手に取った。直径一尺の枠に皮が張ってあり、持ち手がついているものである。もう片方の手に撥を持ち、まず「南無妙」と唱える。次に太鼓を一つ叩くと同時に「法」と唱え、「蓮」と続けて唱え、「華経」と唱えながら二つ叩く。休む間もなく、またすぐに「南無妙」と題目は繰り返しされるのだった。その間、導師は参集者を導く、木鉦の明るくはぎれのよい音を響かせる、調子を取る。その音色とともに唱題は、次第に速度を増していく。

「南無妙法蓮華経。南無妙法蓮華経。南無妙法蓮華経。南無妙法蓮華経……」

ひたすら題目を唱え続けているうちに、没我の境へと入っていく。雑念は「南無妙法蓮華経」の中に吸いこまれていき、何も考えず何も感じない。いつもの幹夫なら、仲間と同じように法華経の経文に慰撫されながら、気持ちは静かに高揚していくのだった。だが今日ばかりは荒く高ぶっていった。

団扇太鼓を打っているうちに、スプレーラッカーを持った少年の顔が、円く張った皮の上に浮かんできた。少年の顔に向かって、力一杯、撥を打ちおろす。打ち続けていると、少年の顔は赤いどくろに変わった。ますます憎しみは募ってくる。

心を落ちつけないと。こんなことをするために講に来たわけではない。頭の片隅ではそう思っていたものの、撥を持つ手には力がこもっていった。ちくしょう。ちくしょう。

題目を唱えるのはやめ、ひたすら団扇太鼓を打ちのめした。

唱題行

唱題行が終わる頃には、撥を握る右手も、団扇太鼓を持つ左手もしびれていた。幹夫はひとりぼっちで砂漠の中に立っていた。地平線まで、寂寞たる砂の波と山が連なっていた。風が吹いてきて、細かい砂が顔に当たるので目をつぶった。

目を開けると、幹夫は本堂の座布団の上にいた。隣に座った細い目の男が、自分を見ているのを感じた。男は自分に何か言いたそうにしているような気がした。

薬山和尚が礼盤から降りて、いつものように言った。

「どうぞお足を楽にしてください」

一同が足を崩して落ち着くと、和尚は説法を始めた。説法が終わったとき、説法の内容がほとんど頭に入っていないことに幹夫は気がついた。

講が終わると、すぐに和尚は幹夫のところに来て言った。

「水野君、私の部屋に来なさい」

和尚に目を見られると、逆らうことはできなかった。幹夫はうなずいて、あとについていった。和尚の部屋に入り、正対して座る。和尚は静かに優しく、それでいてはっきりとした低い声で言った。

「修行はどうですか？」

第二章　霊鷲山

その僧の名は

井上薬山和尚は自室の中で正座し、微笑をたたえながら、向かい合って座っている幹夫をまっすぐ見つめていた。どうしてこの人はいつも落ち着いていられるのだろうか。自分の苦しみなど何もわかっていないくせに、わかったようなふりをするなんて偽善ではないか。幹夫はそう考えて、和尚に対するかすかな反発を覚えた。それでも、和尚の問いを無視するほどの勇気はなく、説明を始めた。

「言われたとおりにトイレ掃除を続けていました。あるとき、トイレを荒らして落書きをするやつらが現れたんです。自分はあいつらに向かっていきました。せっかくきれいにしたトイレを汚されたくなかったんです。押さえつけられそうになったので、一人を殴りました。そのあとは逆に、殴られたり蹴られたりしました。それからはトイレ掃除に行ってません」

一気に言うと、幹夫は大きく溜め息をついた。赤いどくろのことを思い出して、胸の中に嫌悪感が膨らんだ。和尚は真剣な面持ちで黙って聞いていた。幹夫の話が終わると、ゆっくりとした所作でお茶を淹れてくれた。茶碗の中で、清新な萌黄色の液体が揺れていた。幹夫は下を向いたまま、碗から立ち上る湯気を顔に受けていた。

突然、和尚が言った。

「それなのに、今日はよく来てくれたね」

和尚は幹夫の肩を軽く叩いた。

「水野君は今、苦しいのだろう。手応えを感じはじめた修行を、途中で投げ出してしまったと思っている。そんな自分が嫌になってしまって」

わかったようなことを言うな、と反駁したくなったが、確かにそのとおりだと思った。和尚はお茶を一口すすり、話を続けた。

「昔、やり遂げようとしたことを、暴力によって中断させられた僧侶がいました。その人は、どれほどの時間を耐え忍んだと思いますか？」

幹夫はうつむいたままだった。修行を投げ出してしまったことが心苦しくて、和尚に対して卑屈になっていた。和尚はそのまま少し黙っていた。幹夫が何も言えないでいると、こう言った。

「十五年です」

思わず幹夫は顔を上げた。十五年たったら自分は三十四歳になる。それまでじっと耐えていろと言うのか。幹夫は両手拳を強く握って膝の上に置いたまま、和尚の顔を真正面から見ていた。和尚も幹夫を見据えて、厳かにゆっくりと言葉を発した。

「その僧の名は、鳩摩羅什」

幹夫は拳を握ったまま立ち上がった。強く握っていたので手の赤みが薄れ、白っぽくなっていた。そんな話が何の役に立つのか。

「クマラジュウなんて関係ありません」

目を見開いて幹夫は言った。

「トイレ掃除をしたってお経を書いたり読んだりしたって、結局何も変わってません。どうせ俺は何もできないんです」

和尚も立ち上がった。幹夫よりも少しだけ背が高かった。和尚は一言一言、低い声で語気強く言った。

「本当に、何も変わっていないと思うのか？」

幹夫は返事もせずに和尚の部屋を出て、靴を突っかけて観世音寺から飛び出した。

走った。走った。

かかとを踏んでいた靴が脱げて転んだ。靴を履きなおし、立ち上がり、再び走る。息が苦しい。それでも走り続けた。このまま体が壊れてしまえばいいと思った。だが、走っていると家に着いてしまった。無意識のうちに家へ向かっていたのだ。

幹夫が玄関の扉を開けると、母の声が聞こえた。

「おかえりなさい」

こちらに向かってくる足音もしたが、幹夫はかまわず二階への階段を上った。ベッドにもぐりこみ、目をつぶった。和尚も母も、ただ鬱陶しいだけだ。

窓から射しこんでくる朝日がまぶしくて、目が覚めた。知らぬ間に眠っていたようだ。頭が重かった。ベッドに横になったまま天井を眺めていると、薬山和尚の言ったことが頭の中で回った。

「その僧の名は、鳩摩羅什」

なんだよ、クマラジュウって。そう思いながらも幹夫は、その奇妙な音の響きが気になっていた。

クマラジュウについて調べることは、わかったようなことを言う和尚のお説教に屈してしまうような気がして悔しかった。それでも、知りたいという欲求を抑えることはできなかった。幹夫はベッドから抜け出し、机の上にあるパソコンの電源を入れた。「くまらじゅう」と入力して、インターネットで検索した。あまり情報はないだろうと踏んでいたが、意外にもたくさん引っかかった。先頭のウェブサイトをクリックすると、鳩摩羅什の説明が書かれていた。

「鳩摩羅什（三五〇〜四〇九）：中国十六国時代の西域の訳経僧。四〇一年に長安に迎えられる。『妙法蓮華経』、『維摩経』、『大智度論』、『中論』など多くの仏典を漢訳した。」

こんなに昔の人だったのか。『妙法蓮華経』を漢訳した……。だから薬山和尚はこの人の話をしたのだろうか。和尚が言ったことは何だったのだろう。やり遂げようとしたことを暴力で中断させられて、十五年間耐えたと言っていた。鳩摩羅什は何をやり遂げようとしていたのか。十五年後にどうなったのか。

もともと幹夫は、好奇心が旺盛だった。病気のせいでふてくされることが多かったため、興味を動かされるできごとに出合っても、「どうせ俺なんか」という言葉とともに考えるのをやめてしまってきた。だが、この時は違った。

やり遂げようとしたことを、暴力によって中断させられたのは自分だ。掃除をしていたトイレを荒らされた。赤いどくろを描いていたやつの顔は忘れられない。あいつが憎い。鳩摩羅什と自分は似ているのかもしれない。鳩摩羅什も相手を憎んだのだろうか。幹夫は鳩摩羅什に、いつのまにか自分の境遇を重ね合わせていた。鳩摩羅什の人生を知りたい。

とりあえずこのページを印刷しておき、幹夫はさらに他のサイトを調べ続けた。はじめは険しい表情をしていたが、いつしか、生き生きとした目つきでパソコンの画面を凝視していた。

昨晩は夕食を食べずに寝てしまったので、腹が減ってきた。部屋の戸を開けると、足元にお盆が置いてあった。お盆の上には、すっかり冷えきった肉じゃが、ご飯、味噌汁があった。そのままにして一階に降りると、台所では母が朝食の支度をしていた。ガス台の上の鍋から、温かそうな湯気とともに、食欲をそそるだし汁の香りが立ちのぼっている。炊飯器は白い蒸気を吹き上げているところだった。母は幹夫に気づき、包丁を手にしたまま振り向いた。幹夫を見て、嬉しそうに笑って言った。

「おはよう」

「ああ」

幹夫は気のない返事をした。本当は、鳩摩羅什のことを調べはじめてから、気持ちに変化が生まれていた。もっと鳩摩羅什のことが知りたいという、意欲が出てきたのである。まるで自分のことを調べているような気持ちになっていたのだ。けれど、両親に対しては、今までぞんざいな返事しかしてこなかったので、その習慣を変えることはできなかった。「おはよう。おなかすいたよ」などと言ってもよかったのに、今さら明るい挨拶など、気恥ずかしくて言えなかった。

ほどなく父も起きてきた。父とは、交番から帰ってきて以来、一度も言葉を交わさないままだ。とは言え、もともとほとんど父との間に会話はなかったのだから、そんな状態でも不自然ではなかった。父は母に「おはよう」と言った。続いて幹夫にも、まじめな顔をしたまま声をかけた。

「おはよう」

ついでのように装っていたが、父の声は震えていた。幹夫を恐れているようだった。幹夫は父の自信のなさを感じとり、ますます父のことが嫌になった。父は普段、何も言わないくせに、急に怒り出したりする。そんな父に接すると、幹夫はいつも不機嫌になった。

幹夫は庭の椿にとまっている、頭の毛を逆立てたひよどりのつがいを眺めながら、つまらなそうに「ああ」と返事をした。

鳩摩炎

今日は、やらなくてはならないことがある。幹夫は母の作った朝食を、すっかり平らげたのだった。

食べ終わって席を立ったとき、一緒に食べていた母が、突然持っていた箸を二本とも床に落とした。母はしばらく床の上に散らばった箸を見つめていた。

「どうしたんだ」

父がたずねた。

「何だか手に力が入らなくなって」

母は右手を握ったり開いたりした。

幹夫は母のことを横目で見ながら、二階の自分の部屋に戻った。昨日印刷しておいた鳩摩羅什についてのメモをズボンのポケットに入れ、リュックを背負うと家の外に出た。抜けるような青空が広がっていた。空を見るなんて、久しぶりのような気がした。大きく伸びをする。軒下に立ててある自転車のハンドルを握って、家の前の道路まで押して行った。それっ、と勢いをつけて飛び乗る。

家の近くには桜並木がある。いつもなら、咲いていようが咲いていまいが、ただ通り過ぎるだけであったが、今日は違った。自転車を降りて、桜の木の下を押して歩いた。満開を迎えようとしている花が目に優しかった。光が桜の花びらを通って薄桃色を帯びている。その光を浴びながら、幹夫は鳩摩羅什のことを思った。もっと彼のことを知りたい。

桜並木の先は長い下り坂だ。自転車で下って住宅街を抜けると、町立図書館に着いた。幼い頃は母に連れられて、よく絵本を借りに来ていたが、最近はとんと来ていない。

中に入ると図書館の様子はすっかり変わっていた。こんなに明るくてきれいだったろうか。本を探すためのカードボックスはなくなっている。タッチパネルの検索端末に、キーワードを入力するようになっていた。早速、幹夫は「くまらじゅう」と入力して、「本をさがす」というボタンに触れた。結果は「0冊」だった。

せっかくここまで来たのに。幹夫は落胆した。顔を上げると、書棚が本で埋め尽くされているのが見えた。これだけ本があるのだから、きっとどこかに鳩摩羅什が隠れているはずだ。キーワードを変えてみることにした。

「ぶっきょう」で検索してみると、今度は表示された本が多すぎた。絞りこむために、もう一つのキーワードがいる。幹夫はズボンのポケットから、印刷しておいた鳩摩羅什の説明を取り出した。読むと、「中国十六国時代の西域の訳経僧」と書いてあった。そうだ。「中国」というキーワードはどうだろうか。そこで、「ぶっきょう　ちゅうごく」と入力して検索してみることにした。

結果は「六冊」だった。いいぞ。ずいぶん絞りこめた。一番上に載っていたのが『中国仏教史』という本二冊で、その他の四冊の本が『人物　中国の仏教』シリーズだった。その三冊目に、『人物　中国の仏教　羅什』という本があった。

「羅什」だって。これは鳩摩羅什のことではないのか。

幹夫の胸は高鳴った。本の題名や分類番号を印刷して、二階の開架棚へ向かった。

宗教関係の本が並んだ棚の前に立ち、本の背に貼られた分類番号をたどっていくと、青い表紙の本が見つかった。たかだか一冊の本を見つけただけなのに、緊張している自分を感じた。棚から抜き出し本を開いて見ると、確かに鳩摩羅什について書かれた本だった。

早く読みたくて席を探すのももどかしく、本を開きながら椅子を探した。このような心和む時が、これまであっただろうか。幹夫はページを繰るごとに、時空を越えて鳩摩羅什のいる西域へと入っていくのだった。

＊

濃い青空の中に、ぎらぎらと照りつける太陽が浮かんでいた。雲は遠くにあり、当分の間は日陰を作ってくれそうになかった。緑の稲穂がたなびく間を、一本の道が縫っていた。

その道の上をゆったりとした足取りで、鉢を小脇にかかえた一人の男、鳩摩炎《くまえん》が歩いていた。まとった僧衣の上からも、引きしまった筋肉質の偉丈夫であることがわかる。僧というよりも、武人といったほうがいいような頑健な若者である。稲穂の先をなびかせて吹いてきた生温かい風が、剃髪した丸い頭をなでた。

日が高くなるにつれ、日差しは強くなった。鳩摩炎が歩いていると、道に面した民家の中が見えた。老人が昼寝をしている。炎天下では、農夫も田畑には出てこないのだ。その隣の家の前では、少女が二人、木の葉や枝を地面に並べて遊んでいる。家の中から少女たちを呼ぶ声がした。二人は家の中に入っていく。道端の杭には黒いやぎが縄でつながれており、草を食んでいた。

男は鉢を両手で持ち、その家の入口に向かって経を唱えながら歩いて行った。

鳩摩炎

七年前のことである。北天竺は罽賓《けいひん》（カシミール）の城内の一室で、鳩摩炎は父に言った。

「私は大臣になどなりたくありません」

父は、目を見開いて鳩摩炎をにらみつけた。

「何ということを。家は代々、国王様にお仕えして、大臣職を務めてきたのだ。お前は生まれた時から、進むべき道が決められていたのだぞ。それを今更なんだ」

そのとき、部屋の外から秘書の声がした。

「大臣」

「今、取り込み中だ」

「副大臣です」

しかたなく鳩摩炎の父は、副大臣を招き入れた。すぐに顔中から汗をたらした太った男が入ってきた。鳩摩炎は息苦しさを感じた。

「これは、これは。ご子息もご一緒でしたか。ごきげんよう」

副大臣は、ねめつけるような目つきで鳩摩炎を見た。

「何か用かな」

大臣は気乗りしない調子でたずねた。

「いえ、大臣。今、部屋の前を通りかかりましたら、怒鳴り声が聞こえたものですから、何事かと思って、はせ参じたわけなのであります」

　つまりは立ち聞きしていたのだなと、鳩摩炎は思った。ずけずけと物を言う副大臣のことは苦手だった。

「何でもない。仕事に戻れ」

　大臣はぞんざいに言った。

「はい」

　副大臣は鳩摩炎を一瞥して、部屋から出て行った。副大臣がいなくなると、部屋の空気が爽やかになった気がした。鳩摩炎は父に言った。

「あの男は、私が大臣になることを望んでいません。自分がなりたいのです。それならば、やりたい者がやるのが良いと思います」

　父は立ち上がった。

「お前は本当に大臣をやりたくないのか」

「他人と争って恨まれてまで、大臣などにしがみつきたくありません」

　そう言い捨てると、鳩摩炎は父の返答を待たずに大臣の部屋を飛び出し、城の外へ出て行った。

　城は町の中心にあり、城壁で囲まれている。城の中には国王がおり、大臣たちもそれぞれの部屋を割り当てられていた。城壁の外には貴族の家や市場《バザール》があり、その外側に民家や畑が続いている。

母がいれば、父との仲を取りなしてくれたかもしれない。鳩摩炎はそう思ったが、母は彼が幼い頃、病気で亡くなっていた。鳩摩炎は、ささくれだった気持ちを抱いたまま城外に出て、城壁に沿って屋敷に向かい足早に歩いていた。大臣職なんて、副大臣にくれてやる。好きにするがよい。自分に粘りついてくるような父の思いを振り切ろうと、ますます足を早めた。

路上では、野菜、果物、肉、衣類、道具などを売る商人たちがひしめきあい、威勢のよい声を響かせている。時折、食欲をそそる香辛料の香りが漂ってくるのは、屋台の食堂からだ。火にかけられた鍋の中には、羊肉の汁が音を立てて煮えている。隣では練った小麦粉を円盤状に薄く伸ばして、かまどの内側に張りつけて焼いている。人だかりの真ん中では、薬売りが口上を述べていた。

「どんな病でも、これを飲めばたちどころに元気になること請け合い請け合い」

鳩摩炎の足元に、誰かが素早く這ってきた。見ると、両足の腿から先がない少年が、両手で地面を漕ぐようにして来ていた。片手を差しのべてくる。鳩摩炎は布施を与えた。少年は笑みを浮かべた。

城壁は、成熟した白樺の木ほどの高さがあり、簡単には登れない。城壁の上には通路が作られており、見張りの者が歩けるようになっていた。町には、敵が攻め入ってきた時に守りを固めるべく、入り組んだ路地が張り巡らせてあった。そんな路地の一つから、犬が飛び出してきた。ううーっ、とうなって、鳩摩炎の右のすねにかみついた。犬を振りほどこうとして、右足を激しく前後に振った。その拍子に、足がもつれて転んでしまった。犬は口を離し、勢い余って地面に尻餅をついた。

鳩摩炎が犬に目をやった時のことである。大人の一抱えほどもある大きな日干し煉瓦が、頭上から落ちてきて犬を直撃した。見るも無惨に犬の頭はつぶれてしまい、脳漿と血が飛び散った。鳩摩炎の足が血に染まった。

身の危険

鳩摩炎は城壁の上に目を走らせた。城壁を補修しているのだろうか。だが、今は作業をしている様子もなく、城壁の上の通路にも誰もいない。

そうなると考えられることはただ一つ。自分は命を狙われたのだ。たまたま犬が吠えついてきたおかげで命拾いをした。犬は自分の身代わりとなって死んでしまった。もし、こんな妨害に負けずに大臣になったとしても、妬みは続くだろう。鳩摩炎は、自分の生きる道は城壁の中にはないという思いをいっそう強くした。

翌日、決意を父に伝えようと、鳩摩炎は城へ向かった。市場は、大勢の人で賑わっていた。こんな人込みの中を歩いていては、すれ違いざまに暴漢に襲われるかもしれない。大臣職などくれてやるから、私のことは放っておいてくれ。

鳩摩炎はあたりの人々に警戒しながら歩みを進めていた。織物や金銀の細工物などの露天商が左右に並んでいる。その間を人々やラクダがひしめきあい、ゆっくりと歩いている。ふと、露店の四、五軒先をこちらに向かって歩いてくる、あごひげのやせた男に気づいた。懐に手を入れたままで歩いてくる姿が不自然だった。刀でも握っているのかもしれない。こちらをにらみつけているようにも思えた。

危ないな。

男とすれちがう直前、鳩摩炎は突然、西瓜を積んだ果物売りと、絨毯売りの間の隙間をすり抜け、細い路地に駆け込んだ。後ろを見ずに、狭い路地を走り続ける。坂を上りきったところで振り返ると、あごひげの男が追ってくるのが見えた。まだ坂の下だ。

鳩摩炎はさらに奥へと逃げた。これ以上先に進むと、城壁に突き当たってしまう。逃げ道はない。角を曲がると、門が開いていた。思いきって中に入る。心臓の鼓動が、かなり高まっていた。もう走れない。鳩摩炎はできるだけ音を立てないように注意しながら、両開きの門を内側から閉め、閂《かんぬき》もかけた。

ひとまず大丈夫だろう。そう思うと、この屋敷の庭を見回す余裕が生まれた。

ここはどこだ?

見上げると正面の建物の上に、円い椀をふせたような形の塔が建っていた。これは、仏塔か……。そのとき鳩摩炎は、自分が寺に逃げ込んだことに気づいた。寺などこれまで気にしたことがなかったので、どこにあるのかさえ知らなかったのだ。仏塔のある建物の左手には、何十

身の危険

人も入れそうな広い沐浴場があり、水が張ってあった。右手の菩提樹の巨木の下には、煉瓦によって地面よりも高く段が作られており、その上で数人の僧侶が坐禅を組んでいた。

　驚いたことに、勝手に入ってきて門を閉ざしたのにもかかわらず、誰一人として鳩摩炎を咎めだてする者はいなかった。それどころか、寺院内の静謐な空気はいささかも乱れず、僧侶たちは瞑想を続けているのだった。僧侶たちに声をかけるのがはばかられ、鳩摩炎は黙って正面の建物の中に入っていった。薄暗い部屋の中では、年老いた僧が経を唱えていた。老僧はほとんど身じろぎしなかった。抑揚のない平板な調子で、とても速く読経していた。鳩摩炎は僧の後ろに座り、低く響き渡る声を聴いていた。

　小一時間がたち、読経が終わった。僧はふりむき、鳩摩炎を見つめた。部屋の中に風が吹き込んできた。小鳥の鳴き声が風に乗って聞こえる。鳩摩炎は、何か言わなくてはならないと思いながらも、同時に、何も説明する必要はないのだという不思議な心持ちになっていた。この静かな場所で、僧と相対して座っている。今の自分には、このような時間が必要だったのだと思った。

　老僧も黙って鳩摩炎を見ていた。日が高くなるまで長いこと、二人は向かい合っていた。顔に深いしわの刻まれた小柄な僧は、ぽつりと言った。

「何か悩まれていますな」

鳩摩炎は我に返った。心がどこか、遠い空のほうへと行っていたのが、一瞬で自分の体の中に戻ってきたような気がした。

「はい。私は世俗の争いごとが、ほとほと嫌になりました」

老僧はうなずいた。

「現実には、矛盾する様々な現象があります。人と人との諍《いさか》いなどもその一つです。それでも、全ての現象の奥底には、真実の姿があります。存在するもの全てが、真実のあらわれなのです」

この人は何を言っているのだろう。鳩摩炎は素直にたずねた。

「そのお話と私とは、どのような関係があるのでしょう？　争いの奥にも、真実があるのですか？　そもそも真実とはなんですか？」

老僧は、微笑みながら答えた。

「そう性急に答えを求めなくともいいではありませんか。私たちは、真実を求めて修行に励んでいるのです。励んでも励んでも、答えはなかなか得られません」

鳩摩炎には、目の前の僧が言っていることが、よくわからなかった。わからなかったが、なぜか心に残った。ずっと考えていかなければならないことのような気がした。

老僧に一礼して外に出ると、仏塔が夕日を受けて赤みを帯びていた。沐浴場の水面で、年老いた太陽がゆらめいている。風が吹いてきて、菩提樹が葉ずれの音を立て、蝶が目の前を横切った。僧たちは瞑想にふけっている。目に映る全てのものが美しく、愛おしく感じられた。鳩摩炎は、このような心安まる光景を初めて見る思いがした。そのとき、急に空腹を覚えた。

ああ、私は生きている。

身の危険

数日後、鳩摩炎は父のいる城に向かって、まっすぐに歩いていた。もう、逃げも隠れもしない。刺客が来るなら来い、というふっきれた気持ちになっていた。偶然、寺に行き、老僧の話を聞いてから、鳩摩炎はずっと考えてきた。自分は何をすべきなのか。父や副大臣と、どのように接すればよいのか。そして、自分にとって本当に大切なことは何なのか。答えはすでに、寺で夕暮れの中にたたずんでいるときに出ていた。

自分も真実というものに近づきたい。

大臣室に入り父に会うと、開口一番、鳩摩炎は言った。

「父上、私は決心しました。今日は、相談をしに来たのではありません。決意を伝えにきただけです」

「そうか。ついに決心してくれたのか」

大臣は笑みを浮かべて言った。

「私は出家します」

大臣の表情が険しいものに変わった。血相を変えて怒鳴った。

「許さん！」

鳩摩炎はそれ以上、父と話そうとはしなかった。もとより説得できるとは思っていなかった。父もそれ以上、何も言わなかった。

翌日、鳩摩炎は、生まれ育った屋敷を一人出た。新月の日だった。満月と新月の日には、仏教に限らず、様々な宗教家や思想家が戸外で教えを説くのであった。城を出て、郊外の森へ向かう。森の中に開けた広場では、老僧が説法をしていた。先日、寺で会った僧だった。多くの聴衆に交じって、鳩摩炎は、老僧の説く仏の教えに耳を傾けた。

朝から始まった説法は、日が陰りはじめるまで休みなく続いた。その間、立ち去る者はおらず、むしろ聴衆は増えていた。壮健な若者は地面に座ったまま身じろぎもしない。ぼろぼろの布をまとった薄汚れた老人は、切り株に腰をかけている。

「釈尊が修行中のことです。悪魔が煩悩という軍隊を遣わしました。このことについて、釈尊はこう言っておられます。『あなたの第一の軍隊は欲望である。第二の軍隊は嫌悪であり、第三の軍隊は飢えである。第四の軍隊は妄執であり、第五の軍隊は惰眠であり、第六の軍隊は恐怖である。第七の軍隊は疑惑であり、第八の軍隊は虚勢である』……」

身の危険

説法が終わったのち、鳩摩炎は老僧のもとに行った。

「尊師よ、私は出家の道を進みたいのです。どうか、お力を貸していただけないでしょうか？」

老僧の表情はすぐに明るくなった。鳩摩炎のことを思い出したようだった。

「もちろんです。まず、サンガに入りなさい。その中で修行に専念するのです」

「それは、あの寺で暮らすということなのでしょうか？」

「そうです」

鳩摩炎の出家

鳩摩炎は、この国に留まりたくはなかった。父はもとより、自分を知っている者が多すぎるのだ。だが、出家するには、目の前にいる老僧についていくしかないと思った。

「わかりました。お願いいたします」

身元引受人となる僧侶、すなわち和尚には、この老僧がなってくれた。寺に行く前に、鳩摩炎は自ら髪とひげを剃った。用意された黄色い袈裟を着て、托鉢用の鉢を持ち、和尚の前に歩み出る。

「私をあなたの弟子にしてください」

こうして鳩摩炎は出家した。この時から僧侶見習いとなり、寺の中でサンガ（教団）の一員として暮らすことになったのである。修行の目的は、煩悩を滅し、解脱することだ。そのためには現実のあるがままの姿を知ることが必要となる。具体的にどんな修行をすればよいのか。

そのことを示したのが、戒《かい》、定《じょう》、慧《え》の「三学」という考え方である。まず、戒律にしたがった規律ある生活を送ることによって心身を正していくことである。そのことによって「定」、すなわち精神統一を行い、さらにこの統一された精神によって「慧」という、最高の叡知を獲得して悟りをひらき、解脱を完成させることをめざす、ということである。

サンガでの生活は戒にしたがっているので、その中で瞑想に入り、存在のあるがままの姿を知ろうとする。もちろん仏道の実践のためには、経典によって釈尊の教えを学び、正しい見解と考え方を身につけるよう精進努力しなければならない。

鳩摩炎の出家

八年のたゆまぬ修行ののち、鳩摩炎はついに受戒し、比丘となった。そのままサンガに留まってもよかったのだが、旅に出ることにした。すべてを学び尽くしたと思ったからではない。存在のあるがままの姿を知るためには、広く世の中を見聞し、智慧を深めなければならないと考えたのである。

出家者は、世間のしきたりに縛られない。真に自由の身となる。その代わり、大臣などの公職に就くことはおろか、商売や農耕や手工業などに従事することもできない。生きていくためには、托鉢をしなければならないのである。サンガの中にいれば、持ち回りで托鉢に出て歩く者がいる。その間、他の出家者たちは修行に専念することができるのだ。そのように効率よく修行ができるようにするために、サンガが作られたのである。

鳩摩炎はサンガから出る道を選んだ。自分一人で托鉢をしなければ、修行を続けることはできない。そこで、ひたすら歩いた。行く先々で布施をもらって修行の旅を続けていくわけである。どこへ移動してもかまわないという自由を得ているのも、出家者だけであった。信仰心の篤い人々は、出家者に布施をすることは正しい行いであると考えていた。積極的に出家者に食物を渡したので、僧が飢え死にするようなことはなかったのだ。

この時代、四世紀の天竺における仏教はどうであったか。三世紀に龍樹が「空」という思想によって、大乗仏教を体系化した。ただし依然として仏教の主勢力は、保守派である「説一切《せついっさい》有部《うぶ》」、いわゆる上座部仏教の一派であった。大乗仏教は伝播していったものの、先に広まっていた上座部仏教のほうが盛んに信仰されていた。

鳩摩炎は托鉢を続けながら旅をしていた。数十日かけて、中天竺最大の王国、マガダ国に入った。マガダ国の大地の上には、鳩摩炎が立ち寄る八百年ほど前に、釈尊が立っていた。時のマガダ国王はビンビサーラといった。彼は釈尊のために、都ラージャグリハに「竹林精舎」を建てた。仏教史上、初めての僧院である。竹林精舎にほど近い霊鷲山の山上で、釈尊は瞑想し、説法をした。釈尊が最も愛した土地と言ってもいいかもしれない。

釈尊がここにいらっしゃったのだ。

万感の思いを抱いて、鳩摩炎は霊鷲山のふもとに赴いた。まだ暗いうちであった。一歩一歩、足の裏で霊鷲山の感触を確かめるようにして、登りはじめる。

鳩摩炎の出家

眼下には、星明かりに浮かび上がる低い森が広がっていた。この道は、ビンビサーラ王が、山上で説法をする釈尊の下に詣でるために築いたのである。ゆるい勾配を登っていくと、木の陰から一匹の薄茶色の猿がこちらを向いているのに気づいた。鳩摩炎が見つめ返しても猿は気にせず、むしろ見られているのはこちらだという気がした。

道の途中に石の洞窟があった。釈尊と、舎利弗《しゃりほつ》や阿難《あなん》ら弟子たちが坐禅したと言われている場所である。どんなに険しく高い山かと想像していたのだが、登りはじめると疲れを感じる間もなく、頂上に着いてしまった。頂上の崖のふちには、煉瓦造りの基礎だけが残されていた。かつては釈尊の居室があったと言われているところだ。

鳩摩炎はそろそろと近づいていく。煉瓦の上にひれ伏し、額をすりつけた。それから坐禅を組み、経を唱えはじめた。読経していると、少しずつ気持ちが高揚してくる。今日はいつもと違う感覚があった。体の中心が熱くなってきた。まるで、釈尊を目の前にしているようだった。

鳩摩炎は読経しながら眼下の森を見ていた。実際にはただ目に映っているだけで、経の中に没頭していた。体内から発せられる熱に身をゆだね、空を飛んでいるような心持ちがしていた。

やがて朝日が昇ってきた。ふもとの森に連なる山脈の稜線上から光線が伸びてきて鳩摩炎を包んだ。鳩摩炎は、ここにいたであろう釈尊を思い、涙を流していた。

かつて釈尊は、たった一人で人間の持つ苦しみと戦ったのだ。

日の光を浴びはじめた木々の葉は輝きを増して、湿った空気を吐き出していた。

鳩摩炎はその日一日を、霊鷲山の石窟の中で、経を唱えながら過ごすことにした。

日が落ちてくると蝙蝠が一斉に洞窟の奥から外へ飛び立っていった。夜のとばりが下りると、自分の指さえも見えないほどの闇夜となった。暗闇の中で、鳩摩炎の目は煌々と灯を燃やし、精神はますます冴えわたっていった。空が白んでくる頃、蝙蝠の群れは石窟に戻ってきた。


西域の真ん中に広がるタクラマカン砂漠は、古代より、交通上の巨大な障壁だった。タクラマカン砂漠の南側には崑崙《こんろん》山脈が、北側には天山《てんざん》山脈が隆起していた。山は冬には大量の雪を抱く。春になると雪どけ水が川を作り、乾ききった大地に潤いをもたらした。水があるところには植物が生えた。植物が生えるところには土ができた。土があれば畑ができた。オアシス都市が誕生する。

オアシスに行けば宿があり、水や食料にありつけ、休息がとれた。砂漠の旅で疲弊したラクダや馬を取り替えて、商人たちは旅を続ける。

タクラマカン砂漠の北へりに、亀茲《きじ》というオアシス都市があった。そこを中心とする国を亀茲国といった。羊を飼い畑を耕すことは他のオアシスと変わらなかったが、金、銅、鉄、鉛、錫、硫黄などの鉱物を産出した。鉱物は貴重品だったので、シルクロードを伝って運ばれ、富が入ってきた。

　富が蓄積されるにつれ、文化や宗教への関心が高まり、亀茲国は西域随一の仏教国となった。出家遊行者もシルクロードを利用した。彼らの歩みが、仏教の伝播の歴史そのものであった。

　仏教を伝えた者の一人が鳩摩炎だった。霊鷲山をあとにして天竺を北上し、葱嶺《そうれい》（パミール高原）を越えてタクラマカン砂漠を歩くという長い旅の果てに、鳩摩炎は亀茲国に着いた。天竺から来た僧だと名乗ると、すぐに城に通された。はるばる、仏教の発祥地、天竺から出家者がやってきたのだから、歓迎されるのは当然のことであった。

　城は町の最も高い丘の上にあった。階段を上っていくと、日干し煉瓦で作られた、高くそびえたつ建物が現れた。

　鳩摩炎はその建物の中にある客間に招き入れられた。王が他国の王たちと会談する部屋である。そこを使うのは、天竺の僧を手厚くもてなしたいと亀茲王が考えたからであった。

　鳩摩炎が席に着くと、特産の葡萄を搾った葡萄漿が出された。机の向こう側には王が座っている。ひげをたくわえた、恰幅の良い男だった。王の隣には、気品ある若い女性が座っていた。

耆婆との出会い

鳩摩炎の前にいる若い女性は、生意気そうな才気ある表情の中に、茶目っ気のある笑みをたたえていた。太い眉の下に、やや緑がかった、くりくりとした碧眼がある。鳩摩炎のことを臆面なく真正面から見つめていた。鳩摩炎は、つんと尖った高い鼻、ふくよかな唇、豊かな胸と白くなめらかな肌を認めた。

「ようこそ亀茲へいらっしゃいました。国王の白《はく》と申します。これは妹の耆婆《ぎば》です。さあ、耆婆、挨拶なさい」

耆婆はやおら立ちあがり、体が触れんばかりに鳩摩炎の近くに来て言った。

「耆婆と申します」

若い女性の甘い香りがした。鳩摩炎はその香りを味わわないように気をつけながら、白王に向かって言った。

「鳩摩炎と申します。天竺から来た遊行の比丘です。亀茲が仏教を重んずる国であると聞き、ぜひとも立ち寄りたいと思いました」

「それはありがたいことです。天竺の出家者に来ていただけるとは、仏教徒として光栄に思います。どうか、しばらくこの城に滞在してはいただけないでしょうか。できるだけのことはさせていただきます」

王の申し出を受けて、鳩摩炎は考えた。仏教が盛んなこの亀茲国に滞在することを、断る理由はない。鳩摩炎は思わず耆婆に一瞥を投げた。耆婆は大きな瞳でこちらを見つめていた。

心は決まった。

「ありがとうございます」

「それはよかった。さあ、葡萄酒で乾杯といきたいところですが、そうもいきますまい。葡萄漿を用意いたしました。どうぞ、お手に取ってください。ようこそ、わが亀茲国へ」

三人は葡萄漿をすすった。甘く濃い液体は鳩摩炎の喉を通り、旅の疲れを癒してくれた。

当時の亀茲国は、伽藍が百箇所以上あり、僧は五千人以上いるという、空前の仏教国となっていた。身分を問わず仏教が信仰されていたのには、わけがあった。

四世紀半ば、亀茲国よりも東方の華北の地は、五《ご》胡十六国《こじゅうろっこく》時代を迎えていた。五胡とは五つの民族の意味である。匈奴《きょうど》系の匈奴と羯《けつ》、トルコ系の鮮卑《せんぴ》、チベット系の氐《てい》と羌《きょう》である。彼らが北方や西方から中国に侵入し、華北では十三の国を建てた。漢民族も三つの国を作った。だから十六国時代なのである。中国の北半分が異民族の支配下に置かれるという混乱状態は、百年以上も続く。一方、長江流域の江南の地は、漢民族が東晋《とうしん》を建て支配していた。戦が日常であり、多くの兵士が斃れていった。王も貴族も兵士も民衆も日々、死を感じ恐れていたのである。

葡萄漿を飲み干して、白王は鳩摩炎に言った。

「これまで私たちは、現世のことばかり考えてきました。当然のことです。心身ともに健やかであれば寿命を延ばし、幸せな日々が送れるのです。だが、いつ戦が始まるかわからないこの時代にあっては、『自分はいつ命を落とすのか。死んだらどうなるのか?』という民の動揺を無視するわけにはいきません。現に、私自身も不安にさいなまれています。このような時代だからこそ、仏の教えが私たちの力になる、と思いました」

天竺においては、仏教誕生以前から輪廻思想が浸透しており、死後の世界について考えるのが当たり前だった。死が身近になり、来世についての関心が人々の間で高まってきた時、東方でも仏教が受け入れられる素地ができたのである。

仏教が受け入れられたのには、もう一つの理由がある。亀茲国の白王のような支配者が仏教を重んじたのは、支配に都合がよいためという面があった。中国の漢民族社会においては、神仙思想などを取り入れた民間宗教である道教や、伝統的な儒教が大切にされていた。一方で、漢民族に対抗しようとした異民族の王たちは、よそ者の宗教である仏教を重んじた。国を支配し、民衆を束ねる仕組みとして仏教を取り入れたのである。そのため高僧は国王のお抱えとなり、政治上の顧問とされたり、あるいは軍事上の参謀として登用されたりしていた。

戦に明け暮れ、不安定な時勢の中にある亀茲国の白王にとって、天竺からの僧、鳩摩炎は、天からの贈り物のように思えたのである。

耆婆との出会い

亀茲国には、雀梨《じゃくり》大寺という、大きな寺があった。旅装を解いた翌日、寺の庭で鳩摩炎は、坐禅を組んで瞑想していた。春の暖かな陽気の中で、久しぶりに静かに座していた。ここしばらく、砂漠を歩く厳しい行脚が続いていたのだ。目を幾分下に向け、心を落ちつかせていると、隣に誰かがやってくるのを感じた。わずかの間を置いて、甘い香りが漂ってきた。気にせず瞑想を続けようとしたが、隣にいる者に気を取られ、精神の集中はかき乱された。

しかたなく瞑想を終わらせて横を見ると、鮮やかな青い衣に身を包んだ耆婆が座って、目を閉じて瞑想していた。自分を見ていないときの顔も美しいと、鳩摩炎は思った。そのましばらく見とれていた。小鳥の鳴き声だけが聞こえていた。

やがて耆婆は目を開けた。鳩摩炎が自分を見つめているのに気づいて笑った。つられて鳩摩炎も笑った。その一瞬、二人は見つめあった。耆婆は立ち上がり、会釈をして去っていった。鳩摩炎は耆婆の遠ざかっていく背中を眺めていた。青い衣と、その間から垣間見える白い肌が、春の日だまりの中でまばゆかった。

鳩摩炎は毎日、寺へ行っては瞑想した。そのたびに耆婆は隣に来て瞑想するようになった。最初は落ちつかなかった鳩摩炎も次第に慣れ、気を取られることなく瞑想に集中できるようになっていた。瞑想の後は僧侶たちに、天竺で学んできた経や論書について講義を行った。亀茲には伝わっていないものが多く、僧たちはこの若き僧の説く教義から学ぶところが多かった。そして僧侶たちの中に交じって、鳩摩炎の言葉に熱心に耳を傾ける耆婆の姿もあった。

数日後、鳩摩炎は王の部屋に呼ばれた。

「まわりくどい言い方は苦手なので、率直に言わせてもらおう。妹がそなたのことを好いておるようだ。どうか、一緒になってはもらえないだろうか」

まさか。

自分は僧である。戒律によって妻帯は禁じられている。そのことは白王も先刻承知であろう。わかった上で頼んできたのだ。鳩摩炎は、突然の申し入れにひどくうろたえた。

なぜうろたえたのか。それは鳩摩炎自身が一番知っていることだった。世俗のしがらみに嫌気がさして、親も国も捨てて出家の身となった。釈尊の教えを究めたいと、旅を続けている。それなのに、耆婆に会ったとたん、心は焦がれている。この気持ちを自分でも認めまいとしてきたのだ。

耆婆との出会い

釈尊の言葉が思い出された。

「妻子も、父母も、財宝も穀物も、親族やそのほかあらゆる欲望までも、すべて捨てて、犀の角のようにただ独り歩め。」（『ブッダのことば―スッタニパータ―』第六〇偈。中村元訳『ブッダのことば』岩波文庫より）

それなのに、私は煩悩にまみれている。鳩摩炎は自分の耆婆への思いを振りはらうように、頭を抱えた。しばらくして、やっとの思いで、言葉を絞り出した。

「白王様、私は出家するために国も親も捨ててきた者です。出家者は家族を持つことができない身なのです」

「もちろん承知している。その上で申しているのだ。今すぐに返事をいただきたいとは言わない。少し考えてみてはもらえないだろうか」

鳩摩炎は王の目を見た。自信に満ちた、揺るぎのない面構えだった。鳩摩炎は一礼して退室した。どのようにすれば断れるだろうか。僧院に向かって歩きながら、考えを巡らせていた。絶大な権力を持つ王と、その妹のことだ。自分の望みは常に通してきたに違いない。私がいくら言っても聞き入れはしまい。しかも、私自身、耆婆に心を惹かれているのだ。このままここに留まっていては、流されてしまうに違いない。

となると……逃げ出すしかない。

早速その晩、鳩摩炎は旅装を整えた。もともと荷物はほとんどないので身軽なものである。自室として与えられていた部屋の戸を、音を立てないように注意しながら開けた。

「どうなさいましたか？」

戸の外には衛兵が二人立っていて、すぐに声をかけられた。鳩摩炎を守っていたのではない。逃げ出さないように見張っていたのである。自分はすでに囚われの身になっていることに、鳩摩炎は気づいた。

子豚の絵本

王は、あからさまに喜んだ。

「そうか。考えてくれたのか。馬で遠乗りに出てはどうかな」

王は家臣に馬の支度を命じた。

鳩摩炎と耆婆は、従者とともに馬にまたがり出発した。耆婆は子どもの時分から乗馬が好きで、馬乗りの名手として名が知られるほどだった。王は、耆婆の颯爽とした姿を鳩摩炎に見せようと計画したのだ。

城を出ると、黄金色にたなびく小麦畑がいちめんに広がっていた。畑の間の道を馬で駆けていくと、ロバが引く車が向こうからやってきた。あごひげの長い老人が乗っていた。

「耆婆様」

老人は満面の笑みを浮かべて、耆婆に手を振ってきた。

小麦畑を抜けると、乾いた草原が地平線まで続いていた。背の低いラクダ草が生え、ところどころに胡楊《こよう》の木が立っている。立ち枯れているものも多く、乾燥地の気候の厳しさを物語っていた。

乾いた風に吹かれ、耆婆は駆けていく。姿勢のよい、凛とした後ろ姿だった。そのあとを鳩摩炎は追った。しばらく行くと、濁った川が流れているのにぶつかった。川のほとりで馬から降りた。

一本の胡楊の木が立っていた。根元から影が伸びている。日なたの白さと影の黒さが、くっきりとした対比を見せていた。川の縁の砂の上に、鳩摩炎と耆婆の足跡がついた。川を眺めながら、二人は無言で歩いた。

川原の真ん中あたりに泉が湧いていた。二人は自然と歩みをとめた。薄緑色の砂を巻き上げて、泉の底から水が湧き出している。幾つかの気泡を吹き上げているのが見えた。まるで生命が誕生しているようだと、鳩摩炎は思った。

「命が生まれているところみたい」

耆婆がつぶやいた。鳩摩炎は驚いた。今、まさしく自分が考えていたことを耆婆が言ったのだ。その驚きはすぐに喜びに変わった。

「私も、今、まったく同じことを考えていたんですよ。驚きました」

「嬉しい」

耆婆は笑った。気泡は次から次へと生まれていた。

これをきっかけに、二人はすっかりうちとけ、胡楊の根元に戻って座り、話しはじめた。鳩摩炎は天竺からの旅の途上で、土地土地の言語を身につけており、亀茲語もよく解したのであった。生まれ育った天竺のこと、父が大臣であったこと、自分の境遇が嫌になったこと、偶然にも寺に行ったこと、出家して天竺を出てきたことについて語った。

耆婆は、子どもの頃から馬に乗ってこのあたりを駆け回ったこと、王族として何一つ不自由のない暮らしを送ったこと、欲しい物は何でも手に入ったが自由だけはなかったこと、求婚者はたくさんいたがちっとも心が動かなかったことについて、熱っぽく語った。

日は高くなり、胡楊の影は短くなった。

鳩摩炎は耆婆の話を聞くほどに、しっかりとした考えを持っていることに感心していた。

昼になると二人は、家臣らが準備してくれた食事をとった。焚火の上では羊肉と野菜の煮込みがぐつぐつと、食欲をそそる香りを立たせていた。黄緑色の葡萄は汁をたっぷりと身の内にたたえており、口に入れると甘酸っぱさが広がった。真桑瓜は切ると果汁をしたたらせ、豊穣そのものであった。ナンをかじっていると、さわやかな風が川面から吹いてきて顔をなでた。

鳩摩炎は、今この時を存分に楽しみながらも、「あなたと結ばれることはできないのです」と、いつ耆婆に伝えようかと思案していた。耆婆を傷つけたくなかったのだが、どのようにしても傷つけてしまいそうだった。

耆婆は鳩摩炎をうるんだ目で見つめながら、突然言った。

「私と結婚してくださるのでしょう？」

＊

幹夫は想像の羽を休め、本を閉じた。一息入れるため、机の上に本を置いたまま、ぶらぶらと児童書の棚のほうへと歩いていった。懐かしい場所だった。小学校にも上がらない頃だった。幹夫を自転車の荷台の子ども用席に乗せて、母がよくこの図書館に連れてきてくれた。自転車の荷台で、母の背中を眺めて揺られていると、早く絵本を読みたいと期待が高まった。図書館に着くと、まっすぐ児童書の棚へと走った。

「図書館の中で走ってはいけませんよ」

母はいつも同じことを言った。

幹夫は母に、絵本を読んでほしいとせがむのだった。いつも同じ本で、子豚が前に歩いていく、行く手に何があってもただ進んでいくという内容の絵本だった。今思い出してみると、よく飽きもせず、何度も同じものを読んでもらったものだ。母は文句を言うこともなく、十回でも二十回でも、続けて読んでくれた。

そうだ。あの本はまだあるだろうか。だが、題名も著者も覚えていない。わかっているのは、ただ子豚が前に進むという内容だけだった。膨大な絵本の棚の前を、幹夫はあてずっぽうに歩き回った。何の手がかりも得られなかった。

もう、ないのだろうか。そうだよな。あれから十五年もたった。あきらめかけたとき、ふと、貸し出しカウンターの中にいる司書が目にとまった。平日の午前中であるため人気のない中で、若い女性司書が一人、本に透明のカバーテープを貼っていた。鼻筋が通り、頬は丸みを帯びて、整った顔立ちの人だった。

見ず知らずの他人に声をかけるのは気後れがしたのだが、絵本を探したいという気持ちの強さが勝った。

「子どもの頃に読んだ絵本を探しているんですが」

幹夫が言うと、司書は嬉しそうにたずねてきた。

「何という題名ですか？」

「それがわからないんです。ただ、子豚が歩いていく、といった内容でした」

「鶏じゃなくて子豚なんですね」

「はい。それだけは確かです。いろんな障害があっても、子豚は突き進んでいくんです」

司書はしばらく考えこんだ。

「もしかして、あれじゃあ、ないかな……。ちょっとお待ちください」

司書はカウンターから出てきて、絵本の棚の向こうへ消えた。幹夫が待っていると、すぐに一冊の絵本を持って帰ってきた。その黄色っぽい表紙を見たとたん、幹夫は興奮して言った。

「そうです。これです！　どうしてわかったんですか？」

「私もこの本、大好きなんです」

本が見つかって嬉しかった。同時に、目の前の女性が自分と同じように子豚の絵本を好きだったことも嬉しかった。司書に礼を言い、その顔をじっと見た。司書は笑顔を見せて会釈した。

幹夫はもっと話していたかったが、もう話すことはなくなってしまった。

幹夫は絵本を司書から受け取り、大切に抱えて閲覧机に戻った。ページを開き文字を目で追っていると、すべてが母の声となって聞こえてきた。一所懸命に読んでくれている、若い頃の母が目の前にいるようだった。

幹夫は鳩摩羅什の本と子豚の絵本を借りて、図書館の外に出た。陽射しがまぶしく、目を細めた。自転車に乗って、来た時と同じ道を走り出した。行きは快調に下った坂も、帰りは難所となった。自転車から降りて押していけば楽なのだったが、幹夫は漕いで登ることを自分に課した。誰が見ているわけでもないのに、降りずに登りきったら、子豚のように前に進んでいけるような気がした。

あと五メートルで坂のてっぺんに着くというところで、力を入れて漕ごうとしてもこれ以上登れなくなってしまった。自転車が倒れそうになり、ついに足を着いてしまった。図書館で会った司書の顔を思い浮かべると、気分が弾んだ。坂の向こうには、青空と白い雲が見えていた。

その晩、幹夫は父母と夕食の席に着いた。

「なあ、幹夫。公園のトイレ掃除、頑張ってて偉いな。お前、何かやりたいことがあるんじゃないか」

幹夫が黙っていると、父は続けた。

掃除仲間

「もし、やりたいことが見つかったら、俺にできることは協力するよ」

焼いたアジを箸でつつきながら幹夫はつぶやいた。

「どうせ俺なんか……」

「公園のトイレ掃除なんて、誰にでもできることじゃないぞ」

「あんなことしたって、どうせまた荒らされるだけなんだよ。無意味なんだ」

「いや、違う。見てる人は見てるんだ」

そういえば、警察官がパトロール中にトイレがきれいになっていると気づいていた。それでも、父の言葉に対して素直になれなかった。

「じゃあ、なんで交番で謝ったんだよ。俺は悪いことなんてしていないだろう」

幹夫は声を荒らげた。

「それは、そういうものだろう。社会のルールだよ。わかるだろう」

「わからないよ。いつだってまわりのことばかり気にして。どうせ会社でも、ぺこぺこ頭を下げてへらへら笑ってるんだろう」

「幹夫！」

父は立ち上がり、幹夫の頬を叩いた。

「幹夫！」

母が幹夫に駆けよった。幹夫は父をにらみつけていた。

「甘えるのもいいかげんにしろ。誰に食わせてもらっているんだ！」

父が大声を出すと、幹夫も立ち上がった。怒りを飲みこみ、二階へ走り上がった。涙があふれてきて、頬を伝って床に落ちた。父に怒りをぶつけても、自分の情けない状況に変わりはないことを、よくわかっていたのだ。父と向かい合うと、いつだって口論になる。何を言っても結局、心は落ち着かない。嫌なことをしてしまったという自己嫌悪ばかりが胸に満ちる。

母が階段を上ってきた。幹夫は自分の部屋に逃げこみ、鍵をかけた。ドアの前に母が来たのが足音でわかった。母は泣いていた。この家はめちゃくちゃになってしまったと、幹夫は思った。

翌朝早く、幹夫は目覚めた。若くて体力があったので、どんなにささくれだった心でも、一晩よく眠れば回復した。静かな心持ちで幹夫は考えていた。両親と顔を合わせたくない。どこかに出かけよう。そうだ。あれからずいぶんたつ。赤いどくろはどうなっただろう。

幹夫はベッドからはね起き、外に出た。途中でコンビニに寄り、ホットの缶コーヒーとやきそばパンを買った。

赤いどくろの公園が見えてきた。朝の光に包まれたトイレは、深夜に乱闘があった場所とは思えないほど、静謐の中にたたずんでいた。小鳥のさえずりが聞こえた。トイレに近づいていくと、どくろはいなかった。きれいに流されていたのである。外壁の色が以前より明るくなっている。塗りなおしたようだ。警察官がやってくれたのだろうか。幹夫はありがたいと思った。そして、トイレに向かって一礼した。

トイレの中もきれいだった。幹夫は満足して用を足した。外に出てベンチに座り、まだほのかに温かい缶コーヒーを飲んだ。パンを頬張りながら、トイレの壁を眺めていた。こうやって誰かがどくろを消してくれた。掃除したトイレにどくろを描くやつもいれば、それを消してくれる人もいる。応援してくれる人のために、もう一度やってみようか。

視界を自転車が横切った。新聞配達の青年だった。自分よりも若い。あいつも頑張っているんだな。

幹夫はベンチから立ち上がると家に戻った。久しぶりに掃除道具を持ち、新たな公園へと走った。

掃除仲間

また初めからだな。そう思って、トイレを掃除しはじめた。しばらくすると、一人の男がトイレに入ってきた。背丈は幹夫と同じくらいだが、全体に丸っこい体つきをしており、冬眠前の熊のようで愛嬌があった。どこかで会ったことのある人だという気がした。

便器をブラシでこすっているとひらめいた。先日、観世音寺講の日に、山門で会った細い目の男だ。男の姿をよく見ると、幹夫は驚いた。男は長靴を履き、柄付きタワシの入ったバケツを手に下げていた。

「一緒に掃除をしよう」

いきなり男は言った。突然のことだったので、なぜ、と問う余裕もなく、幹夫はただうなずいてしまった。男は笑みを浮かべて近づいてきた。

「橋本常彦です。よろしく」

橋本常彦は、かって自分の人生を講の仲間の前で述べたのだった。子どもの頃、両親を火事で亡くしたこと。事業で借金を抱え死のうと思ったこと。壮絶な話だった。この男と比べたら、自分は恵まれているほうなのかもしれない。そんな気さえ、幹夫はしたのだ。それなのに橋本常彦は、こうして穏やかな笑顔を見せている。しかもなぜか、自分と一緒に掃除をしようと言っている。何を考えているのだろうか。

ただ、掃除の仲間がいるのは悪くないとも思った。これまで一人で掃除をしてきたが、道行く人々にたいていは不審がられた。もし二人で掃除をしていたら、今よりも怪しまれなくて済むかもしれない。

常彦は幹夫と同じように掃除を始めた。二人とも無言のまま作業を続けた。そうしているうちに日が高くなった。

「昼飯、食べに行かないか」

手を休めて常彦が言った。やきそばパンを一つ食べただけだったので、幹夫は空腹だった。けれど、あまりお金をもっていなかった。

「いえ、俺はいいんです」

「腹はすいているんだろう」

「はい」

本当に空腹だったので素直に答えた。

「じゃあいいだろう。ぼくが誘ったんだからおごらせてもらうよ。行こう」

常彦は、公園のトイレで手を洗いはじめた。幹夫は石けんを渡した。掃除のときはいつも持ち歩いているものだった。常彦は喜んで受け取った。

歩き出した常彦の後をついて駅の方に向かっていくと、古びた定食屋があった。のれんをくぐって二人はカウンター席に着いた。

「カツ丼大盛りでいいね」

常彦は二つ注文してから、幹夫に話しかけた。

「きみは偉いね」

「偉くなんてありません」

「いやいや、偉いよ。ぼくは尊敬している」

「俺はただ、薬山和尚に言われてトイレ掃除を始めただけなんです。昨日も親父に『偉い』って言われました。でも、その後、口論になりました。いつもそうなんです。口やかましく干渉されて、それが嫌で……」

幹夫はコップの水を飲んで息をついた。その様子を見ていた常彦は、ゆっくりと言った。

「幹夫君。どうしてお父さんが口やかましいか、考えたことありますか？」

幹夫は常彦のほうを見た。どうも、この人の言動には、予測のつかないところがある。

「いえ。ありません」

「そうか。それなら一度、考えてみるといいかもしれないね」

湯気を立てたカツ丼と味噌汁とお新香がやってきた。

「まず、食べようじゃないか」

常彦は箸を割った。幹夫も食べはじめた。よく働いた後だったので、今まで食べたカツ丼の中でも、一、二を争うおいしさだった。食べている間、二人は無言だった。幹夫は、カツ丼を口につめこみながらも、どうして父が口やかましいのか考えていた。

親父なんて鬱陶しいだけだ。この一言で終わりにするのならば、今までと同じだった。常彦に言われたのは、父の言葉の背後にある理由を考えろということだろう。考えながらも、幹夫はすでに答えを知っていた。これまで、わざと考えまいとしてきたことだった。

父は自分のことを心配している。それに尽きるのだ。カツ丼を食べながら、とうとう幹夫ははっきりと、このことを認めてしまった。母はもちろん自分のことを気にかけてくれている。そして実は父も同じなのだ。ずっと以前からわかっていた。それなのに、なぜか父と面と向かうと、反発の言葉ばかり口を衝《つ》いて出てくる。

今、自分は、父のことを気にかけている。そう思ったとたん、一滴の涙がカツ丼の中に落ちた。幹夫は立ち上がり、店の外に出た。涙の滴がいくつも頬を伝い、止まらなくなった。幹夫は走り出した。

常彦の正体

翌日も幹夫は同じ公園へ向かった。トイレ掃除をしていると「水野君」と声をかけられた。振り向くと、赤いどくろの絵をめぐって乱闘になったときに来た、年配の警察官が立っていた。

「また、トイレ掃除はじめたんだね。あれから困ったことはないですか？」

幹夫はトイレの外壁がきれいになっていたことを思い出した。

「どくろを消してくれて、ありがとうございました」

警察官は驚いた顔をした。

「違いますよ。私じゃありません。君のお父さんが消してくれたんです。こちらもなかなか手が回らなくてね。助かりましたよ。落書きがしてあると、他の人もそこに書きたくなりますからね」

「えっ。親父が……」

幹夫は言葉を失った。

「知らなかったのかい。騒ぎがあった翌日、お父さんが交番までいらっしゃって、君が倒れていた公園の場所を聞かれたんだよ。見てみたいって言うから、一緒に来たんだ。きれいになったトイレの中を見て、お父さん、感心していたよ。それから、外壁の赤いどくろをじっと見てから、『私が消します』って言ったんだ。何日かたって公園に行ってみると、落書きはすっかり消されていたよ」

あの父がそんなことをしていたなんて、初耳だった。

「おはよう」

声のするほうを見ると、常彦がやってくるところだった。バケツを手に下げた常彦は警察官に会釈をして、幹夫のところに来た。幹夫は何も言えず、うつむいた。

「きっと、来てるはずだと思ったよ」

幹夫は顔を上げて、小さな声で「昨日はすみませんでした」と言った。

「いいんだよ。でも、残すのはもったいないと思って、全部食べたんだ。カツ丼大盛り二杯はさすがにきつかったよ」

常彦は笑って言った。この人は、子どもの頃、大変苦労したのだ。食べ物を残すことなんてできないんだ。幹夫は自分が恥ずかしくていたたまれなかった。

「おや、仲間ができたんだね」

警察官は嬉しそうに言った。

「はい」

答えたのは常彦だった。

それから二人は、昨日とまったく同じように掃除を始めた。その様子をしばらく眺めて、警察官は去っていった。会話を交わすこともなく、一心不乱に作業をした。

力を入れて便器をこするため、手や腰が痛みはじめてきた頃、幹夫は常彦に言った。

「今日はこのくらいにします」

「うん。おつかれさま。幹夫君、今日、これから時間あるかい」

「ええ。特に予定はありません」

「よかった。ちょっと、ついてきてくれないか」

二人は駅まで歩き、電車に乗った。手にバケツを下げたままの恰好で、電車の中で揺られていた。窓の外には川が流れ、川原のグラウンドではサッカーをしている少女たちが見えた。

少し先の駅で降りてしばらく歩くと、重厚な構えの大きな門があった。「一乗学院大学」と書いてある。常彦は立ち止まることなく、門の中へ入っていく。幹夫は気後れしつつも後に続いた。

常彦が何をしようとしているのかはわからない。だが、任せておけば大丈夫だと、幹夫は思っていた。常彦はこれまで、大変な苦労とともに生きてきた。死まで考えた人が、なぜか自分のトイレ掃除につきあってくれている。そのことの重みを感じていた。

大学構内にはいくつもの建物があった。初めて来た大学が、幹夫にはめずらしくてならなかった。一つの建物の扉を、常彦は押して中に入った。建物の中は薄暗く、ひんやりとしていた。外とは時間の流れかたが違うようだと、幹夫は思った。

幅の広い階段を上り、迷路のように入り組んでいる廊下を三回曲がったところで、常彦は止まった。ポケットから鍵を出し、ドアを開けた。

「さあ、どうぞ。散らかってるけど」

常彦にうながされて、幹夫はおそるおそる部屋の中に足を踏み入れた。天井まで本が詰まった壁が、右にも左にもそびえ立っていた。かび臭くてほこりっぽかった。正面には窓があり、その前に机があった。机の上にも本が積み重なっている。

入口の横にあるソファーに座るようにと、常彦が言った。幹夫は腰を下ろしたが、落ちつかなかった。こんなところには初めて来たのだ。常彦はコーヒーメーカーのスイッチを入れた。

「ここに君を連れてきたのには、わけがあるんだ。その前に、ちゃんと自己紹介をしなければならないね」

常彦の正体

常彦は幹夫に名刺を渡した。「一乗学院大学　仏教学部　助教　橋本常彦」と書いてあった。

「大学の先生なんですか」

「うん。そうなんだ。前に観音講で、ぼくのこれまでのことを話しただろう」

幹夫はうなずいた。両親を火事で亡くしたことから始まって、自ら死のうとしたという壮絶な話だった。

「あれには続きがあるんだ。死のうとして死にきれなかったとき、観世音寺の講に誘われたんだよ。正直言って、はじめはそんなところに行ってもしかたないと思っていた。お寺で手を合わせたって家族やお金が戻ってくるわけじゃないし、寺なんて、葬式のときに行くものとしか思ってなかったんだよ。でも、妻も子も出て行って、ひとりぼっちだった。行くだけ行ってみるかと、講に参加してみた。そこで和尚に法華経の書写行をすすめられたんだ」

この、頼りがいのある兄のような常彦も、かつては自分と同じことをしていたのだ。幹夫は話に引きこまれていった。

「書写したのは、常不軽菩薩品《じょうふきょうぼさつぼん》第二十だった。どんな内容か知っているかい？」

「いえ。知りません」

「そうか。じゃあ、簡単に説明させてもらうね。法華経の常不軽菩薩品は釈尊が話した内容として、書かれている」

コーヒーメーカーが音を立てて蒸気を吹き出した。コーヒーの香りが部屋の中に満ちてきた。幹夫は真剣な面持ちで、常彦の言葉に耳を傾けた。

「常不軽という名の求法者がいました。常不軽の意味は『常に軽蔑された男』、あるいは『常に軽蔑しない男』です。彼は、誰に対しても近づいてこう言いました。『私はあなたがたを軽蔑いたしません。あなたがたは軽蔑されてはいません。それはなぜでありましょう。あなたがたはすべて菩薩としての修行を行いなさい。そうなさるなら、いつか正しい悟りを得た如来となることができるからです』

この男はただひたすらに、こう言い続けたんです。でも、突然、そんなことを道端で言われても、はいそうですか、とはならない。第一、通りすがりの人に言われたら気味が悪い。何様のつもりなんだと思うかもしれない。だから、声をかけられた者はみな怒って、常不軽をののしったんです。

それでも彼は、言い続けたんだ。『あなたは必ず如来となるでしょう』と。だんだん、人々の攻撃は激しくなっていった。杖で彼を打ったり、石や土を投げつけたりした。彼はどうしたと思いますか？」

いきなりの質問に幹夫は答えられなかった。考えていると、常彦がコーヒーをマグカップに入れてくれた。

「まあ、どうぞ」

　幹夫はコーヒーを口にふくみ、柔らかな香りに包まれながら考えた。自分なら、迫害されたら折れてしまう。もちろん、菩薩と言われるくらいなのだから、自分とはまったく違う人なのだろう。

「じっと、耐えたんじゃないですか？」

　常彦は笑った。

「まあ、そう思うよね。でも、常不軽は違ったんだ。石を投げられたりして命の危険を感じて逃げた。自分の命を大切にしないと、目的を達成できないからだ。そして、遠く離れたところから、大声でまた、同じことを言った。『私はあなたがたを軽蔑いたしません』とね。常不軽菩薩品の最後で釈尊が『彼は私なのだ』と告白される。実はこの常不軽は、釈尊の過去の姿だったというわけなのさ」

　常彦はコーヒーを飲み、幹夫にたずねた。

「今の話、どう思う？」

「何を伝えようとしているのか、よくわかりません。でも、お経って、もっと難しいことが書いてあるのかと思っていました。それにしても、常不軽は、なんだか気になるキャラクターですね」

異変

橋本常彦は大きくうなずいた。

「そうなんだよ。ぼくも同じことを考えた。常不軽菩薩はなぜだか気になる存在だよね。書写しただけじゃなく、法華経を解説した本で調べてみたりもした。このことがきっかけになって、ぼくは仏教というものに興味を持ちはじめたんだ。そのうちに大学で勉強したいと思うようになって、実際に取り組み、十年たって今のようになったんだ」

そんなことがあるものなのかと、幹夫は驚いた。

「それじゃあ、講がそもそものはじまりなんですか。でも、どうして俺をここに連れてきたんですか」

「うん。それはね、ぼくが常不軽菩薩になりたいからなんだ」

「ええっ？　菩薩になりたいんですか？」

「もちろん、菩薩になろうと思ったってなれるものじゃない。ただ、その行動を見習おうと考えたんだ」

「よくわかりません」

「わからないってことをわからないって言えるのは、幹夫君の美点だね。わからないことをわかっているふりをする人が、本当に多いからね」

ほめられて、幹夫は恥ずかしくなった。

「幹夫君、またここに来てくれるかい？」

「はい」

「じゃあ、次回までの宿題を出しておこう。どうして常不軽菩薩は『私はあなたを軽蔑しません』だなんて、言い続けたのでしょうか。これを調べるなり、考えるなりしてきてください」

幹夫は宿題を出されたことが嬉しかった。宿題が嬉しいなんて、俺もおかしいなと思った。

残っていたコーヒーを飲み干すと、常彦に礼を言い部屋を出た。

なぜ常彦がトイレ掃除を手伝ってくれたのか。常不軽菩薩の行動を見習うとはどういうことなのか。どうして、常不軽菩薩は『私はあなたを軽蔑しません』だなんて、言い続けたのか。

頭の中はわからないことだらけだったが、今日はいい日だったなと思った。

歩きはじめると、夕映えの空が赤々と町中を覆っているのが見えた。

帰宅すると、台所で母が料理をしていた。めずらしく父も家にいた。昼間、公園で警察官から、父がトイレの落書きを消したことを聞かされたのを思い出した。意外だったが、嬉しかった。

「おかえり」

父が言ってきた。一昨日、口論したことなど忘れているかのようだった。実際は、忘れていないからこそ話しかけてきたのだろう。幹夫は返事をした。

「赤いどくろ、消してくれてありがとう」

一瞬、父は驚いた顔をしてから「ああ」と答えた。うっすらと涙を浮かべていた。

「ああっ」

そのとき台所から、母の妙な声が聞こえた。見ると、母は床に座りこんでいた。

「どうした？」

父が声をかける。

「ちょっとめまいがしただけ。大丈夫よ」

目をつぶりながら、母は言った。

「そうか。疲れてるんじゃないか。食事は俺たちでなんとかするから、横になったらどうだ」

父と幹夫は、左右から母を支えて寝室に連れていった。幹夫は母の手を握った。そのとき、ふと思い出したことがあった。幹夫が小学校に入った頃のことである。

幼い幹夫は、母と手をつないで歩いていた。ふいに母が、幹夫の手を、ぎゅっ、ぎゅっと、二度、強く握った。どうしたのだろう。幹夫は母の顔を見た。

「ねえ、幹夫もお母さんと同じように、握り返してごらん」

母は手をつないだまま、今度は三回、強く握ってきた。幹夫は言われたように、三回握り返した。続けて母は四回握り、幹夫も四回握り返した。それからというもの、手をつないで歩いているときは、時々、手を握る合図を二人は交わしていた。母と幹夫だけの、秘密の合図であることが嬉しかった。

＊

当時、自分から「私と結婚してくださるのでしょう？」などと言う女性は、たとえ王家であっても、他にはいなかった。

この瞬間まで、嶋摩炎は結婚の話を断ろうとばかり考えていた。だが、自分をまっすぐに見つめている、耆婆の青く大きい瞳に吸い込まれてしまった。これほど、心が惹きつけられる出会いは、今までなかった。嶋摩炎は頬を赤らめながら言った。

「私は悩んでいました。でも、今日一日、あなたと一緒にいてわかりました」

一度言葉を切り、一呼吸置いて、かみしめるように言った。

「私の妻になってください」

耆婆は屈託のない笑顔を見せた。鳩摩炎の目をのぞきこんで、手をさしのべてきた。その手を鳩摩炎は取った。体中にしびれが走り、耆婆の温もりが伝わってきた。もう後には戻れないと、鳩摩炎は瞬時に理解した。

泉のほとりに生えているポプラの、高い梢が風にそよぎ、葉擦れの音を立てた。一枚一枚の葉の裏が、光を反射して白く輝いていた。胡楊の木の影は長く伸び、夕暮れが近いことを示していた。

鳩摩炎は還俗することを決意した。それでも、在家に身を置きながら仏の道を歩いていこうと考えていた。気にかかるのは、父のことだった。「出家など許さん」と言っていた父に反発して、鳩摩炎は故国を飛び出してきたのだ。いまさら還俗するとなったら、その父に対して何と言ったらよいのか。だが、耆婆を一目見ると、迷いは霧散した。耆婆は若く、弾むような美しさを持ち、むせかえるような魅力を発散していた。

年頃であった耆婆のところには、これまで幾人もの、王族や貴族の求婚者が訪れていた。そのうちの幾人かは、兄の目にもかない、結婚を勧められもした。しかし耆婆は、男たちの粗野な本性、理性のなさに失望し、結婚を受け入れることはなかった。

国王にしてみても、天竺の出家者を自分の手元に置くのは、願ってもないことだった。この時代、僧は単なる宗教者ではなかった。国政と軍事への助言を与える顧問、そして時には神異、いわば超能力の発揮まで求められていたのである。

異変

耆婆と鳩摩炎の結婚の祝いは、盛大に行われた。

ほどなくして耆婆は身ごもった。鳩摩炎も国王も、たいそう喜んだ。耆婆は安産を願い、亀茲国最大の寺、雀梨大寺に詣でた。寺と言っても、礼拝に用いられた祠堂、僧侶たちが共同生活をした僧院、高僧が住む羅漢院、修行の場である習禅院、倉庫、図書館、食堂、井戸など、修行と生活に必要な設備がすべてそろっているので、町と言っていいほどの規模があった。耆婆は雀梨大寺に日参しては、願を掛けていた。

「健やかな子が無事に生まれますように」

耆婆は幸福であった。心を寄せた男と一緒になり、子どもまで授かった。毎日、何の心配事もなく過ごしている。

大伽藍の中にある仏像の前に座り、耆婆は一心に祈っていた。仏に向かって深々と一礼し立ち上がったとき、後ろから声を掛けられた。

雀梨大寺に毎日通ううちに顔なじみになった僧だった。

「耆婆様は毎日、熱心に修行を積まれていらっしゃいますね」

「いえいえ。私は修行をしにきているのではありません。安産を祈っているだけで、仏の教えについては何も知らないのです」

「一度、僧院に勉強にいらしてみてはいかがですか？　はじめはただ座って、話を聞いているだけでよいのですよ」

「はい」

思わず耆婆は答えていた。この無名の僧の一言が、耆婆と鳩摩炎、そしてまだ生まれてさえいないわが子の運命を大きく動かすことになる。

その晩、耆婆は、寺で僧に言われたことを鳩摩炎に話した。

「それはよいことです。行って勉強してごらんなさい」

夫の後押しが、耆婆の思いを固めた。よし。仏教を学んでみよう。もともと聡明で知られた才媛である。その向学心に火がついた。

第三章　常不軽菩薩

鳩摩羅什の誕生

鳩摩炎に仏教を学ぶことをすすめられた翌朝、耆婆は雀梨大寺を訪ねた。昨日の僧によって、師僧が説法をしている習禅院へ導かれた。耆婆が緊張しながら入っていくと、師僧と向かい合わせになるようにして、修行僧たちが列になって座っていた。耆婆は末席に座った。

まず驚いたのは、師僧たちが仏教の教義について討論している言葉がまったくわからないことだった。普段使っている亀茲語ではなく、天竺語が話されていたのだ。その日は何も理解できないままに、耆婆は静かに座っていた。帰宅すると鳩摩炎に教えを請うた。わからないことが悔しかったのだ。鳩摩炎は天竺語を初歩から教えてくれた。仏教を学ぶには天竺語の中でも、梵語の習得が求められた。天竺出身の比丘であった鳩摩炎は最高の師であった。耆婆は持って生まれた才能とたゆまぬ努力によって日に日に天竺語を習得し、師僧も驚くほど仏教への理解を深めていった。

寺に泊まりこむ修行にも参加した。近隣諸国から集まってきた王家の女性たちや比丘尼たち

鳩摩羅什の誕生

とともに数日間、日の出から夜更けまで仏法を聴聞した。城では鳩摩炎から仏法の話をしてもらった。

ある日ふと、耆婆は思い当たった。学べば学ぶほど仏の教えが尊いことが身にしみてわかってくる。それなのに自分は鳩摩炎を還俗させて夫としてしまった。別の道へと連れ出してしまったのだ。何ということだろう。

耆婆はすぐに鳩摩炎のところへ駆けつけ、足元にひれふして涙を流した。

「どうしたのですか？」

鳩摩炎は驚いた顔をしてたずねた。

「私は罪深いことをしてしまいました。仏の道を歩んでいたあなたを還俗させました。本当に愚かなことですが、今になってようやく、あなたが何をなさろうとしていたかわかってきました」

泣きながら耆婆は率直な気持ちを口に出した。

「わかってくださいましたか。でも、これでよかったのです。おかげであなたのそばにいられます。もし私が出家の身のままだったら、おなかの中の子もいなかったのです。さあ、顔を上げてください。これでよかったのです」

鳩摩炎は自分に言い聞かせるように、「これでよかったのです」ともう一度つぶやいた。

「あっ、動きました」

耆婆は腹を両手で触りながら言った。

鳩摩炎はかがんで、耆婆の腹に手を当てた。手のひら全体に振動が伝わってきた。

「お母さんもお父さんも、お前が出てくるのを待っているよ」

満面の笑みをたたえて、鳩摩炎は耆婆の腹に向かって語りかけた。

この時耆婆は、釈尊に向かって心の中で話しかけていた。

「私は、あなたの教えに帰依していた夫を還俗させてしまいました。せめて夫の代わりに私が、おなかの子どもとともに、教えを学び精進いたします」

それからも耆婆は毎日、雀梨大寺へ詣で、修行を続けた。


やがて月は満ちた。

豚のような、兎のような、奇妙な獣の面を頭からかぶった者たちが、列をなして踊っている。大小の鼓、鐘《しょう》、篳篥《ひちりき》（竪笛）、排簫《はいしょう》（竹管を並べた縦吹きの管楽器）、箜篌《くご》（竪琴）、角笛、琵琶、阮咸《げんかん》（弦楽器）など、様々な楽器を持った者たちは、陽気な、それでいて郷愁を誘うような音楽を奏でている。そろいの衣装をまとった子どもたちは笑顔を浮かべ、音楽に合わせて、手を上にあげては手首をくねらせて舞い踊る。はじめはまわりで見物していた者たちも、見ているだけではいられなくなって踊りの中へ入っていく。

亀茲国は王子誕生の祭りに浮かれていた。人々が会えば話は必ず王子のことになった。祭りは夜更けまで続き、亀茲国の白王からは、羊肉や果物が気前よく振る舞われた。後継ぎのいなかった王にとって、妹が男児を産んだことは、何より嬉しいことだった。

父鳩摩炎、母耆婆の両方の名より、鳩摩羅什（クマーラジーヴァ）と名づけられた。

鳩摩羅什が生まれる前から、耆婆はわが子を比丘にすると決めていた。そのため幼い頃から徹底した修行の日々が始まった。

鳩摩羅什が一歳になったばかりのときのことである。ようやく言葉を覚えはじめた鳩摩羅什にむかって、耆婆は経を唱えて聞かせた。鳩摩羅什は経を子守歌としてよく眠った。むずかって泣いているときでさえも、経を聞くと安心して泣きやんだ。

三歳になると、母に連れられて雀梨大寺へ通うようになった。寺に着くとまず、西寺区へ行った。長い階段を母に手を引かれながら上る。一番上には仏塔があり、お参りをするのだった。階段を下りる前に、二人は必ず立ちどまった。そこには、普段暮らしている城のまわりとはまったく異なった風景が広がっていた。

たくさんの寺院が延々と連なっているのが見えた。仏塔の上からは川の対岸の東寺区までもが見え、同じように無数の建物が、遥か彼方にまで広がっていた。

仏塔から下りた二人は習禅院に入っていく。鳩摩羅什は耆婆の隣に座り、いつも黙って師僧の話に耳を傾けていた。

雀梨大寺から遠く離れた、亀茲郊外のキジルにある石窟寺院へ行くこともあった。雀梨大寺は日干し煉瓦で造られていたが、石窟寺院は砂岩でできた断崖を穿《うが》っていくつもの部屋が作られ、全体で巨大な寺院の体をなしていた。大勢の僧が、読経をしたり坐禅を組んだり講義を聴いたりする中に、耆婆と鳩摩羅什の姿もあった。

はじめて礼拝堂に入った時、鳩摩羅什の目は大きく見開かれた。ラピスラズリの鮮やかな青によって彩られた壁画が壁一面に描かれていた。釈尊の前世を物語る本生譚《ほんじようたん》、釈尊の伝記である仏伝、人々の行ったことで来世が決まってくることを示す因縁譚など、様々な物語が精巧な筆致で活写されている。鳩摩羅什は一つ一つの前で立ち止まり、時を忘れて眺めていた。森厳な空気の中で、壮麗な衣をまとった仏や菩薩の言葉が聞こえてくるようだった。

耆婆は鳩摩羅什とともに一頭の馬に乗り、毎日、寺へ通っていた。馬上で耆婆は言った。

「お前は将来、立派な僧侶になるんだよ。お母さんはそれが何より嬉しいの。そのためには何でもやります」

鳩摩羅什はうなずいた。幼い鳩摩羅什は、ただ母を喜ばせたいと思っていたのだ。

当時、亀茲国で仏教といえば小乗仏教であり、中でも説一切有部という部派がその中心だった。説一切有部の大きな主張は「三世実有《さんぜじつう》」であった。これは、過去、現在、未来のいずれにおいても、法はそれ自体の変わらぬ特性を持っているということである。

耆婆や鳩摩羅什は「阿毘曇《あびどん》（法に関する研究）」を学習した。これは釈尊の示した「存在のあり方（法）」を綿密に分析し、まとめたものである。

鳩摩羅什は師僧の話を黙って聞いていた。だが、幼子の頭の中に内容が残ることはなく、すぐに流れていった。そんな日々を重ねていくうち、阿毘曇の文言が頭の中に残っていることに鳩摩羅什は気づいた。そこで聞いたままを口に出してみた。ただ繰り返しただけではない。今、学習しているところの中でも、その核となる一文を抜き出して唱えたのだ。その瞬間、師僧と耆婆の目が大きく見開かれた。

阿毘曇は仏教教義の注釈書である。しかも、天竺の言葉である梵語で書かれている。幼い子どもが口に出すだけでも驚くべきことなのに、適切に重要箇所を選び取ったのである。

鳩摩羅什、わずか三歳のときのことであった。

「この子は大変な人物になりましょう」

師僧は言い、耆婆は何度もうなずくのだった。

父と見た月

雀梨大寺から城への帰り道、鳩摩羅什と耆婆は馬上にあった。一頭の馬の背に二人してまたがり、鳩摩羅什は耆婆の背に寄りかかっていた。二人の前後には、護衛の従者が乗った馬も見える。太陽が西の地平線近くにあり、茜色の夕焼け空が広がりつつあった。

「ねえ、ぼうや」

「なあに、お母様」

「本当にいい子だね。あなたが大好きよ」

「私もお母様が大好きです」

鳩摩羅什は首だけ振り返って答えた。耆婆は笑みを浮かべて、鳩摩羅什の背を腕で包みこむように抱きかかえた。わが子の右手を自分の右手で、左手を左手で握った。

この子にしかるべき道を歩ませることこそ私の使命であると、耆婆は強く思った。そのうちに、耆婆にもたれかかっている、鳩摩羅什の体が重くなった。耳を澄ませると寝息が聞こえた。

馬から落ちないようにと、耆婆は右手だけで手綱を持ち、左手を鳩摩羅什の胴に回して支えたまま、馬を進めていった。

鳩摩羅什が四歳の時、弟、弗沙提婆《ふしゃだいば》が生まれた。「これで後継ぎができた」と耆婆は思った。耆婆は弗沙提婆を、鳩摩羅什のように寺に連れて行くことはなかった。もちろん二人とも、分け隔てなくかわいいと思っていた。ただ、ひとたび仏教のことを考えるならば、やはり鳩摩羅什は天性の素質を持つ子であることに疑いはなかった。鳩摩羅什を、亀茲国の王である兄の後継ぎにしてはならないと考えていた。

ある夜更け、鳩摩羅什は目が覚めた。両親が隣室で大声で言い合っているのが聞こえる。弟は寝息を立てて眠っていた。隣の部屋から灯りがもれている。

「それがあの子のためなんです。あの子にはすばらしい才能があります。あなたもお認めになるでしょう」

母の声だった。

「それは私にもよくわかっている。私も天竺の大臣の家に生まれ、我を通して出家したのです。息子が立派な僧侶になってくれたら、これほど嬉しいことはありません。でも、耆婆、あなたが出家することはないではないか」

父が興奮して、耆婆を問い詰めるように言った。

「できるだけ早く、あの子を出家させたいのです。そのためには、私も一緒でなければなりません。私もあなたの代わりに釈尊の教えに帰依することに決めました。後継ぎには、弗沙提婆がいるではありませんか」

鳩摩羅什は寝床から起き上がり、大声で議論している、隣室の両親のところへ歩いていった。

「お父様、お母様、お二人とも私は大好きです。どうぞ、仲良くなさってください」

突然の息子の登場に、鳩摩炎と耆婆は驚いた。耆婆は表情を和らげ、わが子に優しく語りかけた。

「けんかなどしていませんよ。お父様とお母様は仲良しです。心配しないで。ただ大事な話をしていただけなのですよ。さあ、寝ましょうね」

耆婆は鳩摩羅什を寝室へ連れて行って、添い寝をした。鳩摩羅什の寝顔を見つめながら、耆婆はいっそうの決意を固めた。

翌日、耆婆は鳩摩羅什と弗沙提婆を乳母に預け、自室に閉じこもった。母から引き離され、幼い弗沙提婆は泣き叫んだ。鳩摩羅什は五歳になっていた。自分は兄なのだから泣いてはいけないと、涙をこらえていた。母は自分のために、部屋に閉じこもっている。でも、お母様とお父様が争うのは嫌だ。

弗沙提婆の泣き声は城中に響きわたった。それでも耆婆は出てこない。鳩摩炎は、はじめのうち黙って腕を組み、じっと座っていた。二日目になると座っていられなくなり、立って歩き回った。耆婆は一度も部屋から出てこない。鳩摩炎は、耆婆が何も口にしていないことを知っていた。鳩摩羅什もわかっていた。このままではお母様が弱ってしまう。どうしたらいいのだろう。鳩摩羅什はますます懊悩を深めていた。何か自分にできることはないだろうか。

三日目になった。鳩摩炎は目を充血させ、頭を抱えて何事かぶつぶつ言っていた。耆婆が部屋にこもってから、鳩摩炎は一睡もしていなかった。

耆婆は自分が出家することを認めさせようと、命を懸けて部屋にたてこもっていた。部屋の中では一心に、眠ることも忘れて読経を続けた。

鳩摩炎は、自分が還俗して一緒になったのに、入れ替わるように今度は耆婆が出家するということを受け入れられなかった。自分が譲歩したのだから、耆婆もわがままを言うべきではない、というような了見によるものではない。ただただ、耆婆への執着があるのだった。出家するということはすなわち、自分の元を去るということではないか。

だが、執着を持つというのは、仏の教えに背くことではないのか。わがものなど、もともとないはずなのだ。

同時に、鳩摩炎は耆婆のことをよくわかっていた。耆婆がこうと決めたからには、まっすぐ突き進んでいくに違いない。このままの状態を続ければ、耆婆の体が弱ってしまうだけだ。耆婆を思う鳩摩炎にとっては、自分の身を切られるようにつらかった。

六日目の朝を迎えた。鳩摩炎は城の壁の煉瓦を爪で掻いた。何度も何度も掻いた。爪がはがれ、血が出てきた。壁が赤い血で濡れた。

「サッダルマ・チャクラ・プラヴァルタナ・マハーパリニルヴァーナ・サムダルシャナ・ゴーチャラシュ　チャ　ボーディサットヴァチャルヤー・パリティヤーガ・ゴーチャラシュ　チャーヤム　アピ　ボーディサットヴァスヤ　ゴーチャラハ……」

朗々とした読経の声が、城中の壁をふるわせた。鳩摩炎は、声の発せられるほうへ引き寄せられていった。坐禅を組んで読経する、幼い鳩摩羅什の姿があった。真剣に読誦する小さな体は何倍にも大きく見え、経の中に没入しているように見えた。

鳩摩炎は胸を衝かれた。

鳩摩羅什には人を救う力がある。

そのことに耆婆は気づいていた。耆婆の言うとおりだった。この子には仏の道を歩ませなければならない。

鳩摩炎は、やにわに耆婆の部屋の前へ行った。拳を握りしめ、力をこめて戸を叩いた。

「私もわかったから出てきておくれ」

戸の内側からかすかに聞こえていた読経の声が止まった。戸がゆっくりと開かれた。目の縁に隈を作り、すっかり弱った耆婆が、気丈にも笑みをたたえながら出てきた。足がもつれ、倒れこむようにして、鳩摩炎の腕の中に身を預けた。

「ありがとうございます」

耆婆は微笑みながら涙を流していた。鳩摩炎も泣いていた。

鳩摩羅什と弗沙提婆も駆け寄ってきて四人は一つになった。

耆婆は剃髪し、沙弥尼《しゃみに》となることになった。尼寺に入り、まずは一人で修行に励む。七歳になるまで出家できないとされていたので、鳩摩羅什は弗沙提婆とともに城に残されることになった。

いよいよ出発の朝、耆婆は鳩摩羅什を抱きしめると言った。

「必ず迎えに来ますからね。それまで弗沙提婆を頼みます」

母は戻ってくるのがいつのことか言わなかった。

鳩摩羅什はうなずいた。何も知らされていなかったので、母はすぐに帰ってくるものだと思っていた。

馬に乗って城を出て行った母の姿を、鳩摩羅什は城の上から見送った。やがて母は小さな点となり、消えてしまった。それでも長いこと、ながめていた。鳩摩羅什と弗沙提婆はその日、乳母たちと遊んで過ごした。夕食を食べ、母のことを思いながら二人で寝床に入り、くっついて寝た。

その晩遅く、鳩摩羅什は揺り起こされた。目を開けると父だった。寝室に来るなんて、めずらしいことだった。

「ちょっと外においで」

鳩摩羅什は表に連れ出された。乾いた風が吹きつけてきて、肌寒く感じた。空にはまんまるの月がかかっており、煌々と冴えわたっている。

「今夜は月がきれいだな」

夜空を見上げながら鳩摩炎は言った。どうして父は、こんな夜中にわざわざそんなことを言うのだろう。どうも様子がいつもとは違う。

「この月を、私と見たことを覚えていておくれ」

「いつまで？」

鳩摩羅什は父のほうを見てたずねた。父は月のほうを、向いたままだった。父の横顔が月明かりで青白くなっていた。

「ずーっと。ずーっとだよ」

寂しそうに鳩摩炎は答えた。何だか今日の父は、改まって話をしている。まるで、父までも遠くへ行ってしまうようだ。

「よくお聞き。私はもともと天竺から旅をして来た比丘だったのだ。修行の旅を続けていたが、お母様と結婚し、この城にとどまった。そしてお前たちが生まれたのだ。だが、お母様が出家してしまった今、私が城にいることはできないのだ」

小さな手紙

父の話を鳩摩羅什は黙って聞いていた。

「お母様が部屋にこもったとき、お前はヴィマラキールティ・ニルデーシャ・スートラ（維摩経《ゆいまぎょう》）を空で唱えただろう。あれは立派だった。何よりも、読経に心が通っていた。これは天性のものだ。私は、それで目を覚まされた。そなたの行く手を遮ってはいけないのだ。釈尊もきっと、そう望まれているだろう」

父が自分のことをそこまで考えていてくれたなんて。鳩摩羅什は驚いていた。

「弗沙提婆には黙って行くことにする。まだ幼いからな。いつか大きくなったら、私と見た、この月のことを話してやってくれ」

鳩摩羅什はうつむき、父の脚にしがみついた。

「お父様、ぼくたちを捨てないで」

鳩摩炎は目に涙を膨れあがらせた。

「決して捨てるのではない。そのことだけはわかっておくれ。一所懸命勉強して、立派な僧侶になるのだ。それがお母様と私の何よりの願いだ。かつては私自身が望んだことだった。立派な僧侶は、苦しみにまみれた衆生の力になることができる」

二人並び、ずっと月を眺めていた。月は空高く上っていった。月が止まってくれればいいのにと、鳩摩羅什は思った。

鳩摩炎は息子を寝床まで連れて行った。

「おやすみ、鳩摩羅什」

鳩摩炎は涙がこぼれ落ちるのを隠そうともしていなかった。

「おやすみなさい、お父様。さようなら」

そう言って鳩摩羅什も、泣きながら目をつぶった。

部屋から出ていく時、鳩摩炎は振り返って、わが子の姿を見た。鳩摩羅什は寝床の上で、とても小さく見えた。鳩摩炎は、いたたまれなくなって部屋を出た。

翌朝目覚めたとき、鳩摩羅什はいつものように母の姿を探した。探しているうちに、突然、母はもういないことを思い出した。父に会いたいと思い、父の部屋に行った。父の姿は、すでになかった。父はすでに、出て行ってしまったのだろう。あの月を、いつまでも覚えていよう。

父は行ってしまったが、夕食までには母が帰ってくるだろうと、鳩摩羅什は弟に言った。自分は兄なのだ。甘えていてはいけない。

夕日が城の向こうに沈み、夕焼け雲が眺められるころになっても、母は帰ってこなかった。

次の日も、その次の日も、母は帰ってこなかった。鳩摩羅什は乳母にたずねた。

「お母様はいつ戻るのですか」

「きっともうすぐだと思いますよ」

何度聞いても同じ答えが返ってくるので、鳩摩羅什はたずねるのをやめた。

鳩摩炎のゆくえは、あの月夜以降、わかっていない。

＊

床に尻もちをついた母の体を支えながら、幹夫は子どもの頃の、母との秘密の合図を思い出していた。試しに母の手を二度、強く握ってみる。すると母は、驚いて幹夫のほうを見た。そして二度、強く握り返してきた。母は穏やかな笑顔を浮かべていた。

ベッドに寝かせると、母はすぐに寝息を立てて、眠ってしまった。

「お母さん、大丈夫かなあ」

「疲れただけだろう」

父が母を見ながら言った。

翌朝、幹夫が目覚めると、母はすでに台所に立ち、朝食の支度をしていた。

「おはよう。もう大丈夫なの」

心配して幹夫はたずねた。

「うん。何でもないのよ」

母はいつもの笑顔を見せた。ああよかったと、幹夫は安堵した。

朝食を食べると、図書館へ向かった。

小さな手紙

着いてまっすぐに向かったのは、児童書コーナーだった。先日借りた子豚の絵本を返すという口実があった。だが本当は、絵本を探してくれた、あの若い女性の司書に会いたかったのだ。

橋本常彦から出された宿題の答えを探してみようという心づもりもあった。

心を弾ませて児童書のカウンターへ行くと、そこには誰もいなかった。あの司書はいないのかとがっかりしていると、背後から声がした。

「あら、こんにちは」

ふりむくと、胸の前に何冊もの本を抱えた司書が、笑顔を浮かべていた。幹夫はほれぼれと司書の顔を眺めた。ああ、この人と友達になれたらいいな。そう思っているものの、面と向かってみると何も言えないのだった。

「この間は、絵本を探してくれて、ありがとうございました」

やっとの思いで幹夫はそれだけを言い、子豚の絵本を見せた。司書はうなずきながら、いくぶん頬を赤らめて言った。

「来館された方が探されている本を見つけられたときが、一番嬉しいんですよ」

「返却、お願いします」

幹夫は絵本をカウンターの上に置いた。司書は抱えていたたくさんの本を置き、絵本に貼ってあるバーコードを機械で読み取った。

カウンターの上には、「今月のお知らせ」という紙が何枚も重ねて置いてあった。そのとき、幹夫の頭にひらめいたことがあった。

司書にそそくさと会釈をすると、「今月のお知らせ」を一枚手に取った。急いで机のあるところまで行き、裏に字を書きはじめた。書き終わると紙を二つに折りたたんだ。目の前の書棚から、適当に絵本を一冊抜き出して、紙を見えるようにはさんだ。

司書のいるカウンターに戻り、自分の貸し出しカードとともに絵本を渡した。

「お願いします」

司書は絵本に紙片がはさんであるのに気がつき、手に取って開いた。それから黙って文面を読んだ。幹夫はずっと下を向いていた。こんなことをして、気味悪がられたりしないだろうかと、恐れていたのだ。

手紙には次のように書かれていた。

「水野幹夫っていいます。貸し出しカードで名前は知ってますね。こんな手紙を書くと、軽いやつだって思われるかもしれないけど、こんなことするのは初めてです。この前、久しぶりにここに来たけれど、図書館って、なんか、いいところですね」


手紙を読むと司書は言った。

「私は中村真希です。あっ、名札でわかりますね」

中村真希は、頬にえくぼを浮かべて笑顔を見せた。

幹夫は体の芯がうずいた。なんと、かわいらしい人だろう。

「また来ます」

これ以上、間が持たなくなり、幹夫は立ち去ろうとした。

「絵本、忘れてます」

真希に呼びとめられた。真希は幹夫に絵本を手渡した。

「今度、手紙をはさむときは、ちゃんと本を選んだほうがいいですよ」

茶目っ気のある目つきをして真希は言った。絵本の題名を見ると、『赤ちゃんはどこから来るの？』だった。しまった。よりによってそんな本だったとは。幹夫は瞬時に赤面した。「すみません」とだけ言って、その場を離れた。

恥ずかしくて頭に血が上っていた。水飲みコーナーで水を飲むと、少し落ち着いた。さっきは手紙をはさむことだけ考えていて、どんな絵本かなんて気にしていなかった。

いや、待てよ。中村真希さんは「今度、手紙をはさむときは」って言ってたな。ということは、また、手紙を受け取ってくれるということなのかな。恥ずかしかったことなど忘れ、幹夫はたちまち浮かれた気分になった。

図書館に来たのには、他にもわけがあった。宿題である。

「どうして、常不軽菩薩は『私はあなたを軽蔑しません』だなんて、言い続けたのでしょうか」

薬山和尚にたずねれば、すぐに教えてくれるのかもしれない。だが、幹夫は自分の力で答えにたどりつきたかった。そこで、仏教関係の本の棚へ行った。今までまるで縁のなかったところだったが、知りたいことがある今となっては、宝の山だと感じられた。法華経だけでもずいぶんと関連した本があるものだなあ。

一冊抜き出し、目次を見ると、「常不軽菩薩品第二十」とあった。これだ。

小さな手紙

経文の現代語訳を読んでみたが、宿題の答えはさっぱりわからなかった。ひとまず本を棚に戻し、他の本を探そうとしたのだが、たくさんありすぎて選べなかった。とにかく一冊借りよう。適当に棚から抜いて、貸し出しカウンターへ持って行った。また真希に会いたいという気持ちもあったが、先ほどの恥ずかしさを思い出し、児童書のカウンターへは行かなかった。

本を借りると、家に帰らず、図書館に併設されている喫茶店に入った。早く読みたかったのと、少しでも真希の近くにいたかったためである。

客は老人が一人いるだけだった。窓際の二人がけの小さな席に座り、コーヒーを頼むと、本のページを開いた。

鳩摩羅什の翻訳

幹夫が法華経について書いてある本を夢中になって読んでいると、

「こんにちは」

と声をかけられた。

本から顔を上げると、中村真希が立っていた。今日のうちに、再び会えるとは思ってもみなかった。幹夫は嬉しくて仕方がなかった。真希さんは本当にかわいいな。

「私、お昼を食べに来たんです。ここ空いてますか？」

真希は幹夫とテーブルをはさんだ、向かい側の椅子を指差して言った。

「ど、どうぞ」

幹夫の声は上ずっていた。ウェイターが注文を取りに来ると、真希はメニューを見もせずに注文した。

「Aランチをお願いします」

幹夫もあわてて同じものを頼んだ。

「つきあってくれなくてもいいんですよ」

「ええ。でも、釣られ食い、です」

幹夫が答えると、真希は笑った。

「そういうことって、ありますよね。でも、読書の邪魔をしてしまったみたい」

「いえ。いいんです」

そう言ったきり、話が途絶えてしまった。気まずい沈黙が二人の間に訪れた。何か言わなければと、幹夫は思った。

「あの」

二人は同時に言った。

「お先にどうぞ」

「いえいえどうぞどうぞ」

譲り合う形となった。結局、幹夫が切り出した。

「俺、お経のこと調べてるんです」

幹夫は読んでいた本を見せた。真希は笑った。いきなりお経の話なんかして、変な男だと思われたのだな。

「私も、『今、何を読んでいるんですか？』って、聞こうと思ったんです」

よかった。馬鹿にされたわけではなかったのだ。幹夫は安心した。

「でも、どうしてお経なんですか？」

「うーん。これは長い話になってしまいます。それに、ランチを食べながらするような、楽しい話でもないんです」

「そうですか。それじゃあ、その話はまた改めて、ということにしましょう」

「すみません」

「謝るようなことじゃないですよ」

「はい。今度、お休みの日にゆっくり話させてください」

幹夫はさりげなく言った。だが内心、意を決して真希を誘ったのだ。

「そんな、無理しなくていいですよ」

そう言ってから、真希は小首をかしげた。

「あれっ。もしかして、無理なんかしてないですか？　それって、デートに誘ってるってことですか？」

幹夫は首のあたりから頬にかけて、瞬時に熱くなるのを感じた。

「そ、そうです」

もうだめだ。変なことを言ってしまった。せっかくいい感じで知り合ったのに、自分が余計なことを言ったから、すべてぶち壊しになってしまった。

「今度のお休みは月曜日。図書館の休館日は月曜なんです」

えっ。それって、俺とデートしてもいいってことなのだろうか。

その時、ウェイターがランチを運んできた。焼き魚の皿がテーブルの上に並べられるのを見ながら、幹夫は有頂天になっていた。つい今ほどの後悔は、すっかり消え失せている。

「いただきまーす」

真希は割り箸を割った。幹夫も続いた。成り行きとはいえ、デートにまで誘ってしまい、ますます幹夫は、何を言ったものかわからなくなっていた。

食べ終わると二人は、携帯電話の番号とメールアドレスを交換した。連れ立って店を出ると、真希は、

「じゃあ、仕事に戻るね」

と笑顔を見せた。少しくだけた口調に変わっているのが、幹夫には嬉しかった。

「うん、またね」

真希は図書館の中に戻って行く。幹夫は、見えなくなるまで後ろ姿を見送っていた。

頭の上に水滴が落ちてきた。見上げると、細かい雨粒が顔にあたった。しとしとと小糠雨が

降ってくる。雨宿りをしようと、幹夫は食堂に戻った。先ほど真希が座ったのと同じ席に着き、楽しかった時間の余韻に浸った。再びコーヒーを注文し、借りてきた法華経の本を開く。しばらく読んでいると、見慣れた文字が眼に飛びこんできた。「鳩摩羅什」である。

「サンスクリット本では、『常不軽菩薩は軽蔑しません』という表現が使われているが、鳩摩羅什訳では『常不軽菩薩は敬います』という表現が使われており……」

これはどういうことなのか？　鳩摩羅什は法華経の翻訳者である。翻訳というものは、原文を忠実に日本語へ置き換えるという作業なのだと思っていた。それなのに鳩摩羅什は、原文にない言葉を使って訳文を作っているのだろうか。翻訳においてそんなことが許されるのか。

常彦から出されていた宿題のことはすっかり忘れてしまった。いつしか幹夫は、鳩摩羅什に夢中になっていたのだ。そうだ。もう一度、法華経を読んでみよう。幹夫は図書館に戻り、法華経の本を選んで児童書カウンターに持っていった。ここでは大人の本の手続きも行えるのだ。残念ながら真希は、上司のような男性と打ち合わせをしているようで、カウンターの奥にいた。幹夫に気づくと、腕を体の横に密着させたまま、手首から先だけで手を振ってきた。幹夫も小さく手を振って答えた。

本を借りると席に着き、さっそく本を開いた。

「わたしはあなたがたを敬います。決して軽んじたり見下げたりはしません。あなたがたはみ

ん な菩薩の道を行じて、かならず仏になる方々であるからです」

鳩摩羅什の漢訳を日本語にしたものだった。次のページには、サンスクリット原文からの和訳があった。

「私はあなたがたを軽んじません。あなたがたは軽んじられることはありません。それはなぜか。あなたがたはみんな菩薩の道を行いなさい。あなたがたは完全な悟りの境地に達した如来になるでしょう」

確かに「あなたがたを軽んじません」という原文を、「わたしはあなたがたを敬います」としている。なぜか？　考えてもわかりようがない。幹夫は常彦にたずねてみたくなった。

この日は観音講の日だった。井上薬山和尚に鳩摩羅什のことを教えてもらって、寺を飛び出してから一週間がたったのだ。この一週間の間に、いろいろなことがあった。トイレ掃除を再開した。常彦に会った。そしてなんといっても、図書館で真希さんと出会った。自分の乗っている船が、干潮の時のように、自然と沖へ連れて行かれるような感じがしていた。

そうだ。真希さん。彼女と来週の月曜日に会う約束をした。生まれて初めてのデートだ。

先週は、講を欠席すると何かと面倒なので、それよりは参加したほうがいいと考え、足取り重く観世音寺へ行った。今は違う。寺へ向かう幹夫は、意欲に満ちていた。真希さんと一緒にいたい。話をしたい。手をつなぎたい。そう思うと何をしていても力が湧いてきた。それだけではなかった。常不軽菩薩のくだりについて、鳩摩羅什がどうして原文と異なる訳にしたのか、常彦に聞いてみたいという気持ちも強かった。

これまでの幹夫は、「どうせ自分なんか何もできやしない」と、いつも考えていた。病気のせいで自分の人生は、何一つ、思うようにならなかった。だが今はどうだろうか。「自分なんか」などと思っている暇は、一秒たりともなかった。何をしていても体の痛みは、やってくるときにはやってくるのだ。それならば楽しく過ごしたほうがいいに決まっている。

観世音寺の山門をくぐったとき、ここで常彦に会ったのだと思い出した。今日会えたら、常不軽菩薩のことを聞いてみよう。本堂に上がると、まだ講の仲間は二人しか来ていなかった。はりきって来たため、だいぶ早く着いてしまったようだ。先に来ていた二人は、座布団を並べていた。いつも、すでに並べてある座布団になんの疑問もなく座っていたが、こうして準備してくれている人がいるのだと幹夫は思った。二人にならって、座布団を並べはじめた。

「水野君じゃないか」

呼ばれて顔を上げると、いつのまにか薬山和尚が近くに立っていた。和尚はいつもと変わらぬ落ち着いた佇まいだった。そう言ったきり、黙って幹夫のことを見ている。

「すみませんでした」

幹夫は大きくはっきりした声で言って、頭を下げた。先週、和尚のもとを飛び出した非礼を

鳩摩羅什の翻訳

詫びたのである。人が少ないため、やけに広く感じられる本堂の中に声が響いた。座布団を並べていた二人も手を止め、和尚と幹夫の様子を見ていた。

「うん、よく来てくれたね」

和尚は慈愛に満ちた微笑を浮かべた。

「あれから鳩摩羅什のことを調べました。それから、トイレ掃除に行ったら、橋本さんが手伝ってくれました」

「そうですか。常彦君だね。それはよかった」

和尚は遠くを見るように目を細めた。何度もうなずいて、こう言った。

「身のまわりが汚れているならば、その汚れを少しでも落とそうと努力するのが、私たちの行うべき修行なのです。トイレ掃除はその実践行です。そして、汚れの奥には仏性が見えてくるはずです」

あなたがたを敬います

ほどなくして、橋本常彦が観世音寺にやってきた。幹夫にはどうしても聞きたいことがあった。

「橋本さん。教えてもらいたいことがあるんです。講が終わったら、少し、時間を取ってもらえませんか」

「ああ、いいよ」

時間になると講が始まった。読経に続き唱題行が始まる。南無妙法蓮華経の題目が、太鼓の音とともに繰り返された。

「南無妙法蓮華経。南無妙法蓮華経。南無妙法蓮華経……」

先週は、トイレに落書きをした少年への憎しみを団扇太鼓にぶつけていた。うって変わって、今日は穏やかな気持ちだった。

講が終わると幹夫はすぐに、常彦のもとへ駆け寄った。

「もしかして、宿題の答えがわかったのかい」

宿題とは、「どうして、常不軽菩薩は『わたしはあなたがたを軽んじません』だなんて、言い続けたのでしょうか」だった。

「いえ、その答えはまだわからないんです。でも、そのことを図書館で調べていたときに、不思議なことに気づいたんです」

「うん。聞いてみたいね」

常彦の表情が引き締まった。幹夫は鞄から、図書館で借りてきた本を取り出した。

「法華経は、もともとサンスクリット語で書かれたものを、鳩摩羅什が漢訳したものですよね」

「うん。翻訳したのは鳩摩羅什だけではないけれど、最も広く読まれているのは鳩摩羅什訳の『妙法蓮華経』だね」

幹夫は本を開いて常彦に見せながら言った。

「ここにサンスクリット語の原文からの訳が載っています。『わたしはあなたがたを軽んじません。あなたがたは、軽んじられることはありません。それはなぜか。あなたがたはみんな菩薩の道を行いなさい。あなたがたは完全な悟りの境地に達した如来になるでしょう』。そしてこの部分の鳩摩羅什訳はこうです。『わたしはあなたがたを敬います。決して軽んじたり見下げたりはしません。あなたがたはみんな菩薩の道を行じて、かならず仏になる方々であるからです』」

「ああ、すごいことに気づいたね」

「いえ。俺が気づいたわけじゃなくて、別の本に書いてあっただけです」

「でも、そのことを確認しようと思って、この本でさらに調べたんだろう」

「ええ。それで、『あなたがたを軽んじません』という原文を、鳩摩羅什は『わたしはあなたがたを敬います』と訳していることになりますよね。『軽んじません』という言葉と、『敬います』という言葉の意味は、だいぶ違うと思うんです。このことをどう考えればいいのかわからなくて、常彦さんに会ったときに聞いてみたいと思ってたんです。翻訳って、こういうものなのでしょうか」

「そのことと、宿題の答えは深く関わっているんだ」

常彦は観世音寺の本尊を見ながら続けた。

「そもそも仏教とは、というところから始めようか。講義みたいになってきたね。仏教がどうやってはじまったか、知っていますか」

「はい。お釈迦様からはじまったんですよね？」

幹夫は自信がなさそうに、小さな声で言った。

あなたがたを敬います

「うん。お釈迦様は、二千五百年くらい前にインドでお生まれになった。インドといっても当時は小さな国がたくさんあって、その一つのシャークヤ国の太子が、シッダールタだった。シャークヤ国を、のちに中国の人が『釈迦国』と書き、それが日本にも伝わって、お釈迦様になったんだね。このシッダールタ太子が悟りを開いて、ブッダとなった。ブッダというのは『目覚めた人』という意味なんだ。ここまでいいかい？」

幹夫はうなずいた。常彦の話にすっかり引きこまれていた。

「仏教はインドで生まれた。ここがポイントだよ。インド人は、一般的に、否定的な表現を好むと言われている。『わたしはあなたがたを軽んじません』というわけだ。それに対して中国人は、肯定的な表現を好む。つまり、『わたしはあなたがたを敬います』となります」

「お釈迦様はインド人だけど、鳩摩羅什は西域で生まれ育った人なので、言葉の選び方が違ったというわけなんですね」

「基本的にはそう考えられるんだけど、法華経自体はお釈迦様が書いたものではないんだ。また、このことはいずれ教えよう」

「はい。翻訳の違いについてはよくわかりました。でも、どうしてこのことが、宿題の答えと関係しているんですか」

「いい質問だね。宿題は『どうして、常不軽菩薩は〝わたしはあなたがたを軽んじません〟だなんて、言い続けたのでしょうか』だったね。こんなことは、相手を信頼していないとできないことだろう。誰のことも軽んじないなんて、なかなかできないことだよね。どんなやつに対しても信頼するなんてこと、できるかい」

幹夫は赤いどくろをトイレの壁に描いていた少年たちのことを思い出していた。

「できません」

正直な気持ちだった。

「そうだろう。ぼくだってそうだ。でも、法華経には、私たちの理想の姿が書かれている。どんな人のことも信頼するんだよ。これこそが、究極の人間尊重の精神だと思う。この精神を鳩摩羅什は汲み取って、翻訳に生かしたのではないだろうか。法華経の精神を全身で吸収して自分の血肉として、言葉を生み出したんだ。その理想の姿を探し出すためには、『わたしはあなたがたを敬います』という言葉しかないという強い考えが、鳩摩羅什の中にはあったと、ぼくは思っている」

お経の翻訳とは、なんと壮絶な行いなのだろう。幹夫は常彦の言葉に圧倒されていた。法華経を今まで唱えてきたが、人間の理想の姿を追い求めているとは知らなかった。お経はわけのわからない難しいものではなくて、ずっと身近な内容を扱っているのではないか。

幹夫はいっそう、鳩摩羅什という人物が気になってきた。鳩摩羅什の翻訳が、生身の彼自身と深く関わっているのなら、鳩摩羅什の人生とは、どんなものだったのだろうか。

待ち遠しかった月曜日がやってきた。真希との約束の日である。朝、シャワーを浴びて、めずらしく整髪料をつけた幹夫は、待ち合わせをした駅の改札口に四十分も早く着いた。動物園へ行くことになっていた。

月曜の朝なので、駅にはスーツ姿の人が多かった。皆、無言で足早に改札を通りすぎていく。この人波を眺めながら、幹夫は思っていた。自分は就職という波にも乗れなかった。だから通勤することもなく、ここにこうして立っている。波の外にいるのだ。だが、今日は一人ではない。波の中にいようが外にいようが、不安を覚えることはない。

こんな自分が、なぜ、真希と仲良くなれたのだろう。いくら考えてもわからなかった。

「おはよう」

ふいに声をかけられた。待っていたはずなのに驚いてしまった。振り返ると真希が立っていた。おはようと返事をしたものの、落ち着かなかった。図書館ではいつも、ジーンズにエプロン姿だったが、今日はミニスカートをはいていた。幹夫は長くきれいな脚をちらっと見て、目をそらした。

二人は並んで歩きはじめた。背筋を伸ばして颯爽と歩く真希の横顔に、幹夫は見とれていた。

こんな素敵な女の子と町を歩くなんて、夢のようだ。何か気の利いた話をしなければ。

歩きながら真希が言った。

「私、こういうふうに、男の人と歩くのって、あまりしたことがないんです。だから、どうしたらよいのかわからなくって」

「えっ。あのっ。実は、俺もです。手をつないだり腕を組んだりするものなのでしょうか」

二人は立ち止まり、顔を見合わせて笑った。

「なーんだ。それなら二人で、好きなようにやればいいんですね」

真希は幹夫の左腕に、自分の右腕をからませて歩きはじめた。幹夫は自分の心臓の鼓動を感じた。空に向かってはばたいて上っていくようだ。真希の甘い香りを感じた。

真希は幹夫の腕を引っ張っていき、二人は動物を見て回った。類人猿館の中に入ると、大きな雄のオランウータンがいた。金毛の混じった茶色の長い毛を垂らしている。大きな丸い顔にある瞳はつぶらだった。隣にいる真希は、オランウータンに見入っていた。その端正な横顔に見とれ、視線を下に移すと、スカートの丈が思った以上に短く、どきっとした。

「ねえ、水野君」

真希がオランウータンのほうを見ながら言った。真希に自分の名を呼ばれたのは初めてだった。なんだか、くすぐったいような気がした。

「オランウータンって、とても頭がいいんだって。私、動物園の中でも特にオランウータンが好きでここに来るんだけど、いつも考えちゃうの。頭がいいんだったら、私のことも覚えているんじゃないかって」

しばらくの間、あちこち見て回った。それから二人は動物園の近くのカフェに入った。

「ねえ。この前の話の続きをしてくれるって約束だったでしょ」

真希は少しまじめな表情になって言った。

旅立ち

「そうだったね。でも、お経の話なんて、退屈じゃないかな」

「ううん。お経のことが知りたいんじゃなくて、水野君のことが知りたいの」

幹夫は嬉しくなった。

「わかったよ。じゃあ、少し長くなるけど聞いてね」

トイレ掃除から落書き事件。薬山和尚に鳩摩羅什のことを教えられたこと。橋本常彦との出会い。常不軽菩薩を調べるようになったことまでをていねいに語った。こんなふうに自分のことを他人に伝えたことは、家族を含めても今までになかったことだ。退屈ではないだろうかと心配したが、真希は真剣に聞いてくれていた。

「というわけで、図書館に行ったんだ。ご清聴ありがとうございました」

照れ隠しに幹夫はそんなことを言い、軽く頭を下げた。内心は、自分の話に耳を傾けてくれた真希に対して、感謝の気持ちでいっぱいだった。こんなふうに自分のことを誰かに話したことは、これまでなかったような気がしていた。

「話してくれてありがとう。水野君は苦労しているんだね。私なんか、これまでのうのうと暮らしてきたような気がするよ」

「そんなことないよ。ちゃんと働いていて偉いよ。本当に」

「昔から図書館が好きだったの。図書館って、みんな、本のために来るでしょう。調べたいことがあったり、おもしろい話を読みたかったり。それぞれの人の思いに応えるお手伝いができたら、素敵だなあと思ったの」

「じゃあ、子豚の絵本を探している人がいて、その絵本を見つける手伝いをして喜ばれたら、真希さんも嬉しいってわけだ」

「そうなの。あの時は最高だった。しかも、私のお気に入りの絵本だったから、なおさらね」

真希は笑顔を浮かべた。

＊

鳩摩羅什の母、耆婆が尼寺に入ってから二年の歳月が流れた。耆婆は日夜修行に励み、小乗仏教における初果という位を獲得していた。初果、二果、三果、そして最高位の阿羅漢果に至る、まずは初段階に上ったのである。鳩摩羅什が七歳になるとすぐ、耆婆は約束どおり城に迎えに来た。

耆婆に連れられて鳩摩羅什は雀梨大寺へ行き、剃髪し、袈裟をつけて沙弥戒《しゃみかい》を誓った。ここに出家者、鳩摩羅什が誕生したのである。

さらに二年がたった。二人はただただ修行の毎日を送っている。

鳩摩羅什が耆婆とともに坐禅を組み、瞑想にふけっていたときのことだった。一人の老婆が杖をつきながら、おぼつかない足取りで禅堂へと入ってきた。顔じゅうの皮膚は垂れ下がって多くのしわを刻み、まるで亀のようだった。腰は折れ曲がり、苦しそうな息をして、立っているだけでも大儀そうだ。老婆は鳩摩羅什のところまでやってきて、ひざまずいた。

「鳩摩羅什様とは、あなた様のことでしょうか」

ひどくしゃがれた、か細い声だった。鳩摩羅什を見つめる目だけが異様な輝きを帯びて濡れている。

「はい、そうです」

鳩摩羅什は答えた。

「ああ、ありがたや、ありがたや」

老婆は鳩摩羅什の手を取って、自分の頬にこすりつけた。鳩摩羅什が困っていると、耆婆が

旅立ち

老婆にたずねた。

「どうなさったのですか」

　老婆は涙を流しながら答えた。

「鳩摩羅什様にお会いしたい一念で、こちらまで参りました。凶作が毎年続き、孫子らのため、口減らしをしようと家を出てきました。このまま野で死んでゆくつもりです。もう充分生きてきましたから、死ぬのは怖くありません。ただ、死んだ後のことが心配なのでございます。死んだらどうなるのか、鳩摩羅什様なら教えてくださると思い、ここまで参りました」

　鳩摩羅什は母に向かって、救いを求めるような視線を送った。

「私はただの修行僧です。何かを教えることなどできません。さあ、顔をお上げになってください。あなたは今日まで、精一杯生きてきたじゃありませんか。私よりもあなたのほうが立派です」

　鳩摩羅什は老婆に手を添えて立たせた。

「死んだらどうなるのですか」

　なおも老婆は問い続けた。

「生まれ変わります」

　老婆の迫力に気おされて、思わず鳩摩羅什は答えた。老婆は大粒の涙を流しながら土下座して、床に頭をこすりつけた。

「ありがとうございます。ありがとうございます」

「どうか、おやめください」

いくら言っても聞き入れず、老婆は鳩摩羅什を拝み続けた。

「お布施いたします」

老婆は持っていた布の包みを鳩摩羅什に手渡して、去っていった。「すみません。受け取ってしまいました」

「布施は断るべきものではありません。あの老婆にも、あなたにも非はありません。いけないのは……」

耆婆は言葉を濁した。

「何がいけないのですか。教えてください。お母様」

「いけないのは私なのです」

鳩摩羅什は驚いた。そんなはずはない。お母様は何も悪くない。

「あなたをこの寺に連れてきたのは私です。あなたはとても熱心に修行を積んでいます。それなのに、ここにいるとまわりの人々があなたを大切に扱うあまり、進むべき道を見失ってしまうかもしれません」

旅立ち

確かに鳩摩羅什は、ただの修行中の沙弥であったのにもかかわらず、王家の血筋を引く神童として、名が亀茲国中に広まっていたのである。

「お母様」

鳩摩羅什は耆婆の腕の中に飛び込んで、胸に顔を埋めた。甘い母の匂いがする。今まで母に甘えることなどほとんどなかった。幼い頃から離れて暮らし、再会してからは修行の毎日だったのだ。耆婆は鳩摩羅什の小さな背中に腕を回して抱いていた。

翌日の朝は晴れ渡っていた。乾いた大気の中で、ポプラの梢が風に揺れている。枝にとまった小鳥のさえずりが聞こえた。一匹のとかげが走ってきては止まり、辺りをうかがっている。

ポプラの根元に耆婆と鳩摩羅什は座っていた。

「昨日一晩、私は考えました。罽賓《けいひん》（カシミール）へ行きましょう」

「私、お母様のおっしゃるとおりにいたします。罽賓とはどこですか」

「罽賓はお父様の生まれ故郷です」

鳩摩羅什は身を固くした。父が城を出ていってから、母が父の話をしたことはなかった。だから今まで鳩摩羅什も、父の話をしないように我慢してきたのだ。父の生まれたところへ行けば、もしかしたら父に会えるかもしれない。そう思うと心がざわついた。一緒に並んで月を見ていた父の姿を思い出していた。

当時、亀茲から仏教の留学をするとなると、罽賓をめざすのが一般的であった。鳩摩羅什たちが学んでいたのは、小乗仏教の説一切有部であり、その本拠地が罽賓だったからである。

亀茲を出発したのは耆婆、鳩摩羅什、供者が五人、ラクダ引き、道案内と、山羊が一頭、ラクダ十九頭だった。

鳩摩羅什は地面に座っているラクダの背の鞍にまたがった。「ホウッ」とラクダ引きが声をかけると、ラクダは立ち上がった。

亀茲から罽賓をめざす時、間に立ちはだかるものが二つある。一つは広大なタクラマカン砂漠であり、もう一つはカラコルム山脈から葱嶺（パミール高原）に至る高地である。大人でも百四十日ほどかかる旅であり、九歳の鳩摩羅什にとってはなおのこと過酷なものであった。

一行はまず、温宿国をめざして西へ向かった。行く手に見えるのは砂ばかりである。昼に川のほとりで休んだほかは、日がな一日歩き続けた。日が傾きはじめた頃、ようやく一行は止まった。

「疲れたでしょう」

「平気です。お母様」

「そう無理を言わないで。先はまだまだ長いのですよ」

耆婆はわが子の頭をなでた。旅の初日で張りつめていた気持ちがゆるんで体から力が抜け、

旅立ち

鳩摩羅什は砂の上に倒れこんでしまった。耆婆は急いで鳩摩羅什の口に干しブドウを入れた。

「これだけでも食べなさい」

鳩摩羅什は干しブドウをかみ、飲みこんだ。耆婆は水を口にふくみ、口移しで鳩摩羅什に飲ませた。

「おいしい」

つぶやきながら、鳩摩羅什は眠ってしまった。

耆婆は息子の小さな体を毛布にくるんだ。砂丘の上に広がる空が、夕暮れを迎えて赤みを帯びてきていた。

槃頭達多

顔が痛い。鳩摩羅什は目を覚ました。明け方のようで薄暗かった。強い風が吹いている。粒の細かい砂が飛んできて顔に当たった。鳩摩羅什は起き上がって目を細め、あたりをうかがった。耆婆も従者たちもすでに起きている。

「目を覚ましましたか。砂嵐が来たのですよ。避難しましょう」

耆婆の声に鳩摩羅什はうなずいた。だが、こんな平原の上で、どこに身を寄せればよいというのか。

「こちらに来てください」

うなりを上げる風に混じって、ラクダ引きの声が聞こえてきた。

耆婆に手を引かれ、鳩摩羅什は声のするほうへ歩いて行った。ラクダ引きの前には、立派な砂嵐よけの壁ができていた。十九頭のラクダが固まって身を寄せ合い、座っていたのだ。ラクダは鼻の穴を閉じ、長いまつげで目を守っている。春のそよ風に吹かれているかのように、安らかに眠っていた。

鳩摩羅什は毛布にくるまってラクダの体にもたれかかった。ラクダの体は温かく、風も砂も防いでくれる。すぐに深い眠りに落ちていった。

目が覚めると青空は広がり、風もおさまっていた。地面の上に置かれた荷物や、灌木の上に積もった砂だけが、吹き荒れた嵐を物語っている。

一行は簡単に朝食をすませると、再び西へ向かって旅を続けた。


一か月が過ぎた。

平原の先に緑が見える。オアシスだ。鳩摩羅什の気持ちは逸《はや》ったが、ラクダはてくっ、てくっと、いつもの調子で歩いていく。

次第に木が目立つようになってくる。根元に生えている青草がまぶしい。砂ではなく土があり、久しぶりに畑が見えた。畑にはさとうきびが密生し、長い緑の葉を風にそよがせている。温宿《おんしゅく》国だ。亀茲のような大都市ではなく、オアシスとしては中規模の町だが、久しぶりに見る湿潤は心身にしみわたっていった。

鳩摩羅什は耆婆を見て笑い、母はうなずいた。このオアシスには三日間滞在し、ラクダも人も、たっぷり栄養と休養をとった。

一行は温宿国を後にし、疏勒《そろく》国を過ぎ、ついに葱嶺（パミール高原）の入口に達した。この高地を越えなければ、罽賓へは行けない。旅の最大の難所であった。

季節柄、雷の心配はあまりなかったが、冷たい雨に吹きつけながら、葱嶺を登っていくこととなった。

不意に鳩摩羅什の顔に何かが当たった。痛い。

小石が飛んで来たのであった。続けてもう一つ、今度は首に当たった。あまりに強い風に、地面の小石が巻き上げられて飛んできたのだ。相当の速度を持った石が投げつけられたのだからたまらない。

「目を守りなさい」

母の声が聞こえた。鳩摩羅什は目をつぶったまま、ラクダに任せて進んでいった。ラクダも小石がぶつかるのを嫌がって、歩みを速めていた。

風がおさまったところで、一行は小休止をとった。小柄で目の細い案内人は、耆婆と鳩摩羅什に向かって言った。

「みなさん、先ほど、雪山人に会いましたね」

「雪山人ですって、そんな人のこと、気がつきませんでした」

鳩摩羅什は答えた。

槃頭達多

「いえいえ。雪山人といっても人のことではありません。葱嶺特有の強風のことなのです。苛烈な風や雨や雪を伴い、砂だけではなく、先ほどのように礫（小石）さえも飛ばしてしまうのです。どうぞ、気をつけてください」

耆婆と鳩摩羅什はうなずいた。

さらに二十日ほど進むと、道はいよいよ険しくなってきた。山が深くなり、道をつけられるところが限られている。そこで、なんとか谷間を選んで道が作られたのである。インダス川沿いの崖に、人がすれ違うことのできないほどの、幅の狭い道が張りつくようにしてあった。ラクダに乗ったままだと、ラクダが道から足を踏み外したとき、ともに崖下へ落ちてしまうのだ。ラクダはラクダ引きに任せ、耆婆と鳩摩羅什は歩いた。

とうとう道がなくなった。なめらかな岩の壁に行く手を阻まれた。だが、道はなくても先に進めるようになっていた。

岩に横穴を穿ち、その穴に丸太を差しこんで足場が作られていた。傍梯というものである。人ならば越えられる道ではあるが、ラクダがこの足場の上を歩いて行くことはできない。ラクダ引きはこれ以上、先に進むのを拒んだ。そこで一行は、ラクダの背に積んでいた荷を解いた。当面の食料など、必要なものだけを持って、自ら背負っていくほかはない。

鳩摩羅什は案内人の後について、おそるおそる足場の上を進んでいった。足元を見ると、滔々たるインダス川の流れが遥か下に見えた。

このあたりは古くから「懸度の険」と言われる交通の難所であった。傍梯を終えると次は、吊橋が編んであった。きしむ吊橋を踏んでからは二日間、道らしい道を進んでいった。やがて今度は切り立った断崖の壁が真正面に立ちはだかった。大きなポプラの木ほどの高さがあった。

小柄だが身のこなしの敏捷な、よく日に焼けた案内人は、背負っていた荷物を地面に下ろした。荷物の中には、大人のひじから手首くらいまでの長さの木の棒が幾本かと、縄が入っていた。案内人は縄の束を肩からたすき掛けにし、棒を断崖に突きさした。壁には横穴があいているのだ。そこに棒をさしこんで足場にして、いとも簡単そうに断崖を垂直に登っていく。下で待っている鳩摩羅什たちのために、棒を差したままにしておくが、すべての穴に棒を残していくことはできない。持ってきた棒の数は限られているし、このあたりに、棒を調達できるような木々は生えていない。案内人はいくつかの棒を差したままにして、ところどころは抜いて、再び上の穴に差して足がかりとしていった。崖の上に着いた案内人は、縄を大きな岩にくくりつけて崖の下に垂らした。

「これにつかまって、登ってきてください」

なるほどやりかたはわかった。崖からは、棒が飛び飛びではあるが突き出ている。だが、理解するのと実際にやるのは別のことだ。そんなこと言われたって、どうしたらいいのだろう。

見上げると、崖はあまりにも高かった。垂直に切り立っているため、壁と言ってよいほどだ。鳩摩羅什は体に力が入らなかった。壁が切れた上には、青空がやけにまぶしく見えた。

それでも前に進むしかない。父の故郷へ向かっているのだ。そう考えると、体に力がみなぎってきた。鳩摩羅什は最初の木の棒に足をかけた。次の棒までは、自分の背丈ほどの距離が空いている。縄をつたって登らなければならない。鳩摩羅什は縄をしっかりと握り、棒を蹴って、両足を縄に絡みつけた。握力の残っているうちに足の裏で縄をはさみつけ、膝を伸ばし、体全体を上に持ち上げる。体が伸びきったところで縄を握っていた手をさらに上にずらす。なんとか上へ移動することができた。

同じことをもう一回行い、やっと次の棒に足がかかった。棒の上に立っているときは一息つける。体を休めながら、鳩摩羅什は気持ちを落ちつかせた。

何度も何度も繰り返し、ようやく先が見えてきた。もう少しで崖の上に着くことができる。安心してふと下を見ると、耆婆が心配そうに見上げていた。

「お母様！」

思わず鳩摩羅什は叫んでいた。足が震えて、足掛かりとしている棒が音を立てた。

「鳩摩羅什！」

耆婆が悲鳴のような声を上げた。鳩摩羅什は、これ以上、自分は登ることはできないと思った。そして、下に降りることも到底、できそうになかった。

「サッダルマ・チャクラ・プラヴァルタナ・マハーパリニルヴァーナ・サムダルシャナ・ゴーチャラシュ　チャ　ボーティサットヴァチャルヤー・パリティヤーガ・ゴーチャラシュ　チャーヤムアピ　ボーディサットヴァスヤ　ゴーチャラハ……」

なんの前触れもなく、耆婆は経を唱えた。たった今の、取り乱した様子はみじんもなく、朗々とした声が峡谷に響き渡った。

「サッダルマ・チャクラ・プラヴァルタナ・マハーパリニルヴァーナ・サムダルシャナ・ゴーチャラシュ　チャ　ボーティサットヴァチャルヤー・パリティヤーガ・ゴーチャラシュ　チャーヤムアピ　ボーディサットヴァスヤ　ゴーチャラハ……」

鳩摩羅什も母に調子を合わせるように経を唱えた。二人とも心を落ちつかせることができた。鳩摩羅什はこのときを逃さず、すぐに登りはじめた。次の棒の上に立ったとき、上から案内人の手が伸びてきて、鳩摩羅什が目一杯伸ばした手をしっかりとつかんだ。そのまま崖の上まで引き上げてくれた。体中の力が抜けて、地面の上に横たわってしまった。

「よくやりました」

涙を浮かべている案内人が、干しブドウと水を口の中に入れてくれた。鳩摩羅什は飲みくだしたとたん、そのまま眠ってしまった。

目が覚めたときには、母も隣にいた。鳩摩羅什が崖を登りきった後、耆婆も苦労しながら登ってきたのだった。

「今日はよく頑張りましたね」

鳩摩羅什は眠たい目をこすりながら答えた。

「途中で体が動かなくなり、もうだめかと思いました。登りきることができたのは、お母様のおかげです」

「そうではありません。あなたはお経によって力づけられたのでしょう。仏の教えを学ぶことは、あなたの使命なのです。それはお父様も願っていたことです」

今日は崖の前に立ったとき、あまりの障害の大きさに、自分に負けそうな気持ちになった。けれど、父の故郷へ行くのだと考えたとき、一歩を踏み出すことができた。父に会いたい。そして父の願いどおり、自分が仏の教えを精一杯学んでいる姿を見てもらいたい。そんなことを考えながら、鳩摩羅什は母の目を見つめかえした。

夜空を見上げると、いつか父とともに見たような、明るい丸い月が煌々と光っていた。

こうしていくつもの難所をくぐり抜けながら、一行は鉢露羅国を過ぎ、烏仗那《ウッディヤーナ》国、呾叉始羅《タクシャシラー》国を経て、ついに罽賓国に着いた。

罽賓では西暦一世紀頃より仏教が盛んになった。特に、二世紀に西北インド一帯を統治したカニシュカ王のもとで、説一切有部が栄えた。カニシュカ王は、第四結集（仏教経典の編纂会議）を行ったと言われており、その時に編纂されたのが『阿毘達磨《あびだつま》大毘婆沙論《だいびばしゃろん》』だった。

耆婆が鳩摩羅什を罽賓に留学させたのは、最高の教学を学ばせたかったからである。命を懸けた困難な旅を引き換えにしてもなお、罽賓へ行く価値は高かったのだ。

耆婆はまず、罽賓国王のもとへ行った。耆婆の兄である亀茲国王からの親書を携えていたのである。親書には両国の友好親善、交易の発展を願っていることに加え、耆婆と鳩摩羅什を庇護願いたい旨が書かれていた。特に、槃頭達多《ばんずだつた》のもとで学ばせていただきたいと強調してあった。

槃頭達多は罽賓国王の従兄弟でもある、説一切有部の第一人者と言っていい学僧であり、各国にその名をとどろかしていた。

王の紹介を受け、早速二人は槃頭達多のいる伽藍を訪ねた。寺の入口に立った二人は、思わず息を呑んだ。

罽賓の寺は壮大だった。ここでは三千人余りの僧が起居している。特に伽藍の北にある仏塔には目を奪われた。高さ二十五メートル、堂々とそびえたつ仏塔は壇上に煉瓦が積み上げられた基壇の上に、半球状の塼造部《せんぞうぶ》がある。さらにその上に四角い囲いを設け、五重の傘蓋《さんがい》が立ててある。表面には、光沢のある泥のようなものが塗りつけてあり、陽光を受け黒光りしていた。

なるほどここが仏教の本場なのだと鳩摩羅什は感じ入った。槃頭達多の前に通された二人は、頭を床にこすりつけた。

「亀茲国から参りました、耆婆と申します。こちらは息子の鳩摩羅什です。どうか、私たちを門弟に加え、仏法をお授けください」

「どうぞ、顔をおあげください」

優しく柔らかな声だった。二人が顔をあげると、小柄な老僧が床に座っていた。

「ようこそいらっしゃいました。艱難辛苦をともなった旅であったことでしょう」

耆婆は返事をしようとしていたのだが、鳩摩羅什が口を開いた。

「槃頭達多様。私は本物の僧になりたいのです。どうか、お願いいたします」

「鳩摩羅什どの、本物の僧とは、どういう意味ですか」

鳩摩羅什は間髪を入れずに答えた。

「本物の僧とは、仏の教えによって、世の人々を救うことに勤しむ人のことと存じます」

「ほほう。だが、私たちの学んでいる仏法では、自らの悟りを求めるのが究極の目的ではないのかね」

「はい。そのように教わっております。ただ、自分自身のみが悟れればそれでよいとは思えないのです。私は王族に生まれつき、何不自由のない暮らしをしてきました。ところが城の外には、たくさんの貧しい人々が暮らしています。寺の塀の中で私がいくら立派になっても、彼らを救うことなどできないのではないかと思うのです」

槃頭達多は、鳩摩羅什をいとおしそうに見つめて言った。

「悟りの境地に達し、阿羅漢（小乗仏教において最高の悟りに達した聖者）になるのさえ、簡単なことではありません。それなのに、他人の救済などできるのでしょうか」

「は、はい。そのとおりです。けれど、私は……」

鳩摩羅什は言葉に詰まってしまった。

「はっ、はっ、はっ」

槃頭達多は鳩摩羅什の言葉を、高らかな笑い声でさえぎった。

「もうよい。もうよい。ここでこうやって問答を続けていたら、私が教えることがなくなってしまう。わかりました。明日から、母上どのと来なさい。今日はとても楽しませてもらったよ」

二人のやり取りをあっけにとられて聞いていた耆婆は、鳩摩羅什とともに深く頭を下げた。

鳩摩羅什と耆婆は、早速、翌日から修行を始めた。

経（仏の教えを記した経典）としては小乗仏教の阿含《あごん》系経典である、『中阿含』や『長阿含』などが主流であった。また、律（出家者が生活上守るべき戒めを記したもの）としては、

『十誦律《じゆうじゆりつ》』が学ばれており、これは後年、鳩摩羅什が漢訳に着手することになる。また、論（仏教教義を論述した文献）としては〝六足発智《ろくそくほつち》〟などの阿毘曇であった。鳩摩羅什の師となった槃頭達多は、特にこの阿毘曇の第一人者だった。

朝になると、鳩摩羅什と耆婆はひたすら写経に励んだ。貝葉《ばいよう》の上に書かれた、天竺のブラフミー文字を写すのである。午後はずっと読誦であった。その後、槃頭達多による講義がある。講義を聴くのは、鳩摩羅什にとってめくるめくほど刺激的な体験であった。槃頭達多は、ありとあらゆる仏典を物にした僧侶であった。背景にある該博な知識が講義に深みを与えている。当代随一の学僧の教えを、鳩摩羅什は水につけた干しアンズのように、たちどころに吸収していった。

槃頭達多もまた、鳩摩羅什の才をすぐさま見抜いていた。講義後、鳩摩羅什のみを自室に招き、さらに高度な注釈を伝えたりもした。鳩摩羅什は、絶え間なく、小乗仏教を血肉としていった。

王宮にて、罽賓王は従兄弟である槃頭達多にたずねた。

「亀茲王の甥の様子はどうだ」

「彼は至宝だ」

「本当か。まだ少年だと聞いたが」

「そのとおり。たった九歳なのだが、私の教えることは、あますことなく理解している。それどころか、答えるのに窮するほどの鋭い質問を浴びせてくることもある」

「なんと。それほどまでに優れているのか」

「ああ。末恐ろしいというか、国を越えて広く世界を救う人物になるだろう」

「それほどの人物とおまえが見こんだのなら、間違いないだろう。一度、その実力を試してみたいものだ」

槃頭達多は少しの間考えをめぐらしていた。

「それならば対論会を開催したらよいだろう。王の名で国内の名立たる知識人、宗教家を呼び寄せ、鳩摩羅什と直接、論を交わさせるのだ。そうすれば、彼の力もよくわかるだろう。おそらく鳩摩羅什が勝つだろうから、仏の教えの価値を知らしめることにもなる」

槃頭達多は不敵な笑みを浮かべた。

それからまもなく、対論会を開催するというおふれが国中に出された。

父捜し

対論会の当日集まってきたのは、仏教の僧侶、バラモン教、ジャイナ教の司祭などの宗教家、哲学の思想家たちであった。

ある思想家が幼い鳩摩羅什を見て、冷笑しながら問うた。

「仏の教えとは何か」

間髪入れず、鳩摩羅什は答えた。

「どんな沙門もしくは婆羅門といえども、老死を知らず、老死の原因を知らず、老死の原因を滅すれば老死も滅することを知らず、老死の原因を滅するための方法を知らなければ、沙門と称してもまさしくは沙門ではなく、婆羅門と称してもまさしくは婆羅門ではない……」

阿含経典における、釈尊による沙門・婆羅門（思想家や宗教家）への説法を的確に引用したのである。そのことによって、あらゆるものは「因」と「縁」によって生じるという縁起の道理を説明したのだ。

さらに説明と同時に、目の前の論客に対して「あなたは本物の思想家・宗教家ではない」と批判もしているのである。この高度な論法には、相手も恐れをなした。

このようにして、鳩摩羅什は居並ぶ論客たちを、真っ向から論破してしまった。

一部始終を見ていた罽賓王は、鳩摩羅什の学識にいたく感心した。以後、毎日、アヒルの干し肉二枚、米三斗、小麦粉三斗、ミルク六升を鳩摩羅什のもとに届けさせるようになった。当時の最高級のごちそうである。さらに加えて、比丘五人と沙弥十人が身の回りの世話をするようになった。まるで高僧のような扱いであるが、鳩摩羅什は、ただの沙弥にすぎなかった。

鳩摩羅什は懸命に勉強に励んだ。戒にしたがった清浄な生活を送り、阿含経典を唱え、阿毘曇を学び、瞑想にふけった。心にはいつも、父の言葉があった。

「一所懸命勉強して、立派な僧侶になるのだ。それがお母様と私の何よりの願いだ。かつては私自身が望んだことだった。立派な僧侶は、苦しみにまみれた衆生の力になることができる」

罽賓において、勉学のほかに一つだけ、胸中に期していたことがあった。父、鳩摩炎を探すことである。

鳩摩炎は、四年前、城を出て行ってしまったきり、会っていない。生きているのかどうかもわからないままだ。ただ、ここ罽賓が父の出身地であることはわかっていた。母から聞いたのは、父の父がこの国の大臣であったということである。父は大臣を継ぐように言われ、それが嫌でたまらないときに、仏の教えに出会ったそうだ。もし祖父に会えれば、父の消息がわかるかもしれない。祖父の家に父がいる可能性もある。

あれこれ思い悩んでいてもしかたがない。ある日、鳩摩羅什は母に内緒で寺を抜け出した。母に言うと、止められる気がしたのだ。めざしたのは城だった。対論会にて名を馳せていたので、城に着いた鳩摩羅什は、すぐに王のもとへと通された。

「今日はどうしたんだね」

罽賓王は、わが子を見るかのように温かいまなざしを向け、微笑みながらたずねた。

「実は、お願いがあって参りました」

鳩摩羅什は王をまっすぐ見つめて言った。

「私が幼い頃、父が出て行ってしまいました。私も母も出家することになり、自分の居場所がないと、父は言っていました。その後の行方はわかりません。ただ、父はこの罽賓国の大臣の家に生まれたそうです。だから、もしかしたら、この国にいるかもしれません。父に会いたいのです。どうか、大臣に会わせていただけないでしょうか」

王は神妙な面持ちで答えた。

「大臣はすでに亡くなってしまった」

「えっ」

「後継ぎにと期待していた息子が家を捨て出家してしまってから、大臣は弱ってしまい、病の床に臥していたのだ。徐々に具合は悪くなり、二度と息子と会うこともなく、逝ってしまったのだよ」

鳩摩羅什はうなだれた。もう、父と会うことはできないのだろうか。

「そう落ちこむことはない。父上が死んでしまったわけではないだろう。そうだ。まだ、大臣の家はあるはずだ。そなたのおばあさんに会っていったらどうかな」

鳩摩羅什は顔を上げた。祖父がいなくても、祖母に会えるかもしれない。

すぐに王は家臣を呼び、鳩摩羅什を元大臣の屋敷へと案内させた。市場を抜けて行くと、日干し煉瓦でできた城壁のほど近くに、大きな邸宅があった。鳩摩羅什が門番に名を告げると、すぐに中に迎え入れられた。

玄関に一人の小さな老婦人が立っていた。肌は浅黒く、奥まった眼窩には、漆黒の瞳がおさまっている。老婦人は鳩摩羅什を見たとたん、近寄ってきた。彼の顔を両手の掌で包んで輪郭をなぞった。

「あなたが鳩摩炎の息子なのですね」

老婦人は涙を流していた。

「はい。鳩摩羅什と申します」

「では、鳩摩炎は無事なのですね」

鳩摩羅什は、祖母の思ってもみなかった言葉に驚いた。

「父上はここには来ていないのですか」

「あの子は、この家を出てから、二度と戻ってくることはありませんでしたよ。昔は親思いの良い子でしたのに、私たちを捨てていってしまったのです」

ここに来れば消息はつかめるのではないかと期待していたのだったが、これでは何もわからない。

「あの子がいなくなってから、どんなにか私たちは寂しかったことでしょう。ねえ、あなた」

そう言って老婦人は、あたかも自分の隣に誰かが立っているかのように話しかけた。けれど、老婦人の他には誰もいないのだった。

「そして、あなたはとうとう病気になってしまいましたね。私の看病のかいがあって、こうして元気になってきました」

鳩摩羅什は恐ろしくなってきた。話す相手など誰もいないのに、祖母は一人で何を話しているのだろうか。

「そのうちに、あの子が帰ってきました」

えっ。今、なんて言ったんだ。帰ってきたって。父のことだろうか。さっきは、二度と戻ってこなかったと言っていたけれど……。

「誰が帰ってきたんですか」

鳩摩羅什はたまらず聞いた。

「あの子に決まってるじゃありませんか」

そう言って老婦人は、明かりとりの窓のほうを指さした。鳩摩羅什が見ると、窓の外の地べたに、三十五歳くらいの男が一人、座りこんでいた。男は棒きれで地面に何やら絵のようなものを描いていた。

ふいにこちらを向き、白い歯を見せて、にやにや笑った。男の口からは涎が垂れていた。立ち上がり、こちらに向かって歩いてくる。腰に布を巻きつけているだけで、ほとんど裸だった。男は窓に手をかけた。続いてなんのためらいもなく足をかけようとした。

「いけません」

老婦人が大きな声でやめさせた。すぐに男は、窓のへりにかけていた足を下ろした。目の焦点が合っていない、茫洋とした表情だった。

「あのお方は？」

鳩摩羅什は老婦人にたずねた。

「私の息子です」

父捜し

「えっ。では、あの方が父上……」

「息子はこの家を出て行きました」

「では、父上の兄弟ですか」

「兄弟などいません。この子は私の大切な一人息子です」

わけがわからない。祖母はつじつまの合わないことを言っている。そして庭にいる男は様子がおかしい。あの男は誰なんだ。

祖母に礼を言って屋敷を出るとき、鳩摩羅什は一度、後ろを振り返った。男は立ち上がってこちらを見ていた。鳩摩羅什は、はっとした。先ほどのとらえどころのない雰囲気はなく、男の目には光が宿り、まっすぐにこちらの目を見すえているような感じがしたのだ。思わず鳩摩羅什は声に出して言った。

「父上！」

その言葉を聞いて、男は一瞬、体中を緊張させたようだった。鳩摩羅什が近寄ろうとして足を踏み出すと、男は無言のまま手を前に出して制止した。その勢いに気圧されて鳩摩羅什が立ちどまると、男は微笑んでうなずいた。

「父上なのですね」

男は微笑んだままだった。鳩摩羅什はかまわず言った。

「父上、私は今、この国で、槃頭達多様のもとで、仏の教えを学んでいます。父上と約束したように、立派な僧侶になります。父上と見た月の輝きを忘れたことはありません。弗沙提婆にも教えました。月を見るたびに、父上のことを思っています」

話しながら、鳩摩羅什は必死に涙をこらえていた。ここで泣いたら、自分と母上の出家のために身を引いた、父の思いを台無しにしてしまう。父は私たちのために亀茲国の城を出て、故郷に帰ってきたのだ。本当ならば、私はここに来てはいけなかったのかもしれない。だが、そうせずにはいられなかった。父は、私たちと別れた悲しみのために、あんな姿になってしまったのだろうか。

「さようなら」

これ以上、父の前にいたら泣いてしまう。そう思って鳩摩羅什は、門の外へ向かって駆け出した。涙の滴が後ろに飛んでいった。もう、振り返るまい。鳩摩羅什は寺に戻るまで、一度も後ろを見なかった。

第四章　良医治子

母さん！

罽賓に来て、三年がたった。鳩摩羅什は槃頭達多から、学ぶべきものはすべて学び尽くしていた。阿毘曇教学を体内に刻みつけられたといってよい。このまま、罽賓に留まっていれば、鳩摩羅什は高名な学僧となったであろう。まだ十二歳だったが、師に次ぐほどの知識を蓄えていたのだ。

ところが耆婆は、鳩摩羅什を安住させなかった。これ以上、罽賓において学ぶことはないと見て取ると、すぐに亀茲へ帰国することに決めたのである。

出発の前日、耆婆と鳩摩羅什は槃頭達多のもとを訪れた。三年前に初めて面会したときと同じように、師とその小さな弟子は向かい合う。にこやかな笑顔を見せながら、槃頭達多は語りかけてきた。

「なあ、鳩摩羅什よ。そなたは本物の僧になりたいと言っておったな。仏の教えによって、世の人々を救うことに勤しむ人になりたいと」

「はい」

鳩摩羅什は師をまっすぐ見て答えた。

「だが、私たちの学んでいる仏教では、自らの悟りを求めるのが究極の目的ではないのかね」

槃頭達多はわざと、初対面の時とまったく同じ問いを鳩摩羅什にぶつけたのだ。

「あのとき、師はおっしゃいました。『悟りの境地に達し、阿羅漢になるのさえ簡単なことではないのに、他人の救済などできるのか』と。この三年間、修行を重ねながら、私はそのことを考え続けてきました。書き写し、唱える経の文言の奥に、その答えがないかと探してきました」

「何かわかったのかな」

「私がやるべきことは、やはり、師のおっしゃるように阿羅漢になることです。そのために、もっともっと修行が必要だということがわかりました」

槃頭達多はゆっくりとうなずき、優しく語りかけた。

「それでこそ、私の弟子である。もっと励みなさい。そうすれば、必ずや阿羅漢への道は開けるでしょう。耆婆殿、この子には並々ならぬ力があることを、私が保証します」

「ありがたきお言葉、しかと受けとめました」

耆婆は頭を下げた。

「達者でな。いつの日か、世の衆生を救える日が来ることだろう。さらば、鳩摩羅什よ」

「ありがとうございました」

鳩摩羅什は深々と師に頭を下げた。

＊

カフェの庭には桜の古木があった。節くれだった老農夫の手の甲のような、ごつごつとした幹が曲がりくねりながら立っており、桃色のつぼみが枝についている。桜の根元には小さな池があり、魚が泳いでいるのが見えた。

話が一段落すると、幹夫と真希の間に沈黙が訪れた。話題を考えなくてはと幹夫があせっていると、真希は辺りを見回している。二人の席がある庭のテラスには、誰もいない。不意に真希はテーブルの上に顔を乗り出してきた。向かい合って座っている幹夫の顔に近づいて、軽く唇を重ねてきた。

一瞬、何が起こったのか、幹夫にはわからなかった。柔らかく甘い感触だけが唇に残っている。

真希は何事もなかったかのように、自分の席に座りなおし、桜の木を眺めている。

「もうすぐ咲くんだねえ、桜」

暖かな春風が吹いてきて、二人をなでて通っていった。
母さん！

浮かれた気分のまま家に帰ると、幹夫は、いつものように何気なく「ただいまー」と言った。そのまま二階の自分の部屋へ行こうとして階段を上る。そのとき気づいた。玄関に母の靴があったのに、「おかえり」という返事がない。もちろん、ちょっと昼寝をしているだけなのかもしれない。だがなんとなく、いつもと異なる空気が家の中に漂っている気がした。幹夫は階段を降り、居間へ向かう。

「ただいまー」

もう一度言ってみたが、返事はなかった。

台所の灯りが居間にもれている。なんだ、台所にいるんだ。そう思って台所に足を踏み入れた。

テーブルの向こう側に、母がうつぶせに倒れているのが見えた。

「母さん！」

幹夫は驚きのあまり立ちすくんでしまった。すぐに我に返り、助けなければと気づき、母に駆け寄る。抱き起こすと母は、「う、うーん」と言葉を発した。

「大丈夫かい」

幹夫が声をかけると母は、幹夫の顔を見ながら答えた。

「みいお、かえってえたんかえ」

一所懸命話そうとしているようだったが、呂律が回っていない。

「どうしたんだよ。母さん」

「らいりょうぶ。めまえがしただけえよ」

これはただごとじゃない。自分の心臓が早鐘を打っているのを感じた。「落ち着くんだ」と自分に言い聞かせて、何をすべきか考えた。

救急車だ。母を台所の床にそっと横たわらせ、すぐに電話をかけて呼んだ。それから父の携帯電話にもかける。

「父さん。母さんが倒れた……」

幹夫の声は震えていた。

「今どこだ」

父の声は上ずっている。

「家だよ。今、救急車呼んだ」

「わかった。すぐ帰る」

母は眠っているようだった。口元に耳を近づけると、息をしているのが感じられ、幹夫は安堵した。

間もなく救急車のサイレンが聞こえてきた。

すぐに母は担架に乗せられた。「ご家族の方も乗ってください」と言われるがままに、幹夫も救急車に乗りこんだ。車内では、救急隊員がボードを手にメモをとりながら、質問してきた。

「どんな様子でしたか」

「何か言ってましたが、言葉がはっきりしていませんでした」

「最近、めまいがするとか、体がしびれるとか、そんなことはありませんでしたか」

幹夫は考えてみた。そういえば、母がめまいをおこして倒れたことがあった。他にも何か変なことがなかっただろうか……。そうだ。箸だ。

「めまいをおこして倒れたことがありました。それから、食事のときに母は箸を落としたんです。それからなぜか、床の上に転がった箸を、母はぼーっと眺めていたんです」

「そうですか。わかりました」

病院に着くと、すぐに集中治療室へと運ばれた。幹夫は父の携帯電話にかけて、病院名を告げる。それから廊下のベンチに座り、母が入っていった集中治療室の扉を見つめていた。

三十分ほどして父が駆けつけてきた。

「幹夫、母さんは?」

父の顔は青ざめていた。幹夫は父に状況を説明した。

あとはただ待つだけだ。二人はじっとベンチに座っている。

しばらく黙っていた父が、ぽつりと言った。

「なあ、幹夫。母さんが元気になったら、三人で旅行に行かないか」

幹夫はうなずいた。

「どこに行くか、考えておいてくれよ」

幹夫は集中治療室の扉を見つめたまま、もう一度うなずく。

壁には、横に長い一枚の絵がかかっていた。ところどころに雪の残っている黒っぽい山。その手前には緑の野が見えている。さらにもっと手前、まるで手に取れそうなところに、三本の草が生えていた。幹夫は山肌に残雪が作った模様を、一つ一つ確かめるようにして見ていた。

どれくらいの時間がたったのだろうか。集中治療室の扉が内側から開いて、白衣の女性が出てきた。幹夫と父は、すぐに立ち上がった。

「ＩＣＵの三上と申します。水野玲子さんのご家族の方ですね」

二人はうなずいた。

「どうぞこちらへお入りください」

医師の後に続いて集中治療室に隣接した部屋に入ると、机が一つ置いてあった。向かい合って座ると、医師は深刻な表情で言った。

「詳しい検査はこれからになりますが、脳の血液に循環障害が起きています。いわゆる脳梗塞を起こして、脳卒中という状態になっていると思われます。現在、応急処置をして小康状態を保ってはいますが、予断を許さない状況です」

「危ないかもしれないということですか」

父がたずねた。

「今はなんとも言えません。これから詳しく調べさせていただこうと思っていますが、現時点でも、命の危険があることは確かです。このまま昏睡状態が続くケースもあります」

「命の危険」という言葉を医師の口から聞いて、幹夫は大きな衝撃を受けた。これまで、自分の親の死について、きちんと考えたことなどない。もちろん頭では、自分よりも親のほうが先に死んでしまうだろうということは理解していた。ただ、それはずっと先のことだろうと考えており、ちっとも現実味はなかったのである。それなのに突然、死ぬかもしれないだなんて言われて、どう受けとめたらよいのかわからなかった。

白馬

「お会いになられますか」

医師の言葉に、幹夫と父は「はい」と反射的に答えた。集中治療室の入口で手を消毒し、中に入ってからもう一度消毒し、医師の後に続いて歩いていく。病室内に緊張感が漂っていることを感じ、幹夫は背筋を伸ばした。何人かの患者の横を通りすぎ、母のもとにたどり着く。

母は眠っていた。口には酸素マスクがつけられ、安らかな寝顔をしている。体にいくつもの管が刺さっているのが痛々しかった。苦しそうな様子がないのが、せめてもの救いだった。

「母さん……」

幹夫は母の手を握った。無意識のうちに三度、強く握る。子どもの頃、母と二人で決めた秘密の合図だった。かすかな力で母は握り返してきた。そのまま待っていると、もう一度、それからもう一度、全部で三回、母は手を握ってきた。

母さんは生きているのだと、幹夫は安堵した。

「玲子、頑張れよ」

父が涙声で言った。母は眠ったままだった。

病院からの帰り道、父が言った。

「飯、食っていくか」

ちっとも食欲はなかったが否定する気力もなく、「ああ」と幹夫は答えた。目についた店に入ると、しゃぶしゃぶ屋だった。

肉を箸でつかんで、湯の中で泳がせる。沸いた湯の泡が肉のまわりを素早く上る。赤い牛肉はすぐに桜色に変わった。

「父さん、母さんが退院したら、モンゴルへ行こう」

「どうしてモンゴルなんだ」

父は肉を鍋の中に入れて放した。

「子どもの頃、母さんがよく絵本を読んでくれたんだ。その中にモンゴルの馬についての話があったんだよ。俺よりも母さんのほうがその絵本を好きでさ、何度も何度も読んでくれるんだ。読み終わると母さんは、『モンゴルっていいわねえ。いつか行ってみたい』って言ったんだ。一回じゃなくて、何度も言ってたんだよ」

「そうか。わかった。モンゴルへ行こうな」

幹夫の頭の中では、一頭の馬がモンゴルの草原を駆けていた。腹から足にかけて太い血管を浮き立たせて、馬は一心に走っていた。

走れ。走れ。

どこまでも走り続けてほしかった。

「ごめんな」

唐突に父がぽつりと言った。その一言で、モンゴルの馬は草原ごと消えた。父は幹夫に向かって、頭を下げている。幹夫が黙っていると、父は言った。

「これまで父さんは家族のことを顧みてこなかった。母さんの具合がおかしいことだって、もっと早く気づくべきだったんだ。幹夫とも向き合うのを避けていた。忙しいと言って、仕事に逃げていたんだ」

父は涙を流していた。そんな父の姿を見るのは初めてだった。何を言ったらよいのかわからない。

鍋の中で湯は大きな泡を出しながら沸騰し、父の入れた肉が躍っていた。

翌日も父は仕事を休み、二人で母の見舞いに行った。

「今は、昏睡しているのではなく、麻酔で眠らせているだけです。本日、詳しい検査をします。

昼すぎには結果が出ます」

　昨日の医師が説明した。

　幹夫は母の手を握って言った。

「母さん。幹夫だよ。今日も来たよ。大丈夫だからね」

　昨日とは違って、母からの反応はまったくなかった。

　幹夫と父は、検査の結果が出るまで、集中治療室近くにある家族控室で待つことにした。父は、部屋に置いてあった週刊誌を開いてはすぐに閉じ、また開いては閉じていた。幹夫は、小さな部屋の中で父と向かい合っていることに耐えられなくなった。父の不安そうな様子を見ていると、どうしても悪いことばかり考えてしまうのだ。

「昼飯、買ってくるよ」

　腹がへっているわけでもなかったのだが、幹夫は部屋を出た。売店へ行き、パンと野菜ジュースを二つずつ買う。戻ってくると、家族控室の前に看護師が立っていた。

「水野幹夫さんですね」

　低くしっかりとした口調だった。

「はい」

「こちらに来てください」

幹夫は看護師の後について、集中治療室の中に入った。検査が予定よりも早く終わったのだろうか。

母のベッドの横に父と医師が立っていた。看護師も二人いる。幹夫は父の隣へ行った。

「どうしたの。父さん」

父を見ると、目が真っ赤に充血していた。

「母さん、たった今、逝ったよ」

その言葉を聞いた瞬間、目の前が真っ白になり、何も見えなくなった。しばらく動けなかった。やがて、横たわる母の姿が見えるようになってきた。胸が強く締めつけられた。

母さん。

嘘だろ。

母さん。

「力およばず、すみませんでした」

医師が頭を下げた。看護師たちも頭を下げた。

ちょっと待って。そんなはずじゃなかっただろう。検査結果が出て、治療を受けて、元気になって、退院して、三人でモンゴルへ行くんだ。母さん。ふざけてないで目を開けてよ。頼むからこっちを見てよ。死んじゃったなんてこと、あるわけないよ。戻ってきてよ。俺はここにいるよ。

目の中に涙が膨れあがった。こんなに早くいなくなってしまうなんて、おかしいじゃないか。俺は母さんに何をしてあげたか。何もしていない。母さんはいつも、俺のことを気にかけてくれた。それなのに俺は、母さんに当たり散らしてばかりだった。無視したこともあった。本当はもっと、話したいことがあったんだよ。

幹夫は何度も何度も母の手を握りしめた。もう、母が握り返してくることはなかった。

集中治療室の扉が、大きな音を立てて開いた。扉の向こうから、一頭の大きな白馬が駆け入ってくる。ひづめの音とともに地響きが伝わる。白馬はベッドの間を器用にすり抜け、母のそばまで来た。眠る母のまわりを駆け回り、一声いななく。その声は悲しい響きを帯びて、幹夫の体を震わせた。

幹夫と目を合わせると、馬は一瞬動きを止め、扉の向こうに駈け出していった。

「駆けろ」

白馬の後ろ姿に向かって幹夫は念じた。

どこまでもどこまでも駆けてゆけ。草原も丘も越えて、空の上まで駆け抜けろ。

集中治療室から出ると、幹夫は井上薬山和尚に連絡をした。それから、地下の霊安室に父と行った。しばらく待っていると、母が運ばれてきた。

まもなく和尚はやってきた。力なく母の前に座っていた父と幹夫の姿を認めると、合掌し深々と一礼した。和尚は母の前に立った、

「優しいお顔をしていらっしゃる」

そう言ってから、響き渡るが静かな声で読経を始めた。

「妙法蓮華経、如来寿量品、第十六ーっ」

自我得仏来《じがとくぶつらい》　所経諸劫数《しょきょうしょこうしゅ》　無量百千万《むりょうひゃくせんまん》　億載阿僧祇《おくさいあそうぎ》　常説法教化《じょうせっぽうきょうけ》　無数億衆生《むしゅおくしゅじょう》　令入於仏道《りょうにゅうおぶつどう》
爾来無量劫《にらいむりょうこう》　為度衆生故《いどしゅじょうこ》　方便現涅槃《ほうべんげんねはん》　而実不滅度《にじつふめつど》　常住此説法《じょうじゅうしせっぽう》……

(私がこの上ない悟りの境地に達してから、過ごしてきた歳月ははかることも数えることもできない幾千万億劫の昔であるのだが、それ以来はかることも数えることもできない人々に教えを説いてきた。幾千万億劫の間、幾千万億の人々を、悟りの智慧の境地に安住させた。人々を救うために、巧みな方便により涅槃を現わしたのだが、実際には入滅せず、いつもここにあって真理を説いている。……)

聞き慣れたお経を、いつしか幹夫は和尚とともに唱えていた。

翌日の夕方、観世音寺にて通夜がとりおこなわれた。親戚に加え、中村真希と橋本常彦も列

席した。薬山和尚は妙法蓮華経、方便品第二、如来寿量品第十六、如来神力品第二十一、観世音菩薩普門品第二十五を読経した。

和尚は礼盤から降り、一同に向きなおり、説法を始めた。

「法華経の如来寿量品第十六にはこんなことが書かれています。名医と言われる医者がいました。その人には何人もの息子がいました。この医者が外国に行った留守に、息子たちは皆、毒にあてられてしまいます。息子たちが苦しんで地面を転げまわっているとき、父親が帰ってきました。子どもたちの中には本心を失った者もいれば、正気を保っている者もいました。彼らは父の帰宅を喜び、言いました。

『お父さん、ご無事でお帰りなさい。私たちは愚かで、誤って毒薬を飲んでしまいました。お願いですから毒を消して、私たちの命をお救いください』」

永遠の命

「父はよい薬草によって薬を調合し、飲ませるためにこう言いました。『この良薬は、色も香りも申し分ない。これを飲みなさい。すぐに毒は消えて、病気は治るからね』

息子たちのうちで心を失っていない者はただちに服用し、病気は癒えました。心を失った息子たちは、薬を与えられても服用しませんでした。そこで父は息子たちに薬を飲ませようとしてこう考えました。

『この子どもたちは可哀相だ。毒にあてられて、心が顚倒している。彼らは私に救いを求めているのに、良薬を与えても飲もうとしない』

そこで医者は巧妙な方便を使ってこのように言いました。

『私は今、老いて衰え、死の時が近づいた。この良薬をここに置いておく。お前たちよ、ここにきて取って服用しなさい』

このように教えておいて、他国に行き、使いを出してこう告げさせました。

『お前たちの父はすでに死んだ』

息子たちは、頼る人のいなくなった自分自身をかえりみて、常に悲しみを抱き顚倒していた心がついに目覚めたのです。そしてこの薬を服用しました。彼らは苦しみから完全に解き放たれました。そうしておいてから、医者は姿を現しました」

目を見開き、大きなよく通る声で説法をする薬山和尚は、普段よりも大きく見えた。列席者は一心に耳を傾けていた。幹夫も虚心に聞いている。

「これを良医治子《ろういじし》の譬えと言います。これはお釈迦様が滅度に入るときのことを示しているのです。常にここにいると言えば人々はお釈迦様に頼りきり、善根を育てず、福徳を失ってしまうかもしれません。そのため、本当は永遠の命を持っているのに、方便として滅度に入る姿を見せたのです。人々を教え導くためです。

『頼る人のいなくなった自分自身をかえりみて、常に悲しみを抱き顚倒していた心がついに目覚めたのです』というところは、私たち人間の愚かさを示しています。その人がいなくなってはじめて、自分の我の強さによって見失っていたその人の大切さがわかる、ということですね。それまでこの父が言うように薬を飲まなかったのは、父を拒否していたからではありません。本当は父のことを愛していたのに、毒によって本心を失ってしまったのです。父の死という大きな悲しみによって心を取り戻したときに、父の言っていたことが、すっと入ってきたわけです。水野玲子さんは涅槃に入られました。けれど私たちは皆、いつも仏とともにいるのです。それぞれ永遠の命を持った存在なのです。故人に思いを馳せましょう」

和尚は合掌して一礼し、説法を終えた。

幹夫は思っていた。母さんが生きている間に、もっと話を聞けばよかった。母さんは俺に何を望んでいたんだろう。和尚は永遠の命と言ったけれど、母さんは死んじゃったじゃないか。

突然、幹夫の中で法華経の言葉がよみがえってきた。「頼る人のいなくなった自分自身をかえりみて心が目覚めた」。これって、今の俺のことじゃないか。母さんがいつも近くにいると思って、頼りきっていた。実際、母さんはいつも、俺のそばにいてくれた。

腎結核のため通院していたときも、帰りにコーヒーハウスに寄ってホットドッグを食べるのが楽しみだった。今思うと、通院を嫌がる俺の気持ちを奮い立たせようと、楽しいことを見つけてくれたのではなかったか。

小学校では、医者から運動を止められていたので体育はいつも見学だったし、友達と外で遊ぶこともなかった。いつも気が晴れなかったが、母さんに連れられてスポーツ観戦にはよく行った。野球やサッカー、時には水泳や卓球など、様々な競技を生で見た。実際にスポーツをしたことはなかったので、かえって一流選手の姿に自分を重ねることができた。自分が体を動かしているかのように思えたものだ。母さんはスポーツ好きなんだなと思っていたが、そうではない。近頃は、母さんはスポーツなどまったく観なくなっていた。あの頃観戦していたのは、俺のためだったのだ。

高校を卒業し、就職もアルバイトもできずに家で荒れていた頃、父さんは自分と顔を合わせるのさえ避けていた。けれど母さんは、いつも近くにいてくれた。俺が皿や本を壁に投げつけるのを、何も言えずただおろおろしながら見ているだけだと思っていたけれど、逃げ出すことなく、その場に留まっていてくれたのだ。

それなのに俺は、母さんのことをちっとも大切にしてこなかった。

幹夫の目から涙がとめどなくあふれ出てきた。悲しくて、情けなくて、切なくて、そして何よりも悔しかった。

「はい」

真希の声が聞こえた。涙を通して、ハンカチを差し出す真希が見えた。泣き出しそうに目を赤くして、真希はアイロンのかかったハンカチを渡してくれた。涙をふきながら幹夫は思った。

これからは大切な人のそばにいよう。

そのとき、母さんの声が聞こえてきたような気がした。

「私はいつもそばにいます。幹夫のことを思っています」

母さんは俺に、俺らしく生きてほしかったんだ。和尚の言葉を信じてみよう。母さんには永遠の命があるんだ。

ハンカチで涙をふいたあと、幹夫の表情は清々しいものに変わっていた。その様子を真希は見つめていた。

数日がたった。

母さんはもういない。

頭ではわかっている。それなのに幹夫は、台所に入るたびに、母が料理をしているのではないかと思えてしかたがなかった。

父は仕事に出かけ、自分一人だけの家の中はとても広く感じられた。不自然なほどに静かだった。

母さんといろいろなことを話したかった。

母さんはどんな子どもだったの？

父さんと出会ったときはどんなことを思った？

俺が生まれたときどうだった？

この間、警察まで迎えに来てくれたときは何を考えていた？

自分が荒れていたときは、母さんと話をするなんてこと、できやしなかった。自分のことしか考えられなかったんだ。

でも、ごめんね。母さん。

どんなときも、ここに立って、ご飯を作ってくれていたんだね。

幹夫は、流し台の前に立ってみた。母の葬儀以来、父も幹夫も料理をしていない。シンクの中はすっかり干からびていた。それでも母がいつもきれいに磨いていたおかげで、輝いていた。

ポケットの中の携帯電話が鳴った。橋本常彦からのメールだった。

(元気にしているだろうか。もしよかったら、また研究室に来ませんか？　鳩摩羅什について、話したいことがあるんだ。おいしいコーヒーも待ってます)

幹夫も常彦と話がしたかった。自分らしく生きるために、鳩摩羅什が力を貸してくれているような気がしていた。それに、鳩摩羅什が翻訳にかけた思いについて、以前、常彦から聞いた話はとても印象深かったのだ。幹夫はメールを返信した。

(ありがとうございます。もちろん、うかがいます)

数日後、幹夫は久しぶりに常彦の研究室を訪ねた。幹夫は母の葬儀への会葬の礼を言った。

常彦はうなずき、幹夫に椅子をすすめた。

「思ったより元気そうで安心したよ。今日来てもらったのは、また、前みたいに法華経と鳩摩羅什について一緒に勉強したいと思ったからなんだ。こんな時こそ、お経に助けられることもあると思うし」

「一緒に勉強するっていっても、自分は常彦さんから教わるだけです」

幹夫は真顔で言った。

「いや。それがそうでもないんだよ。この前、幹夫君が、法華経のサンスクリット文と鳩摩羅什の翻訳の違いについて調べてくれただろう。あの常不軽菩薩のくだりはぼくも知っていた。だけど、改めて幹夫君にそのことを指摘されて、考えはじめたんだ。他の部分にももっと、鳩摩羅什の魂が込められているようなところがないかってね。それで調べてみたんだ」

幹夫は黙ってうなずいた。

「そうしたら、見つかったんだ。ここは、鳩摩羅什さん、力を入れましたねってところが。千六百年も前の人が考えたことが、文字を見ているだけで伝わってくるというのは、おもしろいことだね」

「それはどんなところですか」

十如是

橋本常彦は『法華経』の経典を開きながら、幹夫に説明をはじめた。

「法華経の方便品第二にはね、ショホーノジッソーという言葉が出てくる。法華経の中でも、とても重要な考え方なんだ」

常彦は紙の上に「諸法の実相」と書いた。

「すべての存在のありのままの真実のすがた、という意味だよ」

幹夫は小首を傾げて常彦を見た。

「確かに真実のすがたって言われても、よくわからないよね。だから、すぐ後にその説明が述べられているんだ」

幹夫はうなずく。

「もともとのサンスクリット語の法華経はこうです。『あらゆるものごと（諸法）は何なのか、どのように存在するか、どのような形をとっているか、どんな特質があるのか、どんな本性があるか』」

「そう言われると、難しくないですね」

「そうだよね。この部分を鳩摩羅什が訳すとこうなるんだ」

常彦は「諸法の実相」と書いた横に、「如是相、如是性、如是体、如是力、如是作、如是因、如是縁、如是果、如是報、如是本末究竟等」と書いた。

「方便品を読誦している時に、ニョーゼーソウ、ニョーゼーショウ、ニョーゼータイ……というところがあるだろう。あれだよ。わかりやすく言うと、『姿、性質、形、能力、作用、原因、条件、現在の結果、未来への影響、以上の九つが平等であること』ということだね」

「あれっ。多くないですか」

「そうなんだよ。もともとは五項目だった。それを鳩摩羅什は十如是と言われる十項目に翻訳したんだ」

「どういうことなんですか」

「ここに鳩摩羅什の哲学が込められているんじゃないかな。何しろ十如是には、法華経の精神が集約されていると考えられているんだ」

話を聞けば聞くほど、鳩摩羅什という人物の謎が深まっていく。幹夫は混乱していた。五つを十に増やすなんて、そんなことをして許されるのだろうか。

「何かわけがあったんでしょうか」

「自分で調べてごらん、と言いたいところだけれど、ちょっと専門的な話になるので教えてあげよう。鳩摩羅什も適当に増やしたわけじゃなくて、根拠があるんだ」

常彦は、天井まで本が詰まった書棚へ行き、一冊を抜き出してきた。『大智度論《だいちどろん》』という本だった。常彦は本のページをめくって言う。

「この本の中に、体、法、力、因、縁、果、性など、九種の法というものが出てくる。鳩摩羅什は、これを法華経の翻訳のときに転用したのではないかと考えられているんだ」

「じゃあ、もともとはその本を書いた人が考えたことなんですね」

「うーん。ところがだね、この本の表紙を見てほしい」

見ると、「大智度論　龍樹《りゅうじゅ》著　鳩摩羅什漢訳」と書いてあった。

「これを訳したのも鳩摩羅什じゃないですか。この龍樹って人が作者ですか」

「うん。龍樹はインド人で、この本もサンスクリット語で書かれたと思われる。けれどその原本が残っていないんだ。ただ、鳩摩羅什が漢訳したものだけが残っているんだよ」

「じゃあ、九種っていっても、もともと何と書かれていたのか、わからないじゃないですか」

「そうなんだ。鳩摩羅什の創作がどのていど入っているのかはわからない。だけども、考えてみると、如是因（原因）、如是縁（条件）、如是果（現在の結果）、如是報（未来への影響）という、いわば目に見えないものが含まれていると、十如是もぐっと奥行きが出てくるよね。だってさ、『因（ある原因）に縁（条件）を与えさえすれば、それにふさわしい果（結果）や報（影響）が現れてくる』ってことを付け加えたんだから。これって釈尊が説いた縁起の思想そのものだよね。この考え方によると、因と縁によって自分というものもどうにでも変えられるということになる。自分をどうにでも変えられるということは、誰もが仏になれるということにつながっていくよね。これは法華経全体のテーマと言えることだよ。鳩摩羅什は、法華経を改変したというよりもむしろ、釈尊の思想の原点に立ち戻って、法華経の内容を深めたと言ってもいいかもしれないね」

幹夫は考えこんでいた。鳩摩羅什って、すごいじゃないか。法華経が伝えようとしているメッセージを、翻訳するときに強めているんだ。

大学の奥にある、穴蔵のような研究室の一室で、幹夫の心の中に小さくも熱い火が灯った。常彦の淹れてくれたコーヒーを飲んだあと、幹夫は立ち上がった。

「常彦さん、今日はありがとうございました。俺、病気の体じゃ何もできないってずっと思ってました。でも、母さんが死んでしまって、ちゃんと生きなくちゃって思いはじめたんです。鳩摩羅什の話を聞いたら、やる気が湧いてきました。鳩摩羅什のこと、もっと勉強してみます」

常彦は満足げにうなずいた。

「話は変わるけど、お母さんのお葬式に来ていた女性は、君の彼女かい」

思ってもみなかったことを聞かれて、幹夫はたじろいだ。

「えっ、あの、彼女っていうか……」

「ごめんごめん。素敵な人だね」

幹夫は恥ずかしくなり、顔中を真っ赤にしていた。

窓からさしこむ光が、机の上に置かれた『法華経』を照らしていた。

＊

槃頭達多に別れを告げた耆婆と鳩摩羅什は、その翌日、罽賓を後にした。向かうは懐かしい故郷、亀茲である。ただし、まっすぐに戻ったわけではなかった。諸国に立ち寄り、学ぶべき人物のもとを訪ね、勉学にうちこむ遊学の旅は続く。

やがて二人は疏勒国にたどり着いた。疏勒国も亀茲と同じような交易の要衝、オアシス都市の一つであった。タクラマカン砂漠の北を行く西域北道と砂漠の南を行く西域南道が交差するところに位置し、シルクロードの東方の都市、敦煌《とんこう》と対をなすような西方の都市である。城、貴族や高官の邸宅、市場までもがすべて城壁に取り囲まれていた。城壁の外には民家や畑が連なり、都市から離れるほど地面の土は砂の割合を増していく。

疏勒国では仏教が盛んであり、広壮な寺院と庭園、亀茲の雀梨大寺を彷彿とさせる巨大な仏塔、そして修行に励む大勢の僧の姿があった。耆婆と鳩摩羅什は辺りを見回しながら歩いていた。

薄緑色の実をつけた葡萄の木々の間を抜け、城壁をくぐると、突如として町の喧騒が広がっていた。市場の混みあいを避け、二人は裏道へ入って行く。塵芥《じんかい》が散乱した薄暗い路地の地べたの上に、ぼろをまとった人々がいた。膝を抱えてうずくまったり、横たわったりしている。路地の隅に寝ている一人の老婆と、鳩摩羅什の目が合った。ごわついた髪は伸び放題で、体中に垢がこびりつき、あちこち破れた服を着ている。老婆は鳩摩羅什に向かってうめき声を上げながら、乾燥しきってざらついた、か細い腕を伸ばしてくる。老婆は小刻みに震えていた。病気にかかっているのだろうか。

鳩摩羅什は異様に細い腕におびえた。だがすぐに、このあわれな老婆を怖いと思った自分を恥じた。衆生を救う、本物の僧になるという誓いは嘘だったのか。目の前の御方こそ、苦しみにまみれた衆生その人ではないか。この人を恐れる理由などない。苦しんでいる人に向かって手を差し伸べることこそ、人を救うということではないのか。鳩摩羅什は持ち合わせていたわずかな食べ物を老婆に与え、合掌して経を唱えた。

老婆は何度も頭を垂れ、鳩摩羅什に礼を述べた。立ち去ったあとも、伸びてくる細い腕が、鳩摩羅什の脳裏から消えることはなかった。

疏勒国においても鳩摩羅什は、小乗仏教の研鑽に努めた。さらには仏教以外の、「外道」と呼ばれる学問も積極的に修めた。バラモン教、論理学、文法学、医学、工芸、技術、陰陽、天文算術などである。

修行のため、鳩摩羅什は国内のいくつもの寺を渡り歩いた。ある日、初めて訪ねた寺で、鳩摩羅什は一人の青年僧が説法をしているのを耳にした。近づいていくと、集まっている者はほとんどいなかった。それなのに青年僧の声は、異様な熱気を帯びていた。

「そのとき釈尊は悟ったのです。あらゆるものは、直接的な条件である『因』と、間接的な条件である『縁』が絡みあって成り立っているということを」

「縁起」について語っているのだなと、鳩摩羅什は考えた。情熱的な語り口に惹かれ、立ちどまった。

「だから、因と縁が変わればすべての事象も変化するのです。絶対的で固定的なものなどありません。あらゆるものの本体は空《くう》です。自分も空、自分の考えも空なのですから、何事にもこだわるべきではありません」

鳩摩羅什は驚愕した。この人は何を言っているのだ。すべては空などとは、まやかしもいいところだ。

空

まさか法も空であると考えるのか。三世実有《さんぜじつう》（法が過去、現在、未来の一瞬一瞬ごとに連続することによって、現実世界が成り立っているということ）を否定するのか。なぜこんな虚妄を堂々と説けるのか。

この説法から学ぶべきものなどない。聴衆が少ないのも、もっともだ。

鳩摩羅什は青年僧の話を仕舞いまで聴かずに立ち去った。幼い時から、説一切有部の教理を徹底的に吸収してきた鳩摩羅什にとって、青年僧の説く内容は受け入れがたかったのである。

法のみが存在する。法が集まったり離れたりすることによって、自分たちのいる経験的世界が作られている。これが説一切有部の根本教義である。それを否定してすべては空であるなどという主張は、魚は空を飛ぶ、とでも言っているのと同じくらいおかしなことだ。釈尊の教えであるとは考えられない。

朝早くから蝉の声が響く、真夏の暑い日のことだった。鳩摩羅什は師僧に呼ばれた。寺の堂内は熱い湿気に満たされ、座っているだけでも汗がにじみ流れてくる。部屋に入っていくと、師僧ともう一人の若い僧が座っていた。

「鳩摩羅什よ、この須利耶蘇摩《しゅりやそま》に教えを受けなさい」

師に言われ、若い僧と対面したとき、鳩摩羅什は思わず声を上げそうになった。あのまやかしの説法を行っていた青年僧だったからである。なぜ師は私を、この僧のもとで学ばせようとするのだろうか。蝉の鳴き声がいっそう大きく感じられ、鳩摩羅什の頭の中でこだましていた。

須利耶蘇摩から教えを受ける初日、鳩摩羅什は貝葉の束を見せられた。

「今日から『中論《ちゅうろん》』を学びましょう」

須利耶蘇摩は微笑んで言った。『中論』とは龍樹が著した大乗仏教の代表的な思想書である。

こんなものは自分に必要ない。そう考えつつも、須利耶蘇摩の話に、ひとまず耳を傾けることにした。師僧に言われたので、教えを受けざるを得なかったのである。鳩摩羅什は、須利耶蘇摩と論を交わし、説一切有部に対する理解を深めようと考えた。

「すでに去ったものは、去りません。いまだ去らないものも去りません。現在去りつつあるものも去りません」

須利耶蘇摩は説いた。すかさず鳩摩羅什は問いかける。

「現在去りつつあるものは、去っている最中なのですから、去らないなどと言えないのではありませんか」

「『去りつつあるもの』には、すでに『去るはたらき』が結びついています。すでに『去るはたらき』と結びついているものが、『去る』ということはありえません。『去りつつあるものが去る』ということを成立させるためには、『去りつつあるもの』に『去るはたらき』が結びついていない状態でなければなりません。そんなことはありえません」

まことにややこしい哲学論争であったが、鳩摩羅什は負けじと反駁した。

「法は、現在、過去、未来の三世において有るのですから、『去りつつあるもの』が、これから『去る』としても同じあり方と言えます」

「違います。法が有るという立場は、『……であるあり方』が有ると主張しています。そうすると、『去りつつあるもの』という『あり方』と『去る』という『あり方』はそれぞれ存在することになります。やはり、二つの『去るはたらき』を含むのです。つまり、法が有ると考えると困難が生じてしまうのです」

鳩摩羅什は素直に驚いた。ただ、単純にすべては空だと唱えているだけではない。法も空であるという主張には、考え抜かれた裏づけがあったのだ。それでも鳩摩羅什は、大乗の思想におかしなところがあるはずだと、必死に反論を試み続けた。

厳しい討論が、連日連夜、二人の間で交わされた。鳩摩羅什の反論に対し、須利耶蘇摩はていねいに論じ続けた。目の前の小さな弟子が真剣に大乗思想と格闘していることが、よく伝わってきたからである。一方、持論を曲げない鳩摩羅什も、意固地になってただ反論しているわけではなかった。論争を深めていくほど、何かにたどり着けそうな手ごたえを感じはじめていたのだ。

鳩摩羅什が切りつける刃を、須利耶蘇摩は真っ向から受け、一点のごまかしも曇りもなく切り返してくる。これは戦闘であった。何度も危ないところを命拾いし、鳩摩羅什は攻め返した。だが、あと一歩が踏み出せず、結局は後退を余儀なくされるのだった。

じりじりと下がり続け、とうとう壁に行き着いてしまった。これ以上、返す言葉は鳩摩羅什の中にはなかった。

その時、釈尊の教えが光となって自らに降りそそいでくるのを感じて、身震いした。

一切諸法は空なのか。

それ自体のみで存在するものは、何もない。すべてのものは他との関係の中で、はじめて存在するようになる。釈尊は「何ものにも執着するなかれ」と言った。

諸法無我……そうだったのか。

何一つ、自分のものといえるような存在はない。そして、自分も含めて、永遠に変わらない実体はないのだ。釈尊の言う「諸法無我」とは「一切諸法は空である」ということと同じでははないか。

　空という大乗思想は、まやかしでも異端でもない。釈尊の教えそのものであったのだ。この時鳩摩羅什は、空観（一切の存在は空であるという真理に心を集中して観察する方法）を会得したのである。いったん、体に取りこんでしまうと、二度と揺らぐことはなかった。深々と須利耶蘇摩に一礼し、言った。

「私は昔、小乗を学んでいましたが、それは黄金の存在を知らず、銅の鉱石をすばらしいと考えるようなものでした」


　鳩摩羅什は、須利耶蘇摩のもとで、疏勒国にて大乗仏教を学んだ。

　一年後、鳩摩羅什と耆婆は故郷亀茲国へ向けて出発した。鳩摩羅什は十四歳になっていた。

　ラクダにまたがる二人の頭や背に、真夏の太陽が照りつけている。まだ朝だというのに、厳しい暑さであった。オアシス圏内を抜け、荒野へ出ようとする頃、隊商に追い抜かれた。一頭のラクダが鳩摩羅什の横で止まり、同い年くらいの少女が降り立った。

　少女の目は青かった。腰まで垂らされた髪は一本に編みこまれている。髪は熟したとうもろこしの穂のような黄金色をしていた。鳩摩羅什は艶やかに輝く金髪に目を奪われた。

　美しい少女だなあ。

大きな目、高い鼻、ふくよかな唇、ややとがったあご。全体から受ける印象は、冷たい水をたたえた深い湖だった。

少女は鳩摩羅什たちに話しかけてきた。だが、何を言っているのかわからない。話が通じていないことに気づいて、少女は言いなおしてきた。

「僧侶様、どうぞ、私たちとともに旅をお続けください」

今度はよくわかった。わかったとたん、鳩摩羅什は驚いた。この少女は梵語を話している。僧は皆、梵語を学んでいる。だが、少女はなぜ、この学術的な言語を理解しているのだろうか。

「ご提案、ありがたくお受けいたします」

耆婆が答えた。

少女は軽い身のこなしで、立派な鞍のついたラクダにまたがり、鳩摩羅什と並んで歩きながら話しかけてきた。

「私はこの隊商の長、ジーナと申します。東方へ西域の品々を届けに参ります」

こうして鳩摩羅什と耆婆は、隊商の長であるという少女とともに旅をすることになった。ジーナに対して、隊商の屈強な男たちは、何かにつけ指示を仰いでいるのだった。

数日がすぎたある晩のこと、焚き火を囲んで、一同は夕餉をとっていた。ジーナと鳩摩羅什と耆婆は、焚き火のそばの石の上に座っていた。

焚き火の光を受けて、解かれたジーナの髪がいっそう輝いている。火を見つめながら、ぽつりと言う。

「隊商を率いる父について旅を続けていました。途中、父が高熱を出して病に倒れ、あえなく亡くなってしまいました。一時は、どうしたらいいかわからず、途方に暮れていました。けれど、私は一人ではありませんでした。仲間たちがいたのです。これから私は、旅を続け仕事を終えて、故郷で待つ母のもとに帰らなければなりません」

受戒

話し終わると、ジーナは黙りこみ、火を眺めていた。

「お父上のために、経をあげさせてください」

鳩摩羅什は地面の上で坐禅を組み、経を唱えはじめた。雲が多く、星のない空であった。火の粉が舞いあがる闇の中に、読経の声が朗々と響きわたる。

読経が終わるとジーナは鳩摩羅什に向きなおり、深々と頭を下げた。

「ありがとうございました」

顔を上げたとき、ジーナの頬は涙に濡れていた。

「旅の途中です。父が亡くなっても、隊商の長が隊員の前で弱気になるわけにはいきませんでした」

ジーナは顔を伏せてむせび泣いた。泣き声は、夜空の静寂に吸いこまれ、闇はますます濃くなっていくのだった。

来る日も来る日もラクダにまたがって、先を行くジーナの後ろ姿を見ていた。ちっぽけな背中だった。この少女は、自分と同じように父を失っただけではなく、たった一人で隊商を率いている。悲しみに暮れる暇さえ、持てなかったのだ。力になってあげたい。はじめはそう思っていたのだったが、少しずつ、ジーナを愛おしく思う気持ちが芽生えてきた。

そんな自分の思いに気づき、鳩摩羅什は背筋を伸ばした。

いけない。私は修行の身であるのだから、雑念を捨て去らねばならない。心の奥にある、深く果てしのない暗がりをのぞいてしまったような気がした。以後、鳩摩羅什は自らに、ジーナに思慕の念を抱くことを禁じた。

やがて一行は亀茲国に着いた。秋を迎え、生命を持つものたちは皆、美しさをそれぞれの身の内にみなぎらせている。木々の葉は黄金に色づき、畑の実りは収穫されるのを待つばかりになり、野に出て働く農夫たちの身も軽やかになっていた。これまで旅を共にしてくれたお礼として、耆婆は隊商の面々を手厚くもてなした。

その晩、鳩摩羅什は城に泊まってもらったジーナと語り合った。

「実は私にも父がいません。父を置いて、母が城を出て出家したのち、父はどこかへ行ってしまいました。その後、私も出家したのです。父は私たちの犠牲になってしまったのではないかと思っています」

ジーナはしばらく考えていた。

「鳩摩羅什様、お父様はあなたがたの犠牲になったとは、思っていないはずです。むしろ、喜んで城を出られたのではないでしょうか。自分が城に残ったままでは、出家した妻子の修行の妨げになってしまうだろう。自分に会うたび、世俗との断ち切りがたい縁を感じさせてしまうだろうと、お父様は考えたのではないでしょうか」

そんなこと、考えてもみなかった。父は喜んで姿を消したのだろうか。鳩摩羅什は、母から聞いた話を思い出した。

「そういえば、もともと父は罽賓の出身で、一度、出家をした身なのです。父は国の家族を捨ててきたのだと、母が言っていました。でも、出家した後も、家族のことを気にしていたのかもしれません。その経験があったからこそ、ジーナさんがおっしゃるとおり、出家した私と母が修行に専念できるように、城を出て行ったのかもしれません」

鳩摩羅什は、罽賓で出会った、父とおぼしき人物のことを思い出していた。父の願いは、私が立派な僧になり、仏への道を歩むことなのだ。私たちを愛していたからこそ、釈尊の教えを信じていたからこそ、身をお隠しになったのだろうか。

人を本当に愛するということは、自分のことよりも、その人の身と心を案ずることである。父はそのことを教えてくれたのだ。

ジーナの前なので、懸命に涙をこらえた。

「ジーナさん、ありがとう」

ジーナは黙って微笑んだ。

数日間の滞在ののち、隊商は出立することになった。ジーナは鳩摩羅什に別れを告げた。

「またいつか、どこかでお目にかかれる日が来る。そんな気がしております」

「私もまた、お会いしたいです」

鳩摩羅什には、もっとたくさん言いたいことがあったのだが、これ以上話すと情に溺れてしまいそうだった。本当は、ずっとジーナのそばにいたかったのである。

ジーナはほんのりと顔を紅潮させ、鳩摩羅什を見つめていた。

ラクダにまたがり、隊商の先頭に立つジーナの姿を、鳩摩羅什はいつまでも見送っていた。

ジーナのことを、目の奥にしっかりと焼きつけておきたい。そう思っていたのだが、実際はすでに、ジーナの笑顔は心の中に刻印されていたのだった。

ラクダの上のジーナは何度も振り返り、手を振った。少しずつ小さくなり、やがて砂漠の彼方へ消えた。

故郷での修行の日々は過ぎ、鳩摩羅什は二十歳になった。ついに受戒の時を迎えたのだ。比丘が守る戒めである具足戒《ぐそくかい》を授かるのである。三師《さんし》七証《しちしょう》のもとで白四羯磨《びゃくしこんま》という儀式を伴うものであった。

三師七証とは、戒を授ける身元引受人たる戒和上、その場の作法を教える教授師、その作法を実行する羯磨師《こんまし》という三師と、立ち会って受戒を証明する七人の僧侶をさす。

白四羯磨とは、羯磨師が受戒希望者の承認を、居並ぶ僧侶に問うもので、次のように行われた。

「鳩摩羅什は今、卑摩羅叉《ひまらしゃ》を和上として具足戒を受けようと志願し、心身潔白にして年二十に満ち、三衣と鉢との準備が整い、受戒の資格ができたが、これをお許しください」

羯磨師が三師七証に賛成を求める。さらに三回、同意するかどうかが問われた。三回とも、異論が述べられることがなかったので、晴れて鳩摩羅什は比丘となった。

王族という恵まれた身分であったものの、これまでの道は決して、たやすいものではなかった。この受戒とても、正式な比丘になったというだけのことであって、昨日と同じように今日も明日も、ひたすら修行に励むことに変わりはない。

受戒した晩のことである。鳩摩羅什の部屋の戸を叩く者があった。入ってきたのは耆婆だった。真剣な面持ちをしている。

「とても大切な話があるのです」

耆婆は鳩摩羅什の顔をまっすぐに見据えて話を始めた。

「私が願ってきたとおり、あなたは僧侶となりました。そのあなたに、どうしてもやりとげてほしいことがあります。大乗の深遠な教えは、真丹《しんたん》（中国）で盛んになるでしょう。仏教を東方の地に伝えられるかどうかは、あなたの力にかかっています。ただ、あなたにとっては何の益にもなりませんが、どうですか」

鳩摩羅什は微塵のためらいもなく即答した。

「菩薩の道は利他をめざして、自分のことは忘れるものです。私にとって益にならないということが何でしょうか。釈尊の教えを伝え広め、迷妄の世俗の徒を悟らせることができるのなら、私の身が炉で焼かれようとも、釜で煮られようとも、どんなに苦しくても恨みません」

耆婆は涙を流した。

「よくぞ、言ってくれましたね。それでこそ私の息子です。お父様もさぞ、喜ばれることでしょう」

鳩摩羅什は、亀茲から罽賓への道中を思い出していた。命懸けの困難な旅であった。真丹は罽賓とは反対の東方にあり、遥かに離れていると聞く。また、中央アジアに生まれ育った鳩摩羅什にとっては、東方は未知なる場所であり心理的にも遠かった。

真丹に大乗仏教を伝えるということが、どれほどの挑戦であるのか、鳩摩羅什も耆婆もよくわかっていた。それでも迷いはなかった。鳩摩羅什の頭の中には、父の姿があった。立派な僧になると約束したのだ。今こそその目標に向かって、歩み出す時ではないか。心は熱く燃えはじめていた。

「これからはあなた一人で歩まねばなりません」

耆婆の言葉に、鳩摩羅什は我に返った。

「どういうことですか」

耆婆は静かに、かんで含めるように語る。

「これから私は天竺へ修行におもむきます。私は私のやり方で修行を続けます。あなたは東へ向かい、私は西へ行くのですから、もう二度と会うことはないでしょう。ですが、高嶺が切り立っていようとも、大河が氾濫していようとも、千尋の谷が隔てていようとも、あなたと私の心は、釈尊の教えによってつながっているのです」

これまで鳩摩羅什は、ずっと母と一緒に修行をしてきた。その母と別れることなど考えてもみなかったのだ。だが、今、自分は比丘となった。そして生涯を懸けて行うべき使命が課せられた。別れの時がやってきたのだ。真丹への大乗仏教の伝道と、親子の別れを同時に告げたのは、母親耆婆の卓見であった。

このとき鳩摩羅什は、広大な大陸に放たれた白馬となったのである。

耆婆の旅立ちの朝が来た。一陣の風が吹いてきて、砂を巻き上げた。朝の光を受けて、一粒一粒の砂が輝いている。樹上では小鳥たちがさえずっていた。

話すべきことは、すでに語り尽くした。耆婆はうなずいて、鳩摩羅什の肩に手を置いた。鳩摩羅什はじっと、耆婆の瞳を見つめる。

「行ってまいります」

耆婆は口元を強く結んで言った。

白蓮のように最もすばらしい正しい教え

耆婆は涙をこらえている。鳩摩羅什も泣きそうだったが、必死にこらえていた。泣くな。母の決意、そして自分の使命を揺るがすわけにはいかないのだ。

鳩摩羅什は目を閉じて、大きく深呼吸をした。ゆっくりと目を開けると、心の中は澄みきっていた。母に向かって一礼する。

「母上、今までありがとうございました。必ず、真丹に釈尊の教えを届けます」

耆婆は微笑んでうなずき、ラクダの背にまたがった。鳩摩羅什は母の姿が地平線の彼方に消えるまで見送った。耆婆は一度も振り返らなかった。

亀茲国に残された鳩摩羅什は王新寺という新しい寺に移り、修行と勉学に打ちこんだ。そんな折、かつての宮殿跡から放光般若経が発見されるということがあった。鳩摩羅什が経を手に入れると、たちまちその世界に没入した。放光般若経は般若経典の中でも中篇の部類のものである。すべての事物は因縁によって生じたものであり、固定的な実体はないという、空の思想を説いている。
以後、鳩摩羅什は、取り憑かれたかのように次々と、大乗の仏典を読みこんでいくようになった。放光般若経に続いて取り組んだのは「サッダルマ・プンダリーカ・スートラ」という経典であった。サッダルマとはサンスクリット語で、正しい教え、真実の法、最高の真理というような意味である。プンダリーカは、白い蓮華の花である。インドにおいて最高のものの象徴だ。スートラは経典のことである。「白蓮のように最もすばらしい正しい教え」という題名のこの経典を鳩摩羅什は読みふけった。

お前たちはまだ先へ進まなくてはいけない。この都城は、お前たちが疲れ切って　道を途中で引き返そうとしていたので、私が神通力でつくったのだ。方便によって　こしらえた、幻の城なのだよ。お前たちはいっそう精進して、一緒に宝の島にいかねばならないよ。

この言葉は、まるで、自分に向けられているようではないか。私は東方へ行かなければならない。たとえ途中で疲れ切ってしまったとしても、釈尊が神通力によって作った都城を見せて励ましてくれる。私は進んで行かなければならないのだ。

舎利弗よ、私もまたこの世で一人一人にあわせて言葉を選び、心の動きをつかみ、教えを説いている。その教えとは、正しい智慧に至るためのただ一つの乗り物についてである。

舎利弗よ、如来は世の中が汚れた時にも出現する。人々が堕落し、煩悩のために悪徳が栄える時にも出現する。そんな時代には、如来はただ一つしかない乗り物を、三つの乗り物として説く。

如来が智慧に至った道を示し、正しい道に導かれた人々は、すべてこの上なく完全な悟りを得たのである。未来における十方世界のどこにでも、如来は出現し、正しい道に導いてくれ、すべての人々にこの上なく完全な悟りを得させてくれる。

ここで釈尊が語っているのは、すべての人には、仏になる素質があるということだ。自分のように修行に明け暮れてきた者だけに許される道ではない。いつか、路上で私に手を伸ばしてきた老婆も、還俗して故郷に戻りうつろな目をしていた父と思われる人も、旅の途中で出会ったジーナも、皆、仏になることができるのだ。

かつての私は、自分が悟りを得たのちに、衆生を救えるようになるのだと考えていた。だが、そうではない。衆生も私もともに仏になるのだ。このことを必ず、衆生に伝えなければならない。あの老婆の手を取って、申し上げたい。「あなたも仏になれるのですよ」と。

鳩摩羅什は、自分の使命が心の中にしっかりと収まったのを感じた。真丹に釈尊の教えを伝えたい。それが苦しむ衆生を救うことになるはずだ。

この経典は、私と出会うのを待っていた。そんなふうに思えてならなかった。

だが、ただ真丹に経典をもたらすだけで不充分であろう。経典を真丹に伝えるにあたっては、漢訳しなければならない。そうしないと、衆生には伝わらないだろう。だが、いったい誰がそんなことを成し遂げられるのか。梵語と漢語に通じ、なおかつ経典の内容を深く理解していなければならないのだ。

考えているうちに、鳩摩羅什は気づいてしまった。気づいた瞬間、体の芯が熱くなってくるのを感じた。

そんな条件を満たせるのは、自分しかいないではないか。他の誰でもない。私自身が経典の理解を深め、漢語を習得すべきなのだ。

仏典の漢訳という、鳩摩羅什が生涯を懸ける使命を持った瞬間であった。

夜更けてもなお、鳩摩羅什は一心不乱に「サッダルマ・プンダリーカ・スートラ」を唱え続けていた。朗々たる読誦の声が、深夜の僧院の中を響き渡っていく。風の通らない建物の中で熱意をこめていると、体中から汗が噴き出してくる。汗にまみれながら、ひたすら声を上げていた。

のちに鳩摩羅什はこの経典を、「妙法蓮華経」として漢訳することになる。それはまだ、先の話である。

亀茲に鳩摩羅什あり。博識で多才、経典の論理に通じ、あたかも底の見えぬ深い淵のごとく大きな人物である。

鳩摩羅什の名声は諸国にとどろきはじめていた。この頃、鳩摩羅什のもとに、懐かしい人物が訪ねてきた。師僧、槃頭達多である。かつて鳩摩羅什は、母とともに命懸けの旅を経て罽賓へ赴いた。その道を逆にたどって、年老いた槃頭達多はやってきたのである。さぞ困難に満ちた旅路であったことだろう。鳩摩羅什と耆婆は仏法を求める、やむにやまれぬ気持ちを持って旅をした。槃頭達多にもまた、断ちがたい強い思いがあったのだ。

師がわざわざ訪ねて来てくれたことを、鳩摩羅什は喜んだ。気まぐれで遂行できるような旅ではないことを、誰よりもわかっていた。

「尊敬するわが師よ。なぜはるばるおいでくださったのですか」

槃頭達多は、かつて罽賓にて、鳩摩羅什と対峙したときと同じ、人を吸いこむような笑みをたたえて答えた。

「わが弟子の悟ったところが尋常でないと伝え聞いたのだよ。鳩摩羅什よ。はじめそなたは他人を救いたいのだと言っていた。だが私のもとで修行を積み、自分が阿羅漢になることをめざすべきだという理解にたどり着いた。ところがだよ」

槃頭達多は身を乗り出して続けた。

「どうも異端の思想、大乗などというものを吹聴しているというではないか。弟子の活躍ぶりが伝わってくるのは喜ばしいが、邪教に惑わされているのだとしたら、見過ごすことはできない。行って確かめてみなければならないと考え、やってきたのだよ。わが弟子よ、大乗にいかなる理があるというのか」

鳩摩羅什は、師に向かって講義を始めた。かつて教えられた、法のみが実在するという教義を否定するところから始まった。法が集まったり離れたりすることによって、自分たちのいる経験世界が作られているという考えは間違っていると、鳩摩羅什は遠慮なく言ってのけたのだ。

「釈尊は諸法無我（あらゆるものは因縁によって生じたものであり、絶対不変の実体などない）を説かれた。ここからは、法のみが実在するなどとは言えないのです。因と縁が変わればすべての事象は変化します。あらゆるものの本体は空なのです」

槃頭達多はひるむことなく、堂々と返答した。

「一切のものはすべて空だと言うが、それでは一切の存在を否定することになり、虚無論におちいってしまうではないか。こんな話がある」

槃頭達多は鳩摩羅什の目をのぞきこむようにして、話した。

「昔のこと、ある男が糸つむぎ職人に、きわめて細い糸をつむぐことを依頼した。職人は微塵のように細い糸をつむいだが、男はまだ粗いととがめた。

職人は怒り、空を指さして、これが本当に細い糸だと言った。どうして見えないのだと男が問うと、職人は答えた。

『この糸はとても細いので、糸つむぎ職人の親方にだって見えないのだから、ほかの人間に見えるはずがない』

すると男は大喜びして、褒美を与えた。しかし実際は何もなかったのである。そなたの説く空も、そんなものではないのか」

さすがに高名な学僧、槃頭達多である。空に対する鋭い批判を含んだたとえ話であった。空なんて詭弁にしかすぎないのではないかというわけである。

毎日毎日、両者は論戦を交わした。もちろん、それでも師弟関係に変わりはない。変わらず鳩摩羅什は槃頭達多を尊敬しており、一日の応酬を終えると師を温かくいたわるのだった。

休むことなく一か月が過ぎた。槃頭達多はとうとう鳩摩羅什を礼拝して言った。

「私には理解できないところも多い。ただし、私に和上（和尚）の間違いを指摘する力もないことがわかった。つまり、和上は私の大乗の師である。私は和上の説一切有部の師である」

槃頭達多はまことの高僧であった。自らの弟子に対して謙虚に理のあるところを認め、自分の師であるとまで言ったのである。鳩摩羅什は改めて、師への尊敬の念を強くした。

広く名の知られていた槃頭達多が鳩摩羅什のことを「和上は私の大乗の師である」と言ったことにより、鳩摩羅什の名声はこれまでにも増して高まった。諸国の王たちはこぞって、亀茲国で開かれる法会にやってきては、鳩摩羅什の説法を拝聴した。

亀茲に鳩摩羅什法師あり。

遠く真丹の僧たちも、鳩摩羅什の評判を聞きつけてその教えを受けるべく、亀茲に参集した。経典や戒律文献も充実しており、それらを前にして当代きっての学僧による講義が受けられるという、この上なく恵まれた学びの場であった。僧たちは帰国後、鳩摩羅什の博識と聡明ぶりを語った。

当時、真丹の江南地方には漢民族の東晋《とうしん》という国があった。東晋の襄陽《じょうよう》には、釈道安《しゃくどうあん》という高僧がいた。この頃、はじめて、道安は鳩摩羅什の名を聞き知ったのである。

ハンバーグ

ある日、幹夫は、冷蔵庫の表面に、マグネットでメモがとめてあるのに気づいた。

「ハンバーグ、幹夫のケーキ」

母の字だった。見たとたん、母の考えていたことがわかってしまった。母の亡くなった翌日は、幹夫の誕生日だったのだ。母はお祝いの準備をしようとしていたのだろう。ハンバーグは小さい頃から幹夫の好物だった。もう二十歳になるというのに、ケーキまで用意するつもりだったのだ。いや、二十歳になるからこそのお祝いだったのかもしれない。

そう思って、幹夫は初めて気づいた。自分はいつのまにか二十歳になっていたのだ。よし。幹夫は財布をポケットに入れると外に出て、自転車にまたがった。

スーパーマーケットに着くと、肉売り場へと向かった。ハンバーグを作るには、ひき肉を買えばいいものだと思っていた。ところが売り場には、鶏ひき肉、豚ひき肉、牛ひき肉、合いびき、というものがあった。どれを買えばいいのか。それに、ひき肉だけでハンバーグが作れるのか。これまで料理をしたことがなかったので、わからない。

幹夫は何も買わずにスーパーを出た。次に向かったのは、図書館だった。図書館に着くと、真っ先に児童書のカウンターへ行った。

カウンターにいる真希が遠くから見えた。よかった。いるべき人がいるべきところにいてくれることが、こんなにもありがたいことだったのだ。

幹夫が近づいていくと、すぐに真希は気づき、立ちあがった。

「やあ」

幹夫は手を上げた。

「う、うん」

真希はぎこちない笑顔を見せた。悲しいできごとのあとでは笑ってはいけないと、自ら課していているような苦しさが幹夫には感じられた。

「葬儀のときはありがとう」

あのとき幹夫は、真希がいてくれたおかげで、なんとか持ちこたえられたのだ。

「私、何もしてあげられなくって……」

「そうじゃないよ。とても助けられたんだ」

真希はうなずいた。

「ねえ、料理の本はどこにありますか。難しくないやつがいいんだけど」

「えっ」

突然思ってもみない話に変わり、真希は意外そうな表情になった。

「どういうこと」

「あれっ。目の前にいるのは司書さんだと思ったんだけどちがいましたか」

はじめて真希は笑って、言った。

「はい。なんなりとお聞きください。料理の本ですね。いろいろありますけど、難しくないのだったら、児童書にも料理本がありますよ。こちらにどうぞ」

真希は幹夫を書棚に案内した。数冊のうちから、幹夫はイラストがたくさん載っており、ハンバーグの作りかたも書いてある、小学生向けの料理本を選んだ。

「これ貸してください」

真希がカバーについているバーコードを機械で読みとっている様子を眺めているとき、幹夫は思いついた。

「そうだ。もし、よかったら、今晩、うちにご飯を食べにこない。ハンバーグを作るんだ」

真希は戸惑ったような顔をした。

「う、うん。どうしようかな……」

「あっ、予定が入っていた？　それなら無理にとは言わないけど」

「そうじゃないの」

そのとき、やっと幹夫は気がついた。それまでハンバーグを作る、ということばかり考えていたのだった。真希は家で、自分と二人っきりになることを想像しているのだろう。恥ずかしくなって、幹夫の顔は真っ赤になった。

「いや、あの、そういうつもりじゃないんだ。父さんもいるし」

すっかりのぼせあがってこんなことを言ってしまい、さらに恥ずかしくなった。真希は一瞬、顔を赤らめてから、笑って言った。

「そういうつもりって、どういうつもり？」

「いや、その……」

「わかってるよ。デートするお金がないんでしょう。でも、正直言って、ちょっと緊張するな。お父さんに会うのって」

「いや、俺も、今、思いついただけだから無理しなくていいよ」

「ううん。行く。幹夫君がとびきりおいしいハンバーグをごちそうしてくれるんでしょう」

真希は屈託のない笑顔を見せた。

「もちろんだよ。でも初めて作るんだけど……」

「わかった。その分は差し引いて期待しておきます。じゃあ、一つだけアドバイス。ナツメグっていうスパイスを少し入れてね。ほんの少しでいいからね」

「わかった。じゃあ、何時くらいに来られそう」

「今日はね、六時までだから、帰って着替えして、七時半くらいかな」

「うん。ちょうどいいよ。父さんもそのくらいだから。ここからそのまま来たっていいよ」

「そうもいきません。女の子ですから」

真希は笑って言った。幹夫も笑った。本を持って図書館を出た幹夫は、スーパーに再び行って買い物をした。合いびき肉とたまねぎ、卵にパン粉、つけあわせの人参とじゃがいも、ソースにケチャップ、もちろんナツメグも忘れなかった。

真希が来ることを、あらかじめ父に伝えておいたほうがいいだろうと幹夫は思った。父の携帯にメールを送ることにしたのだが、何と書いたらよいのか、しばらく逡巡した。

——今日の夕食、作ります。友人の中村真希さんも来るのでよろしく——

友人という書きかたでよいのか。よろしくって、父には実際にどうふるまってほしいのか。突きつめて考えるとよくわからないのだったが、とにかくなるようになるだろうと思った。一度送信してから、さらにもう一通送った。

——母さんが倒れる前に、ハンバーグを作ろうとしてくれていたようです。だから自分でハンバーグを作ります――

父は自分の誕生日を覚えているだろうか。きっと覚えてないだろうな。そんなことを考えていると、すぐに父から返信が来た。

――わかった。なるべく早く帰る。ちゃんと紹介してくれ――

意外な返事だった。「ちゃんと紹介してくれ」というのは、もちろん真希さんのことだよな。なんと紹介したらいいんだろうか。


午後中かかって幹夫はハンバーグと格闘した。何しろ、初めて作る料理らしい料理である。幸い、真希が探してくれた料理の本は、小学校向けのもので、米のとぎかたから載っていたので助かった。塩やこしょうやサラダ油のありかを探すたびに、いちいち、それらをその場所に置いた母の存在が感じられた。

つけあわせの人参のグラッセと粉吹き芋も作り、ご飯も炊飯器にセットした。あとは真希と父がそろってから、すでに成形してあるハンバーグを焼けばいい。

七時半近くになると、チャイムが鳴った。父なら自分で入ってくる。真希のほうが早く着いたのだ。幹夫は玄関まで小走りで行った。

「こんばんは」

入ってきた真希を見て、幹夫は思わず息を呑んだ。喪中の家に来るという配慮によるものだろう。華やかな出で立ちではなく、無地のワンピースだったのだが、その品の良さが真希によく似合っていた。真希は両手を後ろに組んでいた。そのせいで、少し、胸のふくらみが目についたが、幹夫はすぐに目をそらした。

「い、いらっしゃい」

上ずった声で幹夫は言った。

「これ、お母さんに」

真希が手を体の後ろから出すと、黄色い花束が握られていた。

「ありがとう。これ、なんて花？」

「フリージアだよ」

「なんだか元気の出てくる花だね」

幹夫は真希を居間に案内した。

真希さんはこの花が好きなのかと思いながら、花瓶に生けて、母の仏前に供えた。真希は仏壇の前に座って、線香をあげた。

「母さん、一本もらっていい？」

そう断ってから、幹夫は花瓶からフリージアを一本抜いてコップに挿した。真希を連れて、二階へ持っていった。自分の部屋の机の上に飾る。

「いい感じ。花があるだけで、こうも雰囲気が変わるもんだねえ」

本当に、部屋が明るくなったような気がしたのだった。

「幹夫君のそういうところ、素敵だと思う」

「えっ。どんなところ」

真希が何を言っているのかわからなかったが、幹夫は照れた。

「自分の思ったことを、素直に口に出せるところ」

「そんなの、みんなやってることじゃないかなあ」

「そんなことないよ。ちゃんと言えない人、多いと思うよ」

真希は真顔で答えた。

「そうかなあ。でも、俺、まだ言ってないことがあるよ」

「なあに」

「真希さん、今日の服、とっても似合うね」

「えっ」

今度は真希が頬を赤く染めた。

「ありがとう」

幹夫は真希にゆっくりと近づいた。瞳を見つめながら、相手の反応を確かめながら、顔を近づけていった。真希は優しげな笑顔を浮かべていた。

「ただいまー」

そのときドアを開ける音がして、父の声が玄関から響いてきた。二人は、さっと離れ一階に下りた。

「こんばんは」

父は笑顔で真希に挨拶をした。

「父さん、中村真希さんです。母さんの葬儀にも来てくれました。真希さん、俺の父です」

真希と父は同時に頭を下げた。

「このたびはご愁傷さまでした」

「幹夫の力になってくれてありがとう」

「いえ、そんな……。私は、小さい頃、両親が離婚したんです。母に育てられました。父とはそれ以来、会っていません。だからどうだってわけじゃないんですが、あ、こんな話、関係ないですね」

真希はうつむいた。幹夫も初めて聞く話だった。

「あなたは優しい人ですね。ありがとう」

父が言った。

「さあ、食事にしよう。ハンバーグを焼いてくるから、席に着いて待ってて」

幹夫は台所へ向かった。

「私も手伝うね」

真希も歩き出した。幹夫は「いいよ。座ってて」と言おうとしてやめた。真希も父と二人では、気づまりだろうと思ったからである。二人は台所へ行った。

「そうだったんだね。お母さん、苦労されたんだね」

「うん。だからね、私、年上の男の人にどう接していいのか、よくわからないの」

「そう？　さっき、ちゃんとしてたじゃない」

「よかった」

幹夫はハンバーグをフライパンの上にのせようとした。

「ちょっと待って。ちゃんとフライパンに油をひいて熱してから入れないと、焦げついちゃうよ」

「えっ。そうなの」

そう言って、幹夫は真希のことを見た。そのとき、改めて、自分はこの人のことが好きだなあと思った。そして真希も自分のことを好いていてくれるようだと考えた。心の底が温かくなるような歓喜の思いが湧き上がってきた。

「大好きだよ」

思わず幹夫は口に出して言った。真希は幹夫のほうをふりかえって見つめた。そのとき、フライパンから煙が立ちのぼってきた。

「あっ、すごい煙」

「換気扇を回して。油を入れて」

真希が言った。幹夫はフライパンにサラダ油を入れた。少したつと、油からも煙が上がってきた。ハンバーグを焼いた。

焼きあがったハンバーグとつけあわせを皿に盛りつけて、食卓に運んだ。食卓の上には赤ワインのびんが置いてあった。父が買ってきたようだ。

「幹夫、グラスを三つ持ってきてくれ」

ワインをグラスにつぐと、父が言った。

「二人とも、今日はありがとう。それから、幹夫、二十歳の誕生日おめでとう」

父は小さな包みを幹夫に渡した。誕生日を覚えていたのだ。

「覚えていてくれたんだね」

「あたりまえじゃないか。よし。せっかくだから温かいうちに食べよう。乾杯」

三人はグラスを軽く打ち合わせた。乾いた音が耳に快かった。ハンバーグを口に入れると、肉汁がほとばしった。大成功だ。

「おいしいねえ」

真希が言った。

「本のとおりに作っただけだよ。そうだ。父さん。真希さんは町立図書館で働いているんだ。ハンバーグの作り方は、そこで借りてきた本に書いてあったんだよ」

「そうか。青春だなあ」

「えっ」

一瞬、幹夫は父の返事の意味がわからなかった。すぐに自分と真希のことだと思って、耳の先まで赤くなった。真希を見ると、黙って下を向いている。

「ねえ、父さん。母さんと出会ったときの話をしてよ」

「えっ。いきなり話が飛ぶね。そうだなあ。どこから話したらいいのかなあ」

父は、斜め上を見上げるようにしながら目を細めた。

「母さんとはね、高校の同級生だったんだ」

「えっ。そんなに長いつきあいだったの」

幹夫は驚いた。

ハンバーグ

「うん。でも、それからずっと一緒だったわけではないよ。母さんは就職して、父さんは大学へ行ったから、それぞれ別の道を歩いていたんだ。大学で父さんは、ワンダーフォーゲル部に入った。登山に行ったとき、山でばったり母さんに再会したんだ。母さんも驚いていたよ。高校生のときは、たぶんお互い、相手の存在を意識したことはなかった。けれど山の上で会ったとき、母さんを、とても美しい人だなあと思ったんだ。それから、時々会って、話をするようになったんだ」

幹夫と真希は、父の話に聞き入っていた。

ひとしきり話したあと、父は「じゃあ、お休み。ごゆっくり」と言って寝室に引き上げていった。幹夫は、準備しておいたケーキと紅茶を出してから、真希に頼んだ。

「子どもの頃の話を聞かせてよ」

もっと真希のことを知りたかったのだ。真希はケーキを食べる手を休めて、静かに話しはじめた。

「私がまだ小さい頃、両親が離婚したの。私と弟は、お母さんに育てられたんだ。お母さんはいつも忙しそうだった。朝、私たちが起きる頃にはもう、洗濯物は干してあったし、ちゃんとしたほかほかの朝ごはんもできていた。三人で食べたあと、お母さんは一番に家を出て、仕事に行ったの。

小学校から帰ってきても家には私と弟しかいないから、自分たちでおやつを作って食べた。パウンドケーキくらい焼いてたんだよ。おなかがすくからね。夜になって、お母さんがスーパーの買い物袋を抱えて帰ってくると、座る暇もなく、私たちも手伝って晩ごはんの支度。食べてお風呂に入って私たちが寝ると、今度は食器を洗ったりして、お母さんはいつ寝てるんだろうって思ってた。一緒に遊んだり、ふざけたりしたかったけど、そんな時間はなかった。日曜日は家で内職をしてた。少しでもお母さんと一緒にいたくて手伝いたかったんだけど、子どもは遊びなさいって、させてもらえなくって、あの頃は寂しかったな。

子どもだけでいる時間が長かったから、本を読むようになったの。ずいぶんとなぐさめられた。物語に没頭しているときは、寂しくなかった」

そんなつらい時期があったのか。そう思うと、真希のことがいっそう愛おしくなった。

夜も更けた。幹夫は真希を駅まで送っていくことにした。

夜空では上弦の月が、白く冴え冴えとした光を放っていた。

「今日は本当にありがとう。ハンバーグもおいしかったし、楽しかったよ」

真希が言った。

「うん。来てくれてありがとう」

しばらく二人は黙って歩いた。

「あのさ」

突然、幹夫は立ちどまり、真希に言った。

「母さんの葬式のとき、母さんが望んでいたことがわかったんだ。母さんはきっと、俺に自分の人生を大切にしてほしいって思ってたんだ。だから俺、あの、真希さんのこと、大切にしようと思った。それが自分の人生を大切にすることにつながるから」

真希は黙ってうなずいた。

「ねえ、真希さん」

街灯の光がまぶしいのか、手を顔にかざしながら、目を細めている。そのしぐさがかわいらしかった。なんだか、幹夫は切なくなった。こんないいことが長く続くはずがない。

「大好きだよ」

言いながら少し、悲しくなってしまった。本当に真希のことが好きだと思った。

「私も」

幹夫は真希の横へ行き、強く手を握った。そのまま二人は花が終わり、新しく緑をまとった桜並木の下を歩いていった。

駅に着くと、真希はつないでいた手を離した。

「ありがとう。今日は楽しかった」

手を振ると、颯爽と改札の中に入っていった。

真希には図書館員という仕事がある。子どもの頃、本によって支えられたから、自分も本が誰かを支える手伝いをしたいのだろう。天職ではないか。自分も何かはじめなくてはならないな。

そのとき、鳩摩羅什のことが思い浮かんだ。橋本常彦に教えてもらったことだが、鳩摩羅什による法華経の翻訳は、驚くべきものだった。原文にない言葉を加え、自分の思いを翻訳によって表現している。もし、翻訳というものがそれほどまでに自由で創造的な作業ならば、なんとおもしろいものだろう。そんなことを感じていたのだ。幹夫はふと、自分も翻訳をしてみたいと思った。思ったあとにすぐ、自分がそんなことを考えたということに驚いた。

帰宅すると、父はすでに寝ているようだった。父のくれたプレゼントの包みを開けてみた。持ち重りのするボールペンに、小さなカードが添えられている。

「幹夫へ　二十歳おめでとう。父さんと母さんは、幹夫が大人になっていくことをとても楽しみにしていたんだ。立派になったな」

幹夫はペンを握りしめて、「父さん、母さん、ありがとう」とつぶやいた。

数日後、幹夫は真希の携帯電話にかけた。留守番電話になっていた。時間をおいて何度かかけてみたが、つながらなかった。連絡が取れないとなるとかえって無性に会いたくなり、図書館まで行ってみることにした。翻訳をしてみたいという思いつきを、真希に話したかったのだ。図書館のカウンターに真希の姿はなかった。休憩でも取っているのかと思い、しばらく館内をぶらついてから、再びもどってみた。やはり真希は来ていない。

今日は休みだったのかなと思い、翌日も行ってみたが、いなかった。他の図書館員にたずねるのも気後れした。電話をかけてみても、相変わらず留守番電話が応答するばかりである。

真希さん、どうしちゃったの。

悶々としたまま三日目も図書館へ行った。カウンターに真希がいるのが見えた。幹夫は嬉しくなって駈け寄った。

「真希さん、元気だった？　心配したよ。どうしたの」

真希のいつもの笑顔が自分に向けられるものだと思っていた。ところが真希はうつむき、こちらをまともに見ようともしない。

「体調、悪いの？」

おずおずと幹夫は聞いてみた。

真希は下を向いたまま、首を横に振る。いつもと異なる態度に、幹夫は戸惑っていた。いくら話しかけても、真希は何も、言ってこない。

別れ

幹夫は肩を落として帰宅した。繰り返し考えを巡らしたが、さっぱりわからない。どうして急に、真希さんは心を閉ざしてしまったのだろう。俺が何かしただろうか。あんなに二人とも楽しく過ごしたじゃないか。

四日目もまた、図書館へ行った。真希は幹夫を無視している。幹夫は一人寂しく家に帰った。五日目、幹夫はメモを書いて持っていった。初めて真希に話しかけたときのように、言いたいことを紙に書いて渡そうと思った。真希との出会いを作ってくれた子豚の絵本を探し出し、メモをはさんでカウンターにいる真希に渡した。子豚の絵本を見たとき、真希は一瞬、はっとしたようだった。

「真希さんへ

何があったの？　あなたのことをとても心配しています。話がしたい。図書館が終わったら、玄関で待ってます。　水野幹夫」

メモを読んだものの、真希は返事をせず、絵本のバーコードを読み取って貸し出しの手続きをし、幹夫に本を手渡した。

「返却期限は九月二十日です」

事務的な言葉が冷たく響いた。

幹夫は閉館時間まで図書館にいて、それからは玄関の前に立って待っていた。真希さんは来てくれるだろうか。不安が募るばかりだった。

三十分ほど待ち、もうだめなのかと思いはじめたころ、真希がやってきた。

「来てくれたんだね。ありがとう」

真希はゆっくりとうなずいた。

「真希さん、どうしたの。連絡が取れなくなって、何かあったんじゃないかって思ってたんだ。図書館に来ても話もしてくれないし。何があったの」

真希は下を向いたまま黙っている。

「もし、何か嫌になったことがあったら教えてよ。俺、何でも直すから」

真希は頭を振りながら、消え入りそうな声で言った。

「ごめんなさい」

幹夫には真希が何を謝っているのか、まったくわからなかった。

しばしの沈黙ののち、真希は言った。

「私、好きな人ができたの。だから、ごめんなさい」

幹夫は、真希の言葉を確かに聞いていたのだったが、すぐにはどんな意味なのか理解できなかった。

「好きな人ができた」だって。それはつまり……。

「ごめんなさい」

真希は幹夫の顔を見ることなく振り向いて、走って行ってしまった。

「待ってよ」

幹夫は真希の後を追った。真希の手を取る。

真希は幹夫の手を、思いがけない強さでふりほどいた。

「ごめんなさい」

真希は泣いていた。

これ以上問いつめたら、真希さんを苦しめるだけだと、幹夫は思った。

「わかったよ。だけど、駅まで送らせて。俺が先に歩くからついてきてよ。一方的に話すから、聞くだけ聞いていて」

　歩き出すと、真希が黙ってついてきたので、幹夫は話しはじめた。

「真希さんに会うまで、俺は、生きていたって何も楽しいことなんてないって思ってた。体調が悪くて仕事もできないし、友達もいない。ただ家にいて飯を食ってゲームをして寝るだけ。でも、あるとき、図書館で魅力的な女の子に会ったんだ。はじめてその人に会ったときから、生きていたってつまらないなんてこと、考えもしなくなった。その人に会うだけで嬉しかったし、家に帰ってからもその人のことを思い出すだけでいい気分になるんだ。

　母さんが死んじゃったとき、また俺は落ち込んだ。その時、目の前にその人は立っていた。そして一緒にいてくれたんだ。俺に必要だったのは、ただ誰かがそばにいてくれることだった。この人とずっと一緒にいたいって、あのとき、強く思ったんだ。

　こんなふうに人を好きになったことはなかった。でも、俺、自分のことしか見えていなかったんだと思う。自分はその人と一緒にいて、最高に幸せだった。でも、相手はどうなんだろうってこと、考えてもみなかった。二人でいるときは、自分が楽しいだけじゃなくて、相手も楽しんでいるかってことを考えなくちゃならなかった。それなのに俺は、自分のことばかり考えてた。ごめんね」

　真希のしゃくりあげる声が後ろから聞こえてきた。幹夫は黙って歩き続けた。

「そうじゃないよ。私、幹夫君といて、とても楽しかったよ。幹夫君、自分勝手じゃなかったよ。いつだって、私のこと、気遣っていてくれた。違うの。私のせいなの」

泣きながら真希は言った。

やがて駅に着いてしまった。幹夫は振り返って真希と向き合った。

「これからもずっと友達だし、困ったことがあったら、いつでも言ってよ。あんまり頼りにならないけどさ」

真希はうなずいた。

「真希さん、元気でね」

「うん。幹夫君も。今までありがとう」

幹夫は右手を差し出した。真希がおずおずと手を伸ばす。その手を幹夫はしっかりと握った。手の温もりが伝わってきた。

真希は幹夫の目を見つめた。

幹夫も真希の目を見つめる。

「さよなら」

そう言って真希は、改札の中へ消えていった。幹夫は真希の背中が見えなくなっても、ずっと見ていた。

別れ

改札に入って行く人たち、改札から出てくる人たちの流れの中で、幹夫だけが動くことなく一人、所在無げに立っていた。

切符売場の前に「お得な卒業旅行パックツアー」と書かれた幟旗が立っており、音を立てて風にはためいている。

胸のあたりが苦しい。以前もこんなだったなと、幹夫は思った。やっぱり、楽しいことなんて続くはずがなかったんだ。

真希から別れを告げられ、幹夫は再び、以前のような無気力な生活に戻った。ほとんど自分の部屋から出ることもなく、誰とも話をしなかった。母がいた頃は、何かと声をかけてくれたものだったが、その母ももういない。父は仕事に出かけてしまうので、幹夫はひとりぼっちだった。

たまには父と会話しても、幹夫はイライラしてしまい、父の言うことが鬱陶しかった。

腹が減ったが何も家になく、コンビニへ行って弁当でも買おうと、しかたなく外へ出た。何の気なしに歩いているうちに、図書館まで来てしまった。

俺は何をしているんだ。真希さんとはもう終わりじゃないか。楽しい夢をみていただけだったんだよ。やめろ。もう会わないほうがいい。苦しめるだけだ。いや、会うんじゃない。ひと目見るだけだ。見るだけならいいだろう。

幹夫の頭の中では、もう一度、真希に会いたいという強い思いと、もう会ってもしかたがないというあきらめがぶつかりあっていた。

とうとう図書館の中に入ってしまった。児童書のカウンターのほうへと、足は自然に向かう。このあたりからなら、気づかれずにカウンターの中にいる真希さんの姿を見ることができる。

幹夫はそっと様子をうかがった。

いた。

カウンターに向かって、こちらに背を向けた男がいた。その向こうに、貸し出し手続きをしている真希の姿が見える。

胸が締めつけられた。

やっぱり俺は、真希さんのことが好きなんだ。でも、でも、もう……。

そのとき、貸し出し手続きを終えた男が振り向いた。

幹夫は息が止まりそうになった。

その男は、橋本常彦だったのだ。反射的に幹夫は、書棚の陰に入った。なぜ常彦がここにいるのだ。真希さんに会いに来たのか。

書棚の陰からのぞいてみた。こちらに向かって歩いてくるかと思ったのだが、常彦は近くの書棚から一冊の本を取って、再び真希のいるカウンターに向かった。

よかった。気づかれなかったみたいだ。

なおも見ていると、真希の笑顔が見えた。あの笑顔が自分に向けられることは、もうないのだと考えると、ただただ悲しくなった。

真希は笑いながら、常彦の腕を軽く叩いた。それから立っている常彦の顔を見上げた。

何だか変だぞ。幹夫には、真希が常彦のことを見つめているように見えた。これ以上、見ていられなくなり、図書館を飛び出した。

家まで駆けて戻り、自室に閉じこもってからも、ずっと常彦のことを考えていた。

なぜ、真希さんはあんなに楽しそうにしていたのだろうか。常彦の腕に触れたのは、親密さの表れではないのか。

まさか。

いや、そんなはずはない。でも……。

幹夫は頭に浮かんだことを、打ち消そうとした。だがすぐに、そのことを考えてしまう。

第五章　破戒

戦

真希さんは、常彦さんのことを好きになって、俺と別れたんじゃないのか。

考えても考えても、確かめられるわけではなかったが、そのことばかりが頭の中を占めてしまう。

真希さん！

観世音寺講へ行くのが習慣になっていたので、火曜日になると幹夫は出かけていった。真希との別れがあり、真希と常彦が一緒にいるところを見たこともあって、本当はまったく気乗りがしなかった。それでも、いつもの行動を崩すほうが億劫だったのだ。

寺の玄関で靴を脱いでいると、背後から、やあと呼びかけられた。振り向くと、橋本常彦が入ってくるところだった。幹夫は息を止めて常彦の顔を見たが、挨拶一つ言うことはできなかった。軽く会釈だけをして、無言のまま中に入った。

戦

すでに敷き詰められた座布団の上に座ると、隣りに常彦がやってきた。

「なんだか元気がないみたいだね」

これまで兄のように慕ってきた常彦が、今は偽善者としか思えなかった。俺の知らないところで真希さんと親しくしているなんて、許せない。幹夫はうつむいたまま、返事もしなかった。

すっかり上の空のままで唱題行を終え、帰ろうと立ち上がったとき、再び常彦が幹夫の肩に手をかけて話しかけてきた。

「どうしたんだ、幹夫君」

「ほっといてください」

幹夫は常彦の手を払いのけて言い放った。寺の外に駆け出ていくと、常彦が追いかけてきた。

「話を聞かせてくれよ」

なおも食い下がってくる常彦に対し、幹夫は声を上げた。

「どうして、何もなかったみたいな顔をして、俺の前に来られるんですか」

「何のことを言ってるんだ」

「まだとぼけるつもりですか。真希さんをぼくから取り上げておいて」

「えっ……。何か誤解してるよ」

常彦が真顔で言うので、幹夫の怒りはますます膨れあがった。

「図書館で親しそうにしているところ、見たんです」

「ぼくはただ、仕事の資料を借りに行っただけだよ。それより幹夫君、もしかして、真希さんとうまくいってないのかい」

常彦の表情を見るかぎり、嘘をついているようには見えなかった。

「図書館では、確かに真希さんに会ったよ。でも、彼女の様子が、どうもおかしかったんだ。君のお母さんのお葬式で見かけたくらいで話をしたこともないのに、図書館でぼくを呼びとめて、親しげに話しかけてきたんだよ。しかも、君の話をするってわけでもないんだ。だから、君と何かあったのかなって思ったんだ」

「それだけのことだったんですか」

幹夫は、真希から突然、別れを告げられたことを常彦に説明した。話してみると、気分がすっきりとして落ち着いた。

「そんなことがあったんだ。つらいことだね。生きてると、いろんなことが起こるよ。元気を出してって言っても難しいだろうけど、自分のどこが悪かったんだろう、なんて考えないことだよ」

それはまさに、幹夫が考えていたことだった。でも、常彦と親しくなったわけではないのだったら、いったい真希はどうしたのだろう。わからない。わからなくて、無性に切なかった。

「疑ったりしてすみませんでした」

幹夫は素直に頭を下げた。

「いいんだよ。気にしないで。それよりまた一緒に、鳩摩羅什の研究をしようよ」

*

当時の真丹の情勢は次のようなものであった。真丹を統一した西晋《せいしん》王朝が滅び、以後、およそ三百年後に隋が建国されるまで、分裂の時代が続く。西晋の後、江南に成立したのは東晋《とうしん》という漢民族の王朝である。

一方、北部では、少数民族が群雄割拠する五胡十六国時代のまっただなかにあった。中でも、前秦《ぜんしん》が力をつけてくる。前秦の王、氐《てい》族の苻堅《ふけん》は、前燕《ぜんえん》、前涼《ぜんりょう》を滅ぼし、華北地方を統一した。苻堅は、自ら建国した前秦こそが真丹の正統王朝であると考えていた。そのため、南部を統一した東晋を従わせることをめざしていたのである。

そんな折、太史《たいし》が苻堅に進言した。太史とは天文をつかさどる官であり、国のゆくすえを占う職務を担っている者である。

「星が外国の分野に現れました。きっと大徳の智者が中国に参って補佐することとなるでしょう」

「朕は西域に鳩摩羅什がおり、襄陽に道安がおると聞いている。その人のことではないか」

当時の仏教は、しばしば予言や祈祷を求められるものであった。呪術的な仏教を抜け出し、仏典そのものを学ぼうとする、中国人初の本格的な仏教学者が釈道安であった。この頃道安は、東晋の領土である襄陽にいたのである。

苻堅は庶子である苻丕《ふひ》に命じて、十二万の兵を挙げ、一年後に襄陽を落とした。そして道安を都である長安に招き入れ、政治顧問としたのである。

その道安にも鳩摩羅什の名声は伝わっていた。六十八歳の道安は、二十九歳の鳩摩羅什とともに仏典の研究をしたいと考え、苻堅に鳩摩羅什を呼び寄せるようにたびたび勧めていた。

次に苻堅は西域遠征を企てる。歴戦の勇士、呂光《りよこう》を西域遠征の総司令官に命じたのである。西域遠征の目的は、交易の利益と鳩摩羅什を獲得することであった。

「賢者哲人は国の大宝である。亀茲に勝利したら、ただちに鳩摩羅什を送り届けよ」

当時は安定政権のない、激動の五胡十六国時代である。自国民の気持ちを鎮めることが、国の運営上、きわめて重要であると苻堅は考えていた。

どうすれば、人心の安寧が得られるか。そこに苻堅が見い出したのが、仏教であった。自ら建国した前秦こそ、この真丹における正統王朝である。そう信じてやまない苻堅にとって、今後真丹を統一し王朝を築いていくために、国民の心を仏教という核に凝集させていこうとしたのだ。

鳩摩羅什という賢者を呼び寄せ、その徳に人々の尊敬を集めさせる。その上で、諸行無常という釈尊の教えを学ぶことができたならば、少々のことで動揺せずに生きていくことができる。国づくりとはつまるところ、一人一人の落ち着いた生活の積み重なりである。これが苻堅の考えであった。

苻堅の命を受けた呂光は七万の兵を率いて、敦煌、高昌《こうしょう》、焉耆《えんぎ》を制圧し、ついに鳩摩羅什のいる亀茲へと進軍した。

迎え撃つ亀茲国王白純《はくじゅん》のもとに、呂光軍迫りくるとの情報が伝わってきた。わずか七万の兵ではあったが、大国前秦の軍であることから、城内は恐怖に震えた。王は鳩摩羅什にたずねた。

「戦うべきか、和すべきか」

鳩摩羅什の答えは明快だった。

「国運は衰えています。きっと強敵が現れるでしょう。帝都人が東方から来たら、言うがままになり、歯向かってはなりません」

ずばり和平の進言であった。ところがこれを、白純は受け入れようとはしなかった。自国の防備に自信を持っていたのである。

「わが軍がたかだか七万風情に負けることはない。負ければ略奪と占領が待っている。戦わずして自ら降伏することはないではないか」

鳩摩羅什がいくら諌めても、王の心は動かなかった。

このままでは多くの命が失われてしまう。戦わず降伏すれば衆生を守れるのに、座して待つほかないのか。財産を失おうとも、命が残ればよいではないか。鳩摩羅什は己の無力を感じていた。

対する呂光軍は、慎重に軍を進める。

「よく聞くのだ。わが軍は圧倒的に人数が少ない。そこで、人形を使うことにする」

呂光は、各隊長らを前にして、よく通る大きな声で指示を与えた。

まず、亀茲城の南方にて、五里ごとに陣営を張り、塹壕を掘る。さらに土塁《どるい》を築き、等身大の人形を並べ、あたかも大軍勢であるかのように見せかけた。その上で、持久戦にもちこもうとしたのだ。戦の経験豊富な呂光ならではの奇策である。

土塁の陰に居並ぶ兵の多さをまのあたりに見て、白純は恐れをなした。

「諸国に援軍を要請せよ。傭兵を集めよ」

温宿国などから次々と派兵されてきたのに加え、さらに財力のある亀茲国は兵を雇い入れ、

戦

総勢、七十万以上の大軍が、にわかに作られた。

斥候が、この兵力の規模を呂光に伝えた。

「七十万と。わが軍の十倍か。これでは持久戦は持ちこたえられまい。作戦変更だ」

呂光は、分散させた陣営を一つに集めた。

「よいか。騎兵の精鋭部隊を作れ。各隊より選りすぐりの兵と馬を集めるのだ。怖けるでない。数だけ多くとも、敵は所詮寄せ集めの軍である。城内に入ってしまえばこちらのものだ」

亀茲城に不意打ちをかけて兵を潜りこませるという、奇襲作戦に変えたのである。

その夜半過ぎのことであった。

音もなく、二人の男が亀茲城の城門を越えて忍びこんだ。門衛を剣で倒し、内側から開門する。門の外に控えていた騎馬軍団が静かに滑りこむ。

眠りについていた兵たちに、呂光軍は手当たり次第、槍を突き刺す。矢を射る。

突然、城内は大混乱の極みに達した。

呂光が看破したように、亀茲軍は各国軍と傭兵の寄せ集めであった。城内の戦では、目の前の兵が味方なのか敵なのか判然としない。躊躇している隙にやられてしまったり、刀を切りつければ友軍であったり、ということになった。

先鋒隊が大暴れしたのち、城内へ、呂光率いる前秦軍の本体が一気に突入した。

統率を失った亀茲軍に、もはやなす術はない。隙をついて、亀茲王白純は商人に変装し、必死の体で逃げ出した。

こうして一夜にして、あえなく亀茲城は陥落した。

呂光は部下たちと祝杯をあげた。殺戮に興奮した兵士たちは叫びながら、勢いに任せて家々に押し入り、衣類、玉など目につく品々をことごとく略奪する。葡萄酒に酔いつぶれた者たちは、女たちに乱暴をした。

鳩摩羅什が危惧したとおりのことが起こり、亀茲国は地獄と化した。

小さな布施

鳩摩羅什は亀茲城内から外を見ていた。亀茲の兵士と思われる男が一人、逃げている。まだ少年のような顔つきではないか。後ろから敵に剣で突かれて倒された。戦の勝敗は完全についたというのに、戯れに殺されたのであろうか。どこからか女性の泣き叫ぶ声が聞こえる。家の中から大きな壺が、往来に放り出されて割られている。人の手を離れた馬が駈け回り、地面に散らばった衣服を踏みつけていく。

なんということだ。私は王に進言して、戦を回避させることができる立場にあったではないか。美しい故国の、善良な人々を守れたのではなかったか。それなのに、誰も救えなかった。何のために修行を重ねてきたのか。衆生を救うために、苦しみから解き放つために、釈尊の教えを学び、伝えようとしてきたのではなかったか。

私は無力だ。

民からの布施で生きてきたというのに、民を見殺しにしている。無力などと言うのさえおこがましい。武器こそ手にしていないものの、大勢の人を殺めたのだ。

私は罪人だ。

鳩摩羅什は涙を流すことすらできずに、放心して立ち尽くしている。ただ目玉だけを外に向け、惨状を映し出しているだけだった。

どれくらいの時がたったのであろうか。鳩摩羅什は体を動かそうと、懸命にもがいていた。だがこわばった体は言うことを聞かず、硬直して指一本動かすことはできなかった。一筋の脂汗が首筋から背中を伝って落ちていくのを感じた。

私が修行してきたことは、すべて無駄だったのだろうか。鳩摩羅什は自分が歩んできた道を頭の中でたどっていた。

母が自分を置いて一人で出家してしまった日のこと。父と満月を眺めながら、立派な僧になるのだと言われたこと。その父も城を出て行ってしまった。やがて母が迎えに来て、自分も寺に入ったこと。修行、そして遊学の日々。父らしき人物との再会。師、槃頭達多との出会い。空を説く須利耶蘇摩との討論。出家。大乗仏教を東方に伝えよとの母の願い。そして戦によって踏みにじられたわが祖国亀茲。

そのとき、父の声が聞こえてきた。

「一所懸命勉強して、立派な僧侶になるのだ。それがお母様と私の何よりの願いだ。かつては私自身が望んだことだった。立派な僧侶は、苦しみにまみれた衆生の力になることができる。罽賓では、よく、私を訪ねてきてくれたね。本当に嬉しかったよ。もう、二度と会うこともないだろう。だが、一日たりとも君のことを忘れたことはない。必ずや立派な僧侶となって、衆生を救うに違いないと信じている。だって君は、私の息子なのだから」

重なるようにして、母の声も聞こえてきた。

「そうです。あなたの道はまだ、途上ではないですか。時には立ち止まることもあるでしょう。それでも、再び歩き出さなければなりません。あなたは東方に、仏の教えを伝える使命を持っているのですから。さあ、顔を上げて、戦場と化した故郷をよく見ておきなさい。ここから、あなたの道ははじまるのです」

じっとしていることがたまらなくなり、鳩摩羅什は外に出て行った。道に倒れたままになっている兵と民の屍があった。その前で合掌し、経を唱える。

もし戦に勝てば、占領され略奪されることはなかった。だがその場合、敵方がひどい目に遭っただけのことだろう。どちらが勝とうとも、多くの命が失われたことに変わりはない。勝てばよかったなどとは言えない。そもそも戦は苦しみそのものなのだ。

いつのまにか、鳩摩羅什の目の前に、七、八歳の少年が立っていた。手にべっとりと血がついている。怪我をしているのかと思い近づくと、少年は泣き出した。

「痛いのかい。見せてごらん」

鳩摩羅什が少年の手を握ると、怪我をしている様子はなかった。

「どうしたんだ」

少年は両手で顔を覆って泣きながら答えた。

「父さんも、母さんも、あいつらがやってきて、殺されちゃったんだよお。なんで、なんでなのさ」

泣きじゃくる少年に、鳩摩羅什はなんと言葉をかけていいものかわからず困ってしまった。そこでしばらく、少年の頭をなでてやっていた。

このような子こそ、私が救うべき者なのだ。

この世は苦である。釈尊は、生・老・病・死という苦しみから、どうすれば解脱できるのかを求めて出家し、悟りを開かれたのだ。それならば、戦を前にして、釈尊の教えが無力であるはずがない。

戦の勝ち負けとは別の地平に、心の救いというものはあるのだ。そこにたどり着くために、私は修行を重ねてきた。そして、心の救いがある場所に向かうのは、私一人ではない。農民も商人も職人も貴族も、亀茲の兵士も将軍も王も、前秦の兵士も将軍も王も、目の前にいる両親を亡くした少年も、すべての人々が一つの乗り物に乗って進み、仏になるのだ。

小さな布施

鳩摩羅什は少年に向かって語りかけた。

「『彼らは頼む者もない自分自身をかえりみて、常に悲しみをいだいている。そして常に悲しみをいだいているうちに、顛倒していた心が目覚めるであろう』。このようなお経があります。今は常に悲しみをいだいていいていてよいのです。好きなだけ泣きなさい」

鳩摩羅什は、慈愛に満ちた笑みをたたえていた。少年は鳩摩羅什に抱きつき、大声で泣いた。

鳩摩羅什はその肩を強く抱きしめた。

この少年のために、この世の苦しみを背負った人々のために、私は私の使命をまっとうしなければならないのだ。無力だなどと言って、逃げてはいられない。やり遂げなければならないのだ。今こそ、東方へ向かうべき時である。

鳩摩羅什は荒れ果てた亀茲国の、遥か東に広がっているであろう、真丹の方角を見つめた。

少年は泣きやみ、涙と鼻水で濡れた顔を鳩摩羅什に向けた。

「お坊様。ありがとうございました」

そう言って少年は、鳩摩羅什の手に、何か小さな物をねじこんできた。てのひらを開いてみると、棗《なつめ》の実が一粒あった。とても小さな布施であった。

なんとありがたいことか。

鳩摩羅什は少年に向かって合掌し、深々と一礼した。少年は手を振り、駈けていった。廃墟の間を抜けて、砂埃をたてながら小さくなっていく。

幸せであれ。

鳩摩羅什は、少年の背に向かって、強く願った。

「おい、坊さん」

突然、背後から声をかけられた。鳩摩羅什が振り向くと、二人の屈強な兵士が立っている。

「鳩摩羅什という坊さんを探してるんだが、どこにいるか知らないか」

「知っている。私だ」

鳩摩羅什は臆せず答えた。

「なんだって。おい。見つけたぞ」

兵士はもう一人の兵士に言う。

「すぐに呂光様のところへ連れていくんだ。やったぞ。褒美がたんまりだ」

二人の兵士は嬉しそうな表情を浮かべている。一人が一礼し、鳩摩羅什にていねいな口調で語りかけた。

「一緒においでいただけませんか」

鳩摩羅什はうなずき、二人の兵士に前後を挟まれる形で歩きはじめた。

すぐに鳩摩羅什は呂光の前に連れてこられた。呂光は自分よりも年下の僧を見て、思いのほか若いことに驚いた。このとき鳩摩羅什は三十五歳である。

苻堅様が送り届けよと命じたのは、こんな若造だったのか。

呂光は武術に秀でた軍人であった。仏教には何一つ、関心がなかったのである。鳩摩羅什の名声は東に西に広く伝わっていたものの、呂光に響いてくるものはなかった。

冷笑を浮かべながら、呂光は大きな声で言う。

「乞士が何ほどのものか知らんが、引っ捕えてしまえば、何も抵抗することができないではないか」

鳩摩羅什は表情を露ほども変えずに黙っていた。

「何とか言え」

「釈尊の教えは、戦いのためにあるのではありません」

自らが捕虜の身であることなど忘れたかのように、鳩摩羅什は堂々と言い退けた。

「戦に負けたお前らの命は、我が手中にあるのだぞ」

鳩摩羅什は穏やかな笑みをたたえて静かに答える。

「そもそも私の命は私のものではありません。永遠に変わらない実体などないのです。すべては空なのですから。たとえ戦に勝ったとしても、生老病死の苦しみから逃れることなど、できないのではないですか」

呂光の陰謀

一瞬、呂光は何も言えなくなった。連戦連勝の猛者である呂光とて、実際の戦場では、常に死の恐怖と闘っていたのである。

「おまえは、自分の命をわしに握られていても平気なのか。殺そうと思えば簡単なことなのだぞ。死ぬのが怖くないのか」

「命さえも私のものではないのですから、どうして怖いということがありましょうか。苦を滅するための道を、釈尊は示してくださっています。死を恐れるのではなく、毎日を精一杯、努力して生きていくべきなのです」

鳩摩羅什はまさに、苻堅が期待したとおりの賢者であった。捕虜の身でありながら、ちっとも動じることのない鳩摩羅什に対して、呂光は体中の血が煮えたぎるような怒りを感じた。

「なんだと。よくもまあ、ご立派な御託を並べたものだな。そんなのは何の役にも立たないことを、思い知らせてやる。こやつを牢に入れろ」

呂光の命により、鳩摩羅什は引っ立てられた。牢の中で鳩摩羅什は、坐禅を組んで瞑想をしていた。しばらくすると牢の扉が開き、誰かが入ってくる。亀茲国の若き王女だった。

「偉そうなことを言っても、おまえとて一人の男であろう。王女を娶《めと》るがよい」

牢の扉の向こうに立つ呂光が言った。

何を言っているのか。鳩摩羅什ははじめ、呂光の言葉の真意がわからなかった。なぜ急に、妻を娶れと言うのか。

「私は僧侶ですから、妻を持つことはできません」

鳩摩羅什は、いぶかりながらもはっきりと伝えた。

「おまえの親父も僧侶だったと聞いたぞ。親父が戒律を破ったから、おまえが生まれたのだろう。何が僧侶だ。笑わせるな」

呂光はあざけり笑った。

そうか。呂光は私を愚弄したいだけなのだ。

鳩摩羅什の脳裏には、一緒に月を眺めた父鳩摩炎の姿が思い浮かんでいた。確かに父は破戒し、還俗した。それは動かしようのない事実である。だが、私は私だ。真丹に大乗仏教を伝えるという使命を果たさなければならないのだ。破戒などするものか。

鳩摩羅什は何も言わず、ただ呂光の顔をまっすぐ見つめた。眼は強い輝きを帯びている。

「どうした。言いたいことがあるなら言え」

鳩摩羅什はぽつりと答えた。

「私は僧侶ですから、妻を持つことはできません」

呂光は眼を大きく見開いて声を荒げた。

「そこまで抵抗するなら、おのれを貫くがよい。おまえの信仰とやらが、どこまでのものなのか、見せてもらおう。おい、番兵」

呂光が呼びかけると、兵士が二人、やってきた。

「王女を痛めつけてやれ。殺してはならぬぞ」

「ははっ」

兵士たちは牢の中に入ってきた。王女はおびえ、鳩摩羅什の背後に隠れた。鳩摩羅什も王の妹の息子なので、王女とは従姉妹であり、幼少の頃から見知っていたのだった。王女の顔は蒼ざめ、全身が震えている。兵士たちは近づいてくる。

「さあ、どけ」

一人の兵士が鳩摩羅什に言い、肩に手をかけた。

「お待ちください」

牢の中に鳩摩羅什の大きな声が響き渡った。兵士らは気おされて動きを止める。鳩摩羅什は呂光に言った。

「王女に乱暴するのはやめてください」

「乞士よ。すべてはおまえ次第なのだ」

呂光は凄みのある低い声で言った。

「私は妻を娶ることはできません。私が王女の身代わりになりますから、王女に乱暴しないでください」

「都合のいいことを言うな。おまえと取引などせぬ。王女を娶るなら、たった今からこの女はおまえのものだ。乱暴などせず、おまえに引き渡す。さもなければこの女は俺のものだ。お前の指図など受けぬわ」

僧侶が異性と交わることは、律によって禁じられている。律のうちで罪の最も重いものを波羅夷罪といい、教団追放の刑罰が科せられる。波羅夷罪にあたるのは、婦女と婬事を行うこと、盗みをすること、人を殺すこと、悟っていないのに悟ったと嘘をつくことの四つであった。

鳩摩羅什は考えていた。私は僧侶である。釈尊の教えに帰依した僧侶である。波羅夷罪を犯すわけにはいかない。だからといって、王女を見捨てることなどできるわけがない。私が王女を娶るか。王女がひどい目にあわされるか。選ぶのは自分だ。

このとき、王女が鳩摩羅什の背中に触れ、震えが伝わってきた。その瞬間、鳩摩羅什にはわかった。目の前の人、一人を救えずして、多くの苦しむ衆生を救うことなどできるわけがない。王女こそ衆生そのものではないか。王女を救うことが、仏の教えにかなうことである。戒律よりも、目の前で苦しむ人を救うべきなのだ。

迷いはなくなった。王女を娶って破戒僧の道を選ぼう。

「わかりました。王女を娶ります」

鳩摩羅什は、後ろに隠れている王女の手を握った。震えながらも王女は、鳩摩羅什の手を握り返してきた。

高らかな呂光の笑い声が、牢に響きわたった。

牢の中には鳩摩羅什と王女の二人が残された。目の前には、干し肉、果物、葡萄酒の壺が置いてある。王女は怯えた様子で、目を真っ赤にして泣いている。鳩摩羅什は静かに王女に語りかけた。

「私のことが怖いですか」

王女は首を横に振った。

「じゃあ、こちらに来てお座りください」

鳩摩羅什が招くとおりに、王女は横に並んで座った。鳩摩羅什は王女のほうを見ず、前を向いたまま話をした。

「呂光は自分の力を誇示するために、私にあなたを娶れと命じました。しかし、私は僧侶です」

王女はうなずいた。

「本来であれば、女性を娶ることは罪なのです。ですが、私があなたを娶らなければ、あなたをお守りすることはできませんでした。わかっていただけますね」

「はい」

鳩摩羅什は声をひそめていった。

「ただし、私には、僧侶として、どうしてもやり遂げなければならないことがあるのです。ですから、酒を飲まされて、娶ることになってしまった、ということにさせていただけませんか。これから私は酒を口にして、酔ったふりをします。その上であなたを娶らせてください。あなたにとっては失礼なお願いだとわかってはいるのですが、どうかお願いします」

鳩摩羅什は頭を下げた。

「鳩摩羅什様、どうか頭をお上げになってください。すべて、私の身を案じてのことでしょう。ありがとうございます」

この夜、牢の中で、鳩摩羅什と王女は夫婦となった。

月明かりさえない、真っ暗な晩であった。

鳩摩羅什は王女を妻とした。本来であれば、波羅夷罪が申し渡され、教団を追放されることになる。もっとも、国が占領されている混乱の今、それどころではなかったし、そもそも王族である鳩摩羅什を表立って咎め立てする僧はいなかったのである。

自分の思惑通りに事が進み、呂光は満足していた。僧侶などといっても、所詮、ただの男ではないか。

呂光は鳩摩羅什を軽んじ、思う存分、弄《もてあそ》ぶのだった。

告白

まずは鳩摩羅什を荒馬にまたがらせた。振り落とされるところを見て楽しもうという魂胆である。鳩摩羅什は西域への旅を経験し、幼少の頃から馬やラクダに乗り慣れていたため動ずることもなかった。無表情のまま淡々と騎乗してしまったのだから、おもしろくなかった。

次に呂光は、宴席にて鳩摩羅什に酌を取らせた。名高い高僧に給仕をさせることは、周囲に自分の権力を示すことになり、呂光は満足であった。ただ、鳩摩羅什は腐ることなくこなしたので、もっと嫌がることをさせたいという気持ちが募った。

ある日、呂光は鳩摩羅什にたずねた。

「法師が今、一番したいことは何か」

鳩摩羅什は正直に答えた。

「真丹の地に、釈尊の教えを伝えとうございます」

そうか。比丘にとって、最もつらいことは、修行と布教ができないことなのだな。

呂光は鳩摩羅什の居室にあった経典、論書を隠し、寺院へ通う暇がないよう、自分のそばに仕える勤務を命じた。もちろん鳩摩羅什にとってはつらいことであったが、これもまた修行であるととらえ、夜になると自室で経を暗誦するのだった。限られた時間で集中的に経と向き合うと、むしろその言葉はいっそう身に沁みわたってきた。結局、呂光は鳩摩羅什から修行を取り上げることはできなかったのである。生きることそのものが、修行であったからだ。

そのうち、呂光は何をしても鳩摩羅什を弄ぶことはできないのだと考えるようになった。相変わらず、目の前のただ一人の比丘が国の大宝であるなどとは思えなかったものの、鳩摩羅什をからかうことにも飽きてしまったのだ。

亀茲陥落の翌春、呂光は七万の兵、鳩摩羅什とともに、本国である前秦への凱旋帰還の途に着いた。ラクダ二万頭、馬一万頭、西域の鳥獣、工芸品などの戦利品を連ねた大行列である。鳩摩羅什の乗った鞍の後には、妻となった王女、膨大な仏教経典を積んだラクダが続いた。鳩摩羅什の目は、遠く東方の地、真丹の都、長安を見つめていた。

お母様、あなたに言われたとおり、私は真丹に仏教を伝えに参ります。

どこにいるかも知れぬ耆婆に向かって、鳩摩羅什は念じていた。

国を占領され、捕虜にされてしまったものの、東方に向かっていることに違いはない。鳩摩

告白

羅什にとっては、自分の身分や扱いなど、取るに足りないことであった。釈尊の教えを広め、衆生を救いたいのだという一念があるだけだった。

高昌、玉門と東へ進み、呂光軍は姑臧《こぞう》に着いた。そこに衝撃的な知らせが届く。君主である苻堅が殺害されたというのである。

前秦の苻堅は華北を統一していたが、呂光を西域へ遠征させた翌年、真丹全土を統一すべく、江南の漢民族の国、東晋へと攻め入っていた。ところが肥水の戦いで敗北を喫し、華北は再び分裂状態となる。前秦の勢力はすっかり弱まり、苻堅は都長安からの脱出を余儀なくされた。家臣であった姚萇《ようちょう》は独立し、苻堅を捕らえて政権譲渡を迫る。苻堅は拒否したため、殺害されてしまったのだった。

「うおおおおーっ」

知らせを聞いた呂光は怒り猛って立ち上がり、自分が座っていた椅子を蹴とばして壊した。

「何ということだ。何ということだ。おお、苻堅様……」

西域遠征中、ずっと強面だった将軍呂光は、はじめて涙を見せた。君主に対し、絶大なる忠誠心を持っていたのである。呂光は全兵士に対し、白無垢の喪服を着るように命じた。

＊

橋本常彦と観世音寺で会ってから、一か月がたった。幹夫のもとに、常彦からメールが届いた。

「ちょっと会って話したいことがあるんだ」

幹夫と常彦は、二人が最初に出会った公園で待ち合わせをした。幹夫がトイレ掃除をしていたら、常彦が加わってきた公園である。

約束の時刻に公園へ行くと、すでに常彦がベンチに座っていた。ベンチの横のプラタナスの木から、大きな枯葉が一枚落ちてきた。

「話というのはさあ、実は、真希さんのことなんだ」

常彦から真希の名を告げられて幹夫は驚いた。真希とはあれきりで、この一か月、会っていない。幹夫が黙ってうなずくと、常彦は続けた。

「本当言うと、黙っていようかとも思ったんだ。君をわざわざ苦しめることもないと思ってさ。でも、幹夫君には嘘をつきたくない、正直でありたいと考えたんだ。修行の仲間だと思っているから。前に、真希さんの様子がおかしい気がしたって言っただろう。あれから何日かして告白されたんだ。ぼくのことが好きですって」

　何だって。

　真希さんは常彦さんのことが好きだったのか。図書館で見かけた親しげな様子は本物だったのか。

　息が苦しくなってきた。

「ぼくは真希さんに率直にたずねた。幹夫君とつきあっていたんじゃないですかって。そうしたら真希さんはうなずいて、こう言ったんだ。『幹夫君に出会ったとき、素敵だなって思ったのは本当です。でも落ち着いて冷静になってみると、常彦さんのことが気になってきたんです』。だからぼくは言ったんだ。彼を裏切るようなことはできないんだって」

　話を聞きながら、幹夫の頭の中は真っ白になっていた。

「たぶん、真希さんも何か、悩んでいることがあるんじゃないかな。こんなおじさんを好きだって言うなんて」

　おじさんと聞いて、幹夫は思い出したことがあった。

「そういえば、真希さん、小さい頃にお父さんを亡くしたって言ってました」

「そうか。もしかしたら何かつらいことがあって、そんなとき、お父さんのような存在を求めてしまうのかもしれないね」

幹夫が黙っていると、常彦が言った。

「ねえ、幹夫君。かつ丼食べに行かないか。前に行った店が近くにあったろう」

幹夫は頭を振った。

「ありがとうございます。でも、ちょっと、一人で考えさせてください」

「わかったよ。いつでも連絡をください。仲間として待ってるから」

幹夫は常彦に頭を下げた。常彦は何度も振り返りながら、去って行った。幹夫は公園のベンチに座ったまま、真希のことを考えていた。

年上の男が好きなんだったら、俺なんて、どうしようもないじゃないか。こんなことなら出会わなければよかったんだ。やっぱり俺のことなんて、誰も相手にしてくれないんだ。

夜が更けてきた。幹夫は帰る気力もなくなり、そのまま公園のベンチにいた。体は芯から冷え、腰が痛んできたのにも気づかない。そのまま固いベンチに座り続けていた。

立ち上がったとき、腰に激痛が走りベンチの前に倒れこんだ。あまりの痛みに、そのまま立ち上がれなくなってしまった。ズボンのポケットに入っている携帯電話を取ろうとして手を伸ばすのだが、どうしても腰に痛みが走り、取ることができない。

どれくらいの時間がたったのだろう。幹夫は倒れたままだった。折悪く通りすがる人もおらず、一人で地面の上で苦しんでいるほかなかった。誰でもいいから助けてくれ、と思ったそのとき、けたたましいエンジン音が響いてきた。バイクのライトが見える。

まずいぞ。

幹夫の視界にはまだライトの光しか見えていなかったが、公園のトイレに赤いどくろを落書きしたやつらが、また来たのに違いないと思った。それでも体を動かすことはできない。

「おい、誰か倒れてるぞ」

最初に幹夫を見つけた少年の声に、聞き覚えがあった。やっぱり赤いどくろを描いたやつだ。

少年の声に、仲間が集まってきた。

「死んでるのか」

太った男が足で幹夫の体を小突いた。幹夫は無言のまま目を見開いた。

「生きてるさ。おい、こいつ、どこかで見たな……」

どくろの少年が言った。

「あっ。前にここで、俺たちに突っかかってきたやつじゃないか」

少年は薄ら笑いを浮かべた。

あなたのそばに立っています

「なんだ、こいつ。またやっちまうか」

「ちょっと待て。どうかしたんじゃないか」

少年を押しのけて、男が幹夫の前に出てきた。紫色のつなぎのような奇妙な服を着て、髪を金色に染めた男は、幹夫よりも年上で、背が高くがっちりとした体形のいかにも強そうな男である。

「おい。大丈夫か。具合でも悪いのか」

見かけに似合わずやや甲高い声の柔らかな口調だった。よく見ると優しい目をしていることが、幹夫にはわかった。

「腰が悪くて、動けないんです」

「救急車を呼ぶか？」

「お願いします」

男はうなずいて、すぐに電話をかけた。

「リーダー。なんでそんなことをするんですか」

どくろの少年が問いかけた。

「俺な、おまえくらいの年の時に、バイクで車にぶつかって、道路の上に倒れたんだ」。男は頭から血を流して、路上に倒れていたのだった。近くをたくさんの人が歩いていたが、皆、見て見ぬふりをして通りすぎていく。

離れたところからまっすぐ、車椅子に乗った中年女性がやってきた。「たいへん」と言って、すぐに救急車を呼んでくれた。その人のおかげで、男は一命を取り留めたのだった。

「いいか。どんなときでも、命は大切にしなくちゃいけねえんだよ。俺たちは無茶もするけどな、人の命を奪ったらいけねえし、自分の命をなくしてもいけねえ。誰だって命は一つしかないんだよ。このことだけは覚えとけ」

少年は神妙な顔をしてうなずいた。

「さあ、行くぞ。救急車が来たとき、俺たちがいると、面倒なことになるからな。じゃあな」

幹夫は感謝の気持ちでいっぱいになって、精一杯大きな声をふりしぼり、それでもたいした声は出なかったのだが、リーダーに言った。

「ありがとうございました」

「頑張れよ。負けるなよ」

リーダーの言葉は、幹夫の心に沁みていった。まるで腰のことだけではなく、真希にふられて自暴自棄になりかかっていた自分への声援のように聞こえたのである。

まもなく救急車のサイレンが聞こえてきた。


公園で倒れて搬送された幹夫は、ベッドの上にいた。医師から告げられたのは、ここしばらく安定していた腰椎すべり症が再発しそうになっているということだった。しばらく安静にしていれば良くなるので、無理をしてはいけないと言われた。その話を聞いても、それほど落ちこんだりすることはなかった。真希が常彦に思いを寄せていたという衝撃が、ずっと頭の中を駆けめぐっており、自分の体を心配するどころではなかったのだ。

病院の天井をうつろな目で見ていると、ほどなく父がやってきた。

「幹夫、大丈夫か」

父の姿を見たとたん、怒りがこみあげてきた。

「普段はほったらかしのくせに、何かあったらあわてて来るんじゃないか。どうせなら、ずっとほっとけばいいんだ」

本当は父が来てくれて嬉しかったのだ。それなのに、真希のことがあり、八つ当たりをしてしまった。そうわかってはいるものの、言い出したことは止められなかった。

「母さんのときだってそうだ。いつも仕事のことばかり考えてて、家族のことなんて、どうでもいいんだろう」

天井を見たままで幹夫は言い放った。父は何も言わず、悲しげに幹夫を見つめていた。痛み止めの注射を打ってもらい、幹夫は父とともにその日のうちに帰宅した。その間、二人は何も話さなかった。

それから幹夫は、自室にひきこもった。母がいたときは、食事をドアの前に置いてくれたものだった。そのことを思い出して、幹夫は切なくなった。翌朝、ベッドの中でぼーっとしていると、父が出勤して玄関のドアが閉まる音が聞こえた。幹夫は空腹を覚えて、二階から台所へ降りていった。ダイニングテーブルの上にメモがあり、冷蔵庫の中に料理が入っていた。

心の中では、父に落ち度などないことはわかっていた。母が亡くなった後も、こうして父は早起きをして慣れない料理もしているし、一所懸命働いて、暮らしを支えてくれている。それなのに、どうして自分は父に反発してしまうのだろう。

父との会話のないまま、二週間が過ぎた。日曜日のことである。部屋をノックする音で、幹夫は目が覚めた。

「入るぞ」

父がドアを開けて入ってきた。幹夫はベッドの中で眠っているふりをした。

「幹夫、ちょっと起きてくれ。大事なものを見つけたんだ。一緒に開けたいと思って、俺もまだ中を見ていない。母さんからの手紙なんだ」

すでに幹夫は起き上がり、目を見開いて父の顔を見た。

「冷蔵庫を整理してたら、母さんからの手紙を見つけたんだよ。父さんと幹夫宛てだ」

父は封筒を手に持っていた。幹夫はベッドから出て父に言った。

「どういうこと？」

父は黙って幹夫に封筒を渡した。封筒の表には、「お父さんと幹夫へ」と、母の字で書かれていた。中から手紙を取り出し、声を出して読みはじめる。懐かしい母の字が、便箋を埋め尽くしていた。

遺言というほどのものじゃありませんし、当分私は死なないのかもしれませんが、今、考えていることを書き残しておきます。このところ、目まいがしたりして、どうも疲れやすいのです。

なぜ、冷蔵庫に入れるのかって、きっと思ったでしょうね。私なりの考えがあってのことです。万が一、私が死んでしまったとしたら、お父さんも幹夫も、すぐには料理を作ろうという感じにはならないでしょう。でも、もっと、心が落ち着きはじめたころ、食事もなんとか作るようになるでしょう。お父さんの手料理なんて、ずっと食べていないなあ。

料理を作りはじめたら、きっとあるとき、冷蔵庫を整理しはじめるでしょう。そのころに読んでほしいので、冷蔵庫の中に手紙を隠します。


幹夫は父の顔を見た。父も驚いた顔をしている。

「そうなんだよ。そこに書いてあるとおりなんだ。さっき、冷蔵庫の整理をしてたんだよ。そうしたら、冷凍室の奥に、ラップにくるまれたこの手紙が入ってたんだ。びっくりしたよ」

幹夫は続きを読み出した。


まずはお父さんへ。今まで本当にありがとう。あなたと出会えて、私は幸せでした。出会えただけじゃなくて、一緒に過ごすことができて、幹夫が生まれて、幸運でした。何もかも、結婚当初に思い描いたとおりにいったわけではないけれど、不満はちっともありません。ただ、もう一度、一緒に山に登れたらよかったなあとは、正直言うと、思っています。本当なら、普段の生活の中で、感謝の気持ちを伝えればよかったのに、こんな形になってしまいました。お許しを！

幹夫へ。生まれてから今まで、苦労のさせどおしでした。思うように体が動かせず、つらかったでしょう。でも、なんだか最近、明るくなったみたい。いいことがあったんでしょう。でもね、生きていたら、必ず、いい時とそうでない時があるんだと思います。大切なことはきっと、どんな時でも、生きのびていくことだと思う。生きることをあきらめないで。つらい時は頑張らなくていいけれど、なんとか持ちこたえてね。力になってあげたいけれど、この手紙をあなたが読んでるってことは、私はあなたのそばには、もういないんでしょう。

それからね。もう一つ。父さんのこと。いつか、父さんのことを信じられない時がやってくるかもしれない。父さんは俺のことなんてどうでもいいんだ、だなんてね。でもね、これだけは覚えていて。世界中の人があなたを憎んだとしても、父さんと母さんだけは、あなたのそばに立っています。そして、もし母さんがいなくなっていたとしたら、父さんだけは、どんな時もあなたの味方だってことなんだよ。親ってそういうものよ。あなたが親になる日が来たら、意識しなくても自然とわかります。ああ、あなたの子ども……、会いたいなあ。それにね、父さんは私が好きになった人だから、ちゃんとした人だって、この私が保証します。

いつまでも、お父さんと幹夫と一緒にいたかったなあ。でも、私は幸せだったよ。だから、お礼を伝えたくて、この手紙を書きました。

あなたのそばに立っています

ありがとうございました。

お父さんも幹夫も、大好きです。

お母さんより

手紙を読みながら、幹夫は涙と鼻水で顔を濡らして泣いていた。母さんの書いた文字は母さんだった。母さんが目の前で話しているようだ。いつだって、俺のことを気にかけてくれていたんだ。

しばらく泣き続けた。落ちついてくると爽快な気分になっていた。幹夫は手紙を父に返しながら言った。

「父さん、ごめん。それから、ありがとう」

父も泣きながら言った。

「うん。朝ご飯にしよう」

二人は並んで台所に立ち、朝食の支度を始めた。皿を食器戸棚から出しながら、幹夫は父に告げた。

「俺、もう大丈夫だから」

常彦の提案

真希のことが忘れられるはずもなかったが、そのことだけを考えて過ごすのをやめた。常彦に会うのも気まずかったので、一人で勉強をしてみようと考えた。以前もらった、鳩摩羅什についての本を読みふけったのである。

これまで鳩摩羅什は、法華経を漢語に翻訳した偉い僧だとばかり思っていた。そのことに間違いはないものの、本でその生涯をたどってみると、意外なことに、女性問題で悩む一人の人間であった。王族に生まれついたのにもかかわらず、法華経の翻訳にとりかかるまでに、大変な苦労を経験したということもわかった。才能もあり、努力も積み、社会からもその能力を発揮することを望まれていたのに、自分の運命を握る王の意向一つで、捕虜のようにされていたのだ。

だが……と、幹夫は考えていた。もしも鳩摩羅什が恵まれた身分のままで、特筆すべき悩みや苦労も持たずに一生を過ごしていたら、どうだったのだろうか。法華経は人の心をつかむものになったのだろうか。鳩摩羅什は苦労したからこそ、苦しい生活を送る普通の人たちを救おうという、強い願いが生まれたのではないだろうか。その思いがこめられた翻訳文になったからこそ、「妙法蓮華経」が中国、朝鮮、日本へと広まっていったのではないか。

「誰もが仏になれるのだ。つらいことがあっても生きていこう」

自らの経験を通じて、鳩摩羅什自身はこのような確信を持っていた。だからこそ、法華経がもともと持っていたメッセージを、強く打ち出す翻訳を作れたんじゃないか。

そんなことを考えながら、幹夫は本を閉じた。無性に橋本常彦と話がしたくなっていた。自分の考えたことをぶつけてみたくなったのだ。

逡巡はあったものの、思い切って電話をかけた。メールでは、まどろこしい感じがしたのだ。すぐに常彦は応答した。

「常彦さん。鳩摩羅什のことで話したいことがあるんです」

「幹夫君。連絡くれて嬉しいよ。いつでも研究室においで。今日の午後でもいいよ」

幹夫は常彦の気さくな物言いで緊張が解けて、ほっとした。早速、出かけることにした。

初夏の青空が広がっている。少し暑いくらいだった。幹夫は立ち止まることなく、前を向いて歩いていった。

常彦の研究室の扉の前に来ると、幹夫は逡巡した。真希のことを思うと、入りにくかったのである。意を決して、扉をノックした。どうぞ、と中から声がする。

研究室に入ると、コーヒーのいい香りがたちこめていた。常彦は、微笑んでこちらを見ている。幹夫がごぶさたしていますと言いながら会釈をするとうなずいた。

「何度か連絡したんだけどね。もうぼくには会いたくないのかと思ってたよ。だけど、来てくれて、本当によかった。ぼくからも君に話したいことがあったんだ。先に、こちらから話してもいいかい」

常彦の様子は以前と変わらず、柔和な表情で物静かな口調だった。

はいと返事をして、幹夫は椅子に座った。常彦の出してくれた熱いコーヒーを一口すると、耳を傾けた。

「真希さんがぼくに告白したってところまで話したよね。あのあと、ぼくは真希さんと会って、『君のお父さんの代わりにはなれない』って伝えたんだ。そうしたら、真希さんは、わっと泣き出した。どうも図星だったみたいなんだ。しばらく泣いたら、すっきりとした顔をして、『ごめんなさい』と言われたよ」

「で、でも……常彦さんのほうは、真希さんのこと、気になっていないんですか」

幹夫は思いきってたずねた。常彦は即座に答えた。

「それがまったくないんだよ。確かに真希さんは素敵な人だと思うよ。ぼくのことが好きだって言われた時は、正直言って嬉しかったよ。でもね、ぼく、もうすぐ結婚するんだ」

あっ、と声を上げた幹夫は、口を開けたままになってしまった。

「ところでさ、幹夫君。ちょっと考えてほしいことがあるんだ。一緒に、鳩摩羅什をめぐる旅に出ないか」

「旅って、何ですか」

常彦が何を言っているのかわからなかった。

「このところ、君のおかげで、鳩摩羅什のことをいろいろと調べてきただろう。そうしているうちに、ぼくも、鳩摩羅什のことに関心が深まってきて、本格的に研究がしたくなってきたんだよ。それで、一度、鳩摩羅什が生きていた場所に、実際に立ってみたくなったんだ。彼と同じ空気を吸って、風に吹かれて、日の光を浴びたいんだよ。そして、もしできたら、君と一緒に行きたいと思ってるんだ」

幹夫は突然の話に驚いた。すぐに、そんなことが実現したらどんなに楽しいことだろうかと思いはじめた。鳩摩羅什が立っていた大地に、自分も立つのである。

「つまり、亀茲国へ行くってことですか」

「うん。もちろん行くよ。亀茲国は今は、中国の新疆《しんきょう》ウイグル自治区のクチャというところだね。でも、そこだけじゃない。そこを中心に、中国をめぐってみようと考えてるんだ。もちろん、鳩摩羅什が最後にたどり着いて、法華経を翻訳した長安へも行こう。今の西安だね。一度、お父さんに話してみてくれないか。場合によってはその後で、ぼくから説明してもいいし」

常彦の研究室からの帰り道、幹夫はいつになく高揚した気分になり、足取りも軽かった。

今日は、二つも嬉しいことがあったのだ。まず一つは、真希さんと常彦さんがなんでもなかったこと。それならもう一度、真希さんに連絡してもいいんじゃないだろうか。そう考えると、わくわくしてきた。

それからもう一つは、中国旅行のこと。それもただの旅行じゃなくて、鳩摩羅什めぐりの旅なのだ。今まで本の中にしかいなかった遥か昔の人物が、急に身近に思えてきた。父さんに頼んでみよう。だめだって言われたら、アルバイトをしてでも行こう。すでに幹夫は心に決めていた。なんとしてでも中国へ行く。こんなに強い意欲を持ったことは、これまでになかったことだった。

その晩、父が帰ってくると、さっそく幹夫は、真剣な面持ちで切り出した。

「父さん、お願いがあるんだけど」

父は幹夫が情熱を持って話をする様子を目にしながら、黙って聞いていた。聞きながら、その表情に少しずつ嬉しさがにじみ出てきた。やがて説明が終わると、父は、穏やかな調子で言った。

「わかった。大学の先生と一緒なら安心だ。行っておいで。費用は何とかするから」

「やったー」

幹夫は満面の笑みを浮かべながら、思わず立ち上がった。

「ありがとう。父さん」

父は笑顔でうなずいた。

＊

君主である前秦の苻堅逝去の報を受け、帰国する意味を失った呂光は、この地に留まることを決意し、後涼を建国する。鳩摩羅什は長安の都へ赴き、仏教を伝えることを使命と考えていたのに、その途上に留め置かれることになってしまったのだ。呂光は鳩摩羅什を苻堅のもとへ送り届ける必要がなくなった後も、手元に置いておくことにした。仏教に精通した学僧としてではなく、国政や軍事の顧問たる、神異に通じた僧として重宝したからである。

鳩摩羅什はいつものように朝、居室の掃除を済ませると、禅室へ行き、坐禅を組み、読経を始めた。穏やかな日の光が全身を包み、小鳥の鳴き声が聞こえている。子どもたちは走り回り、歓声を上げて遊んでいる。

しばらくすると、使いの者が来て、呂光が呼んでいるという。王の命に背くわけにはいかなかった。鳩摩羅什は修行を中断し、呂光のもとに出向いた。

鳩摩羅什が来たのを認め、呂光は尊大な調子で言う。

「鳩摩羅什よ。私と双六をしようではないか」

そんなことのために私を呼びつけたのか。鳩摩羅什は内心そう思ったが、口には出さなかった。なぜだ。なぜ、私は無為に、こんなところで貴重な時を過ごさねばならないのだ。早く真丹に向かいたい。釈尊の教えを、大乗の思想を、救いを待っている衆生がいるというのに。

そんな思いを見透かしたかのように、呂光はうすら笑いを浮かべながら、希代の高僧との双六遊びを楽しむのだった。

だが、と鳩摩羅什は自らに言い聞かせていた。諸行は無常である。あらゆるものごとは変化するのだ。この現実もまた、移り変わっていく。それならば、今、目の前にある現実を嘆くのではなく、受けとめるほかはない。ここで呂光に立てついたところで益はないのだ。今はじっと耐え忍ぶ時だ。そう考えて鳩摩羅什は、法華経の一節を思い浮かべた。

「堕落した悪世には、たくさんのすさまじい大恐慌がありましょう。悪鬼の姿をした多くの僧たちが私たちを罵倒しようとも、私たちは世尊を敬い信仰いたすことによって、忍辱の鎧を身につけ、この経を説くために、多くの困難なことも忍びましょう。

私たちは身体も命も惜しみません。ただこの上ない悟りを惜しみます。私たちは来世において、世尊に託された教えを護持いたします」

呂光の管理の下に置かれ、自由のない身の上であっても、鳩摩羅什は腐らず、仏典の研究を怠ることはなかった。王の相手をする合間を見計らっては、修行を続けていたのです。

再会

十数年の時が経った。

呂光は亡くなり、王位は子の呂紹《りよしよう》が継いだ。数日後、呂光の庶子である呂纂《りよさん》が呂紹を自殺に追いこみ、王となる。王位をめぐる血みどろの争いであった。鳩摩羅什には、誰が王であろうとも関わりがなかった。ただ修行を続けていくだけである。

王の相手も一段落した生温かい春の夕べのことだった。鳩摩羅什は城内を歩いていた。ざわめきが聞こえるほうを見ると、城門から入ってきた一団があった。隊商のようだ。先頭を行くラクダの上に乗っているのは女だった。なぜかその女に目を引かれた。

女もこちらを見ている。隊商は近づいてきて、鳩摩羅什の前で止まった。

「鳩摩羅什様」

ラクダの上の女が自分の名を呼ぶ声を聞いた時、鳩摩羅什にもわかった。

「ジーナどの」

十五歳の頃に出会い旅をともにした少女、ジーナであった。長い年月を経て、少女は成熟した女性へと成長していた。清楚な美しさに深みが増したものの、やはりジーナは水をたたえた深い湖のようだと鳩摩羅什は思った。

若かった頃、二人は互いに好意を抱いていた。だがもちろん、僧ゆえに、鳩摩羅什は自分の気持ちを封印したし、ジーナのほうでも遠慮をしていたのだ。ときどきジーナのことを思い出すことはあった。修行に疲れて夕暮れの空を見上げたときなど、ジーナの金髪が空にそよいでいるような気がしたのだ。だが、二度と会うことはないだろうと、鳩摩羅什は考えていた。何しろ、広大なシルクロードの上ですれ違った相手にすぎなかったのだ。

その晩、鳩摩羅什は隊商宿へ出かけた。ジーナは笑顔とともに快く迎え入れてくれた。

「お懐かしゅうございます」

ジーナの言葉が胸に沁み入り、鳩摩羅什は深々と一礼した。

ジーナは訥々と語りはじめた。

「以前お会いしたときは、父を亡くした直後でした。あれから私は、故郷の母のもとに帰りました。父の死を知った母はひどく嘆き、私に言いました。

『父上は隊商の皆に尊敬される、立派な長でした。娘であるあなたも、長にふさわしいふるまいをすれば、隊長として認められるでしょう。父上の後を継ぎ、この隊商を率いていきなさい』

こうして私は、正式に隊商の長となりました。シルクロードを東の果てから西の果てまで行き来し、時が過ぎました。またお目にかかれる日が来るとは、思ってもみませんでした。お会いできて嬉しいです」

そう言うなり、ジーナは鳩摩羅什の手を取って、自分の手を重ね合わせた。意外と華奢な手だった。同時に、鳩摩羅什は自分の手から汗が噴き出してくるのを感じた。

「ジーナどの。私は妻を娶ったのです」

唐突に、鳩摩羅什は言った。

ジーナは思わず手を引っこめて、明るい声でたずねた。

「僧侶ではなくなった、ということですか」

鳩摩羅什はうつむいて答えた。

「破戒をしましたが、それでも僧のままです。最も、他人にどう思われているかはわかりませんが」

ジーナはしばらく、何も言わずに鳩摩羅什のことを見つめていた。再び、鳩摩羅什の手を取り、強く握ってきた。

「それはつまり、もう何をしてもいいということではないですか」

ジーナは顔を近づけてきた。ジーナの瞳を見ると、鳩摩羅什は動けなくなった。

「私には妻がいるのです」

鳩摩羅什はジーナから目を逸らし、かすれた声で言った。

「私のことをどう思われますか」

ジーナの顔がさらに近づいてくる。

「どう思うも何も、私は出家の身です」

「鳩摩羅什様、私の問いにお答えください。私のことをどう思われますか、とお聞きしたのです」

ジーナははっきりとした口調で言った。

鳩摩羅什は視線をジーナに戻した。気高く、強い意志を持っていることを感じさせる、凛とした美しい顔だと思った。ジーナはここにいる。この人こそ、私が心の中で待ち望んでいた人ではないか。いや、そうではない。これ以上、ここにいてはいけないのだ。引き返せないところまで行ってしまう。

「実は、あなたと別れてから今まで、妻を娶った後も、私はあなたのことを思い出すことがよくありました」

「ただ、思い出しただけなのですか」

「いえ、もう一度、お会いできたらと考えておりました。ですが、私は囚われの身となってしまったのです。さようなら」

そう告げると、鳩摩羅什は隊商宿の外に飛び出した。大きく丸い月が夜空の真ん中に煌々と浮かんでいるのがまぶしかった。

歩きながら考えを巡らせている。

広い砂漠の中でひとりぼっちのジーナ。ジーナは自分を求めている。ジーナを救うことのできる者は、私だけではないのか。だが、私は僧侶である。釈尊の教えを広めるという、大きな目的のためには、こんなところで立ち止まっている暇はないはずだ。だが、どうせ自由にならない身の上である。それならば、目の前のかよわき人を一人救えずして、大乗の教えと言えるのか。

鳩摩羅什は、自分の心の奥にまで踏み込んでいった。すると、一筋の煙が立ちのぼっているのが見えた。あれは何だ。自分の欲望の火種であると、直観した。あれはなんだ。つまり私は、ジーナに心寄せているということなのではないか。いまだ執着にとらわれた未熟者にすぎないのか。己の欲望も捨て去ることのできないちっぽけな者が、どうして人々を救うことができようか。

再会

鳩摩羅什の心はざわめいていた。

こんなときは、坐禅を組むしかない。翌朝、鳩摩羅什は堂にこもった。小鳥の鳴き交わす声が聞こえていたが、瞑想にふけると聞こえなくなった。

しばらくすると、心の波が静まっていた。ゆっくりと目を開く。窓の外には木の枝があり、小鳥が二羽、とまっているのが見えた。

一羽がもう一羽に近づき、近づかれたほうはいったん飛び上がり、少し離れたところにとまる。そこにまた、近づいてくる。つがいのようである。

睦まじいことよ。

そう思った瞬間、鳩摩羅什は理解した。つがいを認めなかったら、子はできぬ。子ができなかったら、生きものは絶える。そして雄にも雌にも、男にも女にも、仏性はあるのだ。

サッダルマ・プンダリーカ・スートラ（「妙法蓮華経」の梵本）は語っている。

「悟りの境地に至る乗り物は一つである」

声聞（阿羅漢をめざしている修行者）であろうが、縁覚（師につかず悟った者）であろうが、出家者であろうが、子どもであろうが、みな、菩薩の道に入れるのである。誰でも仏になれるのだ。女性を否定することは、むしろ釈尊の教えに背くことになりはしないか。

男が女を、女が男を求める心を否定してはならない。その心は迷いなどではない。

小鳥は鳴き交わしながら飛び立っていった。そのあとを鳩摩羅什は目で追う。

翌日、鳩摩羅什はジーナのもとを訪れた。

鳩摩羅什が自分の気持ちを言おうとしたとき、ジーナが思い詰めたような表情で語りはじめた。

「鳩摩羅什様。私たちは、今、ここで、今の自分を懸命に生きるしかないのでしょうか。生まれついた自分というものから、逃れることはできないのでしょうか。私が父を亡くしてうちひしがれていた折、あなた様のお言葉が、どれほど私を支えてくださったことでしょう。あの時から私は……あなたのことを思っておりました。こうして再会できたことを、どれほど喜んだことでしょう。ですからいっそのこと、旅暮らしから足を洗い、あなたにお仕えしたいと思っています」

ジーナの決意の深さに、鳩摩羅什は驚いていた。それでもゆっくりと説きはじめた。

「ジーナさん。釈尊は縁起ということについて語っておられます。あらゆるものは、結果を招く直接の原因『因』と、それを補助する条件『縁』によって生じるのです。たとえば、種をまいて麦を作るとします。種は麦ができる直接の原因ですから、『因』のことです。そして、種をまいたのちに、雨が降ったり日が照ったりすることが『因』を補助する条件『縁』になります。

　この世の中のあらゆるものは、原因と条件によって成り立っています。ということは、原因や条件が変われば、ものごとは変化するのです。つまり、因と縁によって自分というものもまた、どうにでも変わるし、どうにでも変えることができるのです」

「では、それでは……私を迎え入れてくださるのですか」

長安へ

鳩摩羅什は合掌し、深々と一礼して言った。

「女が男を、男が女を求める気持ちを否定してはいけません。だが、私には妻がいるのです。私と妻の間にある気持ちもまた、大切なものです。どうか、わかってください」

ジーナの目から涙の粒がこぼれ落ちた。かすれた小さな声で、ジーナは言った。

「鳩摩羅什様。わかりました。こうして再会できたことを喜び合いましょう。これ以上のことは求めません。ただし、一つだけお願いがございます。私が姑臧に滞在している間は、師になっていただけませんか」

鳩摩羅什は穏やかな笑みをたたえてうなずいた。それからの数日間、二人はたくさんの話をした。すべては移り変わっていくこと。自分のものなど何もないこと。あらゆるものは思いどおりにならないのだから、生きることは苦しみにまみれたものであること。

「生きることが苦しいのなら、死んでしまえばよい、ということになりはしないでしょうか。

私は、決して、死にたいなどとは思いません。たとえ砂だらけの砂漠の中に何日もいても、この世界は美しいと思います。そして、鳩摩羅什様のようなお方と出会い、こうしてお話ができる、こんな喜びはありません。それでもやはり、生きることは苦しいことなのでしょうか」

ジーナは真剣に鳩摩羅什に問いかけた。鳩摩羅什はしばらく、ジーナの美しい瞳を見ていた。なんと、聡明なお方だろうか。ジーナさんと出会えて、本当によかった。別れの時は近づいている。今後、おそらく、二度と会うことはないだろう。それもまた、諸行無常ということである。

「そうです。生きることは苦しいことなのです。もちろん、日々、生きていれば、楽しいこと、嬉しいことはたくさんあります。しかしやはり、生・老・病・死といったものから、私たちは逃れることはできないのです。今の幸せも、ずっとは続かないということです。こうして二人で話をしていることは、豊饒な果実をたわわに実らせているようなものです。でもやがて冬はやってきて、果実は地に落ち、腐っていきます。それが生きるということなのです。あらゆる苦は、煩悩から生まれるものです。欲や執着といった、煩悩の火を吹き消すことができれば、寂静で安楽な境地に至ることができるのです。これを成し遂げたのが釈尊であり、私たちがめざしている『悟り』というものは、すなわちこの境地のことなのです」

ジーナは、ふーっと大きなため息をつき、どこかふっきれたかのような清々しい表情になって言った。

「それでは、とうてい、私なんかにたどりつけそうもないところなのですね。仏様になるってことなのでしょう」

「あきらめてはいけません。無理だと思ったら、出家者のいる意味もなくなってしまいます。自分を信じて、日々、努力を続けていくのです。その思いの連なりの先に何が待っているかは、正直言ってわかりません。でも、ずっと先のほうには、確かに釈尊が微笑んでいらっしゃるのです」

鳩摩羅什は、一語一語かみしめるようにジーナに言った。ジーナはうなずいて、鳩摩羅什を見つめた。

ポプラの梢を揺らした乾いた風が窓の外から吹きこんできて、二人をなでた。

「いい風ですね」

ジーナは青空を眺めながら言った。

数日後、ジーナは旅立った。隊商の先頭に立ち、颯爽とラクダを進めていくジーナは、何度も振り返り、手を振ってきた。鳩摩羅什も、ジーナの姿が小さくなって見えなくなっても、合掌していた。そして、心から「幸あれ」と願っていた。

ジーナとの問答によって、鳩摩羅什は改めて、自分の使命について考えるようになっていた。

私は真丹の地に大乗の教えを伝えなければならないのだ。今はこうして、この地に留め置かれているけれど、準備を怠ってはいけない。今できることがあるはずだ。

鳩摩羅什は、仏典の研究に加えて、漢語の習得に心血を注ぎはじめた。儒教の基本となる、倫理と政治の規範を教える書物、四書五経に本格的に取り組んだのである。もちろん、儒教の書であるから、仏教の修行のために学ぶべき書ではなかったが、真丹の学問の根幹をなすものに接するのは、漢語習得の王道であった。

また、真丹に大乗の教えを伝えようとするならば、梵語の経典を、漢語に翻訳することも必要であった。ただ、文字を置き換えればよいというものではない。漢人の心に添うような表現でなければ、真意は伝わりにくい。鳩摩羅什は、そこまで考えて、漢語の習得とともに、漢人の物の考え方、表現の仕方までを自らの血肉にしようと四書五経を相手に、奮闘していたのである。

鳩摩羅什のもとには、僧肇《そうじょう》ら多くの門人が、真丹の都長安から集まってきた。彼らに講義を行うとともに、彼らから生の漢語を学ぶことができた。何しろ、囚われの身であるため、時間だけは潤沢にあったのである。

漢語に通じるようになってくると、早速鳩摩羅什は仏典の漢訳にも着手しはじめた。さらには、秘密裡に梵語の書物の執筆も始めていた。後に、自ら漢訳をする論語の「原典」をこしらえていたのである。そんな奇妙な作業に力を注いでいたのには心中に秘めた訳があるのだった。このように、身体は姑臧につながれていたものの、すでに長安へと歩みを進めていたのであった。

前秦の王、苻堅を倒した羌族の姚萇は、三八六年、長安を都として後秦を建国した。その七年後、姚萇は病死し、子の姚興が王位を継ぐ。姚興は儒教の徳治思想によって、武力ではなく君主の徳性による政治を行った。同時に、仏教にも深い理解を示していた。国内の僧を厚く遇し、国外から名僧を招き、深く帰依したのである。もちろん、鳩摩羅什の名声は伝わっており、後秦は後涼へ使者を再三送り込み、鳩摩羅什を招請しようとしていた。けれど、後涼の王は、政治および軍事顧問である鳩摩羅什を手放さなかった。

姚興は、経済的利益を求めて積極的に対外進出を進めていった。この頃、後涼の王族は骨肉の争いの渦中にあった。国王呂纂は、従兄弟である呂超と呂隆に殺され、呂隆が王に即位する。国内の不安定さに加え、周辺諸国からの侵略も激しくなってくる。このままでは我が身が危ないと、焦朗《しょうろう》という豪族が、後秦の姚興の叔父である姚碩徳《ようせきとく》に使者を送る。

「呂光が世を去ってより、諸子競って武器を取り徳を捨て残虐暴挙の限りを尽くす。飢饉により半分の者が死んだ。天に向かって泣いて訴えたが空しいばかり。どうかこの地を治め、人々を救ってはいただけないものでしょうか」

後涼を倒して後秦の領土としてほしいという内容であった。報を受けた姚碩徳は姚興に進言し、後涼進軍が決断された。

この時、姚興の頭の中には、鳩摩羅什のことがあった。父、姚萇が即位した時から現在に至るまで、鳩摩羅什の招請は悲願であった。だが歴代の後涼の王、呂光、呂纂、呂隆らにすげなく断られ続けてきたのだ。

「今こそ後涼討伐の時である。ただし、くれぐれも、鳩摩羅什を送り届けるよう申し渡す」

姚興の命を受け、姚碩徳は属国の七千騎兵の先導を受け、六万の兵を率いて進軍した。後秦の力の前に小国後涼は、なす術もなかった。圧倒的な形勢不利を見て取って、王族からも後秦に寝返る者も出た。国王呂隆の暗殺計画が事前に発覚し、呂隆は三百人以上を死刑とした。後涼国内は騒然としていたのだった。形勢は逆転することなく、とうとう呂隆は降伏することを決意し、長安の姚興のもとへ使者を送る。対する姚興は、大国の余裕を見せて寛大な政策をとり、呂隆に姑臧の自治を許した。

ただし、そこは戦勝国と戦敗国である。姚興は条件を出した。

「自治を認める代わりに、王の一族、大臣らを人質として長安へ送るべし」

この人質の中には、鳩摩羅什や弟子の僧肇らが含まれていた。

君主が変わっただけで、依然として鳩摩羅什の身分は、囚われの身のままであった。だが当の鳩摩羅什は、自分の身が後涼に属していようが、後秦に属していようが、そんなことにはまったく頓着していなかったのである。頭の中にあったのは二つのことだった。一つは、母耆婆との約束であり、真丹、つまりは後秦へ大乗仏教を伝えることである。

もう一つは、父鳩摩炎に託された、立派な僧になる、ということである。真丹へ大乗仏教を送り届けるという任務をまっとうできれば、父に向かっても胸を張れるという思いだった。ただ仏教を伝えさえすればよいというものではない。釈尊の教えを、苦しみの中に生きる衆生の心にまで届けるということは、たやすいことではなかった。

とうとうこの日が来たのだ。

鳩摩羅什は長安入りを控え、準備に没頭していた。これまでに集めた厖大な仏典を大切に長安まで運ばなければならない。ただし、これらの仏典を長安へ運び込むことが、真丹へ大乗仏教を伝えることになるわけではない。釈尊の教えを衆生の中に根づかせるためには、これら梵語の書物では用をなさないのだ。漢語に翻訳をし、その内容について僧侶に講義を行い、まずは彼らの血肉としてもらわなければならない。そこまでの種を蒔くことが、自分の仕事である。蒔いた種が芽を出し、大樹と成った時にはじめて、真丹に大乗仏教を伝えたと言えるようになるのだ。鳩摩羅什にとって、長安入りは、そのはじまりにすぎなかった。

道影

厳しい旅ばかりしてきた。初めて亀茲を出て罽賓に留学したときは、母とラクダ引きとの命を懸けた砂漠越えであった。呂光に捕えられ、戦乱のさなかから始まった旅もあった。

今回の旅は、真丹の軍隊とともに進んでいったため、盗賊に襲われる心配もなく、水や食料も充分にあった。鳩摩羅什は、後秦王姚興により、国師として迎えられ、丁重な扱いを受けていた。ラクダの背に、ただ揺られていればいいというのは、むしろ落ちつかない気がしたくらいである。

遥か地平線上に、左右に広く伸びるものが見えてきた。近づくにつれて、巨大さが伝わってくる。延々と続く煉瓦造りの城壁であった。亀茲国にせよ、罽賓国にせよ、西域にはこれほど大きな都市はなかった。積年思いを寄せてきた長安の都に、ついにやってきたのだ。

鳩摩羅什は胸を熱くした。

後秦の弘始三年（四〇一）十二月二十日のことである。鳩摩羅什は五十一歳になっていた。

若かりし頃からのくっきりとした目鼻立ちはそのままだが、顔のそこここにはしわが刻まれていた。だが、情熱をたぎらせた目の光だけは、若い頃よりもむしろ、強くなっている。天竺や西域ならいざ知らず、遥か東方の地に立っていると、この風貌は群を抜いて目立つものだった。相変わらず、がっしりとした体躯は健在であり、全体から受ける印象は、今なお活力あふれる偉丈夫、といったものだった。

真丹に大乗の教えを伝えようと志してから、長安の地を踏むまでに、長い年月を重ねてしまった。これから、ここから、やっと私の一生を懸けた使命が始まるのだ。

鳩摩羅什は喜びにうち震えながらも、身の引き締まる思いを抱いていた。

姚興は、鳩摩羅什が長安入りするとすぐに、宮城の北に位置する逍遥園《しょうようえん》に案内した。仏典翻訳をする研究所として、鳩摩羅什のために作ったところであり、その中には西明閣という翻訳場もあった。

「かつて道安法師は、仏典の正確な翻訳が必要であると、いつも説かれていました。中でも、特に般若経の空を正しく解釈しなければならないと、繰り返されました。そこで、ぜひとも、鳩摩羅什法師におかれましては、『般若経』『法華経』『維摩経』の訳を改めていただきたいのです。いかがでしょうか」

これら大乗経典は、すでに漢訳されていたものの、その内容に姚興は不満を抱いていたのだ。鳩摩羅什としては、既に訳されたことのあるものよりも、未訳の大乗論書『中論』に取りかかりたいと考えていた。大乗仏教を自らの血肉とするためには、経典だけではなく、論書がどうしても必要だからである。だが、王の庇護なしに、翻訳事業を進めることなどできない。鳩摩羅什に反論の余地はなかった。

「かしこまりました。早速、明日から取りかかることにいたします」

この時、姚興のみならず中国仏教界は、『法華経』など大乗仏典の正確な改訳を望んでいた。専門的論書よりも、原典に基づいた経典こそが、仏教を広く衆生に広めるための最速の道だと考えられていたのである。

姚興は真丹を治めていたが、自身は漢民族ではなく、胡族の王である。ゆえに、精神面で真丹の人々をどう束ねるか、ということが大きな課題であったのだ。

真丹の人々にとって、仏教は外来の新興宗教である。これを統治の中心に据えたいものだと姚興は考えた。また、姚興自身も、仏の教えに対して、篤い信仰心を持っていた。

「梵語に通じた僧侶を求む。鳩摩羅什法師のもとで、仏典の漢訳に勤しむべく、西明閣へお集まりいただきたい」

国王名でのお触れが長安中に出された。

梵語に自信のある者や、鳩摩羅什のもとで研鑽を積みたい者から、希代の高僧を一目見たい者までが、続々と西明閣に押し寄せてきた。

そのうちの一人に、道影《どうよう》という、端正な顔立ちの漢人の若者がいた。

「鳩摩羅什様。どうか、私に釈尊の教えをお授けください」

顔を地面にすりつけるように平伏して、道影は鳩摩羅什に、生真面目な口調で言った。

「私は幼い頃から、儒教を中心とした学問を修めてきましたが、どうも、民衆のためには、別の何かが必要だという気がしてならないのです」

鳩摩羅什は目の前の青年に、自分の修行時代を重ねていた。

「どうぞ、お顔をお上げください」

そう言いながら鳩摩羅什は、かつて幼い頃に、師槃頭達多に教えを乞うた時のことを思い出していた。

「あなたも私も、釈尊の教えを学ぶ同門の者ではありませんか。ただ私のほうが修行研鑽の時が長いというだけのことで、どちらが偉いとか、上とか、そういうことではありません。さあ、一緒に学ぼうではありませんか」

道影は顔を上げ、笑みを見せながら鳩摩羅什に言った。

「それでは、弟子にしてくださるのですね」

鳩摩羅什はうなずいた。

道影は鳩摩羅什の起居する逍遥園に、毎日のように通い詰め、教えを受け、同時に鳩摩羅什の身の回りの世話を焼いていた。

ある日、鳩摩羅什は、道影が厨《くりや》に立って仕事をしているのを見つけた。普段、食事の支度は料理番がしていたのでいぶかしく思い、道影にたずねた。

「今日はどうしたのですか」

「鳩摩羅什様。ここのところ、たいそう目がお疲れではありませんか。母から目を強くするという生薬を教わってきました。今、煎じますから、どうぞお飲みください」

確かに、文字を目に焼きつけるように日夜、熱心に仏典を読みこんでおり、しばしば目の奥が痛くなることもあったのだ。

湯気の上がる鍋の前に立ち、中身をゆっくりとかき混ぜている道影の様子を見ていると、鳩摩羅什は久しぶりに、肩の力が抜けたようなほっとした気持ちになった。長安に来てからというもの、荷を解く暇もないほど多忙を極め、緊張の連続だったのだ。

無心に私のことを気遣ってくれる道影もまた、菩薩そのものではないか。鳩摩羅什は弟子の後ろ姿に向かって、そっと手を合わせて拝んだ。

「ありがとう。本当に、目を休ませなければいけないね」

煎じてくれた薬を飲み干すと、心なしか目の疲れが取れ、体が軽くなったような気がした。作ってくれた薬そのものにも増して、異国の地での優しい心遣いにより、鳩摩羅什はずいぶんと元気づけられたのである。

道影はたずねる。

「法師様、どうしたら仏典の翻訳をすることができるようになるのでしょうか。私はもっと広く、この真丹の地に、釈尊の教えを根づかせたいのです」

この若者は、私と同じ志を持っているのだ。ますます鳩摩羅什は道影に対して、心楽しく思うのだった。

「道影よ。仏典の翻訳というものは、決して一人の技量でできるものではない。役割分担をして、その役割に適した人材を配置してこそ、仕事が成り立つのである」

「どういうことですか。師が口述した漢訳文を、書き取ればいいのではないでしょうか」

「それは、仏典の翻訳というものを誤解しています。まず、私が天竺や西域から持ってきた仏典の写本を持ち、頭の中で翻訳し、漢文として述べます。ここまではそなたの言ったとおりです。だが、これで終わりではないのです。

弟子たちが漢文を筆記したのち、これをもとに経典についての講義を行います。ただし、あくまでも翻訳の最中なので、講義の途中であっても、対論をすべきです。

何を対論するのかというと、次のような点についてです。誤訳はないか。不明点はないか。そして最も大切なことは、そもそも教理の理解はなされているかということです。これら一つ一つを確認するために、大勢の意見をぶつけ合わせます。その結果を踏まえ、ようやく訳文が完成となります」

「仏典の翻訳とは、そんなにも、苦労の多いことなのですか」

「道影よ。大切なのは、楽をすることではありません。あくまでも、釈尊の教えに学び、広めることなのです。そのための労を惜しんではいけません」

このような口訳、筆受、講義、対論という方法は、最高の訳文を作るために鳩摩羅什が考え出したものであり、今まさに、この組織的翻訳を始めようとしているところだった。だが、現実には、構想を実行に移すのは、たやすいことではなかった。

筆受者の選抜

「鳩摩羅什様。鳩摩羅什様」

大声を上げて、鳩摩羅什の居宅にやって来た者がいた。

「どうなさいましたか」

鳩摩羅什は、熱くて飲めずにいた茶を卓の上に置き、外に出た。二人の弟子が肩で息をつきながら立っている。一人は弟子の中でも主導者格である僧叡《そうえい》であり、もう一人は新しい弟子道影であった。

「鳩摩羅什様、どういたしましょう」

僧叡が問いかけてくる。

「何のことを言っているのか、ゆっくりと教えておくれ」

そう言って鳩摩羅什は、二人の弟子に茶をすすめた。僧叡は一口すすり、大きく息を吐いて話しはじめた。

筆受者の選抜

「筆受の志望者が殺到しているのです」

「それは嬉しいことではないかな。申し出る者がいなかったら困ったことになると思っていましたが」

これまで、一般的に仏典の翻訳は次のように行われていた。

まず、訳主が梵文の経典を読み上げる。それを漢語で音写する。語順はそのままに、梵語の単語を漢語に翻訳する。翻訳した漢語の並びを、漢文として整える。これを原文と対比して仕上げる。それぞれの役割に、担当者が割り当てられた。

鳩摩羅什は訳主であったが、これまでとは違ったやり方で、翻訳を進めようと考えていた。

一か月前、鳩摩羅什は僧叡に頼んだ。

「私は梵文の経典を手にしながら、漢訳文を口述します。それを書き留める役割の者、すなわち筆受者を集めてほしいのです。ただし、誰でもいいというわけにはいきません。梵語、漢語、教理への深い理解がある者でなければならないのです。期待しているのは、単に漢語を書き留める、ということだけではありません。私の訳語で適切なのか、考える力を持った者を選んでほしいのです」

この鳩摩羅什の呼びかけに応じた者がたくさんいたと、僧叡は報告しているのである。訳場にたくさんの人がいるのはよい。討論に参加してもらい、多様な意見を述べてほしい。だが、こと筆受者ということになれば、話は別だ。適切な人材を確保しなければ、仏典の漢訳は進まない。

「わかりました。それでは、筆受者になりたいと思う者を、一堂に集めてください」

鳩摩羅什は決然と言った。

「法師様、何百人もいるのです」

道影はおずおずと言う。

「いいのです。その中から適任者を見つけ出すために、試験を行いましょう」

「試験……ですか」

「梵語の能力、漢語の能力、仏典の教理への理解力を見極め精鋭を選び出すのです」

「そんな試験、いったい誰ができるというのでしょうか」

僧叡がたずねた。

「私が問いを作り、その答えを聞き、判断いたします」

僧叡は驚いた。弟子たちにしてみれば、鳩摩羅什は天下の高僧であり、言わば、雲の上の存在である。訳主として訳場に鎮座していればいいようなものなのに、何百人もの候補者の中から筆受者を選抜するという、翻訳の下準備のようなことにまで携わるというのである。このとき僧叡は、鳩摩羅什の仏典漢訳に対する、並々ならぬ情熱を感じた。

筆受者の選抜

鳩摩羅什の命を受け、早速、筆受者になりたいという者たちが、西明閣に集められた。やってきたのは僧侶ばかりではなかった。貴族と思われる身なりの良い者、よく日に焼けてしわだらけの大きな手を持つ農民、まだ子どものようにも見受けられる青年、屈強な兵士のような筋肉質の男、妙齢の可憐な女性、年老いた学者風情の男など、ありとあらゆる身分、年齢、職業の者たちであった。

喧騒に満ちた中、鳩摩羅什が前に進み出て合掌すると、人々は話をやめて静かになった。道影は鳩摩羅什の力に感嘆した。まるで呪術でも使ったかのように、みんな黙って師のほうを見つめているではないか。

「皆様、今日はお集まりいただきありがとうございます。翻訳をするときに、訳場での討論に大勢ご参加いただくことは、私からお願いしたいことでもあり、歓迎いたします。ただ、筆受者は人数に限りがありますので、これから希望者には試験を受けていただきます。試験を受けたいと思われる方は、どうぞ、この場にお残りください」

一瞬の沈黙ののち、城内には、不満を漏らす様々な声が飛び交った。しばらくすると、多くの人々は帰りはじめた。それでもざっと見て、百人ほどの者が残った。

「よろしいですか。それではははじめることにいたしましょう」

鳩摩羅什は筆に墨をつけ、紙の上にさらさらと梵文を書いた。すかさず、道影はその紙を皆に見えるように広げて持ち、高々と頭の上に掲げた。

「ここに書いてあることを漢訳して述べてください」

鳩摩羅什の言葉を聞き、さらに二十人ほどの者が立ち去った。試験を受けなければならないのだから、もはや、冷やかしではこの場にいられなくなったのだろう。残った者たちは、真剣に梵文を見て、それぞれ思い思いに、何やら小声でひとりごとをつぶやいていた。

道影は自ら問題を掲げながら、これは難しいぞと考えていた。何が書かれているのかはわかった。なぜなら、先日、自分に対して、法師から出された課題の梵文であり、頭を抱えているところだったからである。

「タターガトー・ガッチャティ・ヴァー・アーガッチャティ・ヴァー……」

「金剛般若経」の一節である。直訳すると「『そのように行なった人（タターガトー）は座り、あるいは床に臥す』」

だが、これでは後の文につながらないのである。この後にはこう続く。

「このように説くとすると、その人は、私が語ったことばの意味を理解していない。なぜかというと、如来（タターガトー）はどこへも去らないし、どこからも来ないからである」

ここにつなげていくために工夫が必要なのであって、法師はそのことを問うているのだろうと、道影は思った。「タターガトー」という語のとらえ方を試しているのだが、これは単に語学力の問題ではなく、仏典への理解が試されるものであった。

この、問いを理解できるかという点が、第一の関門であった。しかも、絶対的な正解というものは存在しない。

一人の屈強な、兵士のような風貌の男が立ち上がって言った。

「私にやらせてください」

*

常彦が幹夫を誘ってから数か月がたち、夏がやってきた。幹夫は生まれて初めてパスポートを申請した。小さくて固いパスポートを受け取った時、ここから未来へつながっているような気がした。以前は、体の不調のせいで何もやる気が起きず、将来のことなんて考えられなかったのだ。それなのに今は、中国への旅を控え、こんなにも心が浮き立っている自分がいる。

これで母がいてくれたら、とどうしても思ってしまうのだったが、この旅を応援してくれた父が、自分にはまだいるじゃないかと思いなおした。

ただ、どうしても、心が離れてしまった真希のことを考えずにはいられなかった。忘れようと努力しても、すぐに心の中に戻ってきてしまう。そのうち幹夫は忘れようとするのをやめた。

考えてしまうのなら、とことん考えるしかない。真希のことを考えながらでも、鳩摩羅什の生きた地へどうしても行くのだ。

蝉が勤勉に鳴く頃、幹夫と常彦は中国への旅に出た。まず向かったのは、鳩摩羅什の生まれ故郷、新疆ウイグル自治区にあるクチャだった。北京、ウルムチと乗り継ぎ、今は小さな飛行機の中にいた。窓から外を眺めると、眼下には、筋張った乾いた山々が延々と続いている。

こぢんまりとした空港に降り立った。乗客たちは一列になり、滑走路を歩いて、建物の中に入っていく。空港では、荷物がベルトコンベアに乗ってやってくるものだと思いこんでいたが、無造作に床の上に置いてあった。

車に乗りクチャへ向かう。荒野の中を貫く一本道を行くと、ピラミッドが乱立していた。車を降りて見てみることにした。外に出ると、空気がまるで違っていた。湿気というものが、感じられない。眼前に広がる風景は、荒涼とした地面の上に置かれた、乾燥した土の塊ばかりである。ピラミッドのように見えたのは、ヤルダン地形と呼ばれるもので、風や雨が形作ったものだった。

「こんな風景は、千六百年前と変わらないのかもしれないね」

常彦が言った。

本当にそうかもしれない。道路から離れると、何一つ、人工物などないのだから。そう考えると、鳩摩羅什も同じものを見ていた、ということになる。鳩摩羅什が、ここに立っていたのだという気がして、心が躍った。

車に戻り、さらに乾燥地帯を進んで行くと、やがて大きな川があり、その先に、崖の途中に貼りついているような建物が見えてきた。近づいて行くと、建物は崖と一体化しており、掘り出された化石のようだった。

「ここがキジル千仏洞だよ。この石窟で鳩摩羅什は、お母さんである耆婆とともに修行したんだろうね」

常彦の後について歩いて行くと、ピンクの花が咲く灌木が、無風の中、じっとしていた。ポプラの木立ちの先には、黒い像が座っていた。鳩摩羅什像だった。初めて会ったような気はしなかった。

筆受者の選抜

第六章　三草二木

スバシ故城

思えば、鳩摩羅什に興味を持ったことをきっかけとして、自分は自暴自棄のひきこもりから、外の世界に目を向けはじめたのだった。そして、真希さんとの出会いがあり、幸福感に満ちた日々があった。母との悲しい別れがあった。父との対立もあった。やがて真希さんの心は自分から離れてしまい、今、こうしてここにいる。遠く離れて、中央アジアのまっただなかに立っていると、なぜだか真希さんが近くにいるように思われた。自分はまだ、真希さんのことを思っているのだな。

目の前にいるのは、憧れと尊敬の念を持って、その生涯の歩みを追ってきた、鳩摩羅什その人だった。

「この石窟で、鳩摩羅什は耆婆とともに修行したんだろうね」

常彦の言葉を聞きながらキジル千仏洞を眺めていると、自分も一人の修行者になっているような気がした。

スバシ故城

日ざしが強く、階段を上るにつれ体中が汗ばんだ。崖の中腹に穿《うが》たれた禅室の一つに入ると、ひんやりとしており心地よかった。修行僧はこの部屋に一人で入り、外を向いて坐禅を組み、瞑想をしたのだ。若き鳩摩羅什はここで、何を思っていたのか。

硬質な日の光がまぶしくて目を細めたとき、乾いた風が禅室の中に吹きこんできた。幹夫は目をつぶった。ゆっくりと深呼吸をする。風が顔に当たっている。静かに目を開ける。隣りの僧坊窟の入口から、一人の袈裟を着た僧が出てきた。

鳩摩羅什がここにいる。

立派な僧になるという父との約束と、釈尊の教えを学ぶことを最上のことと考えた母の期待を背負いながら、それでも気負うことなく日々の修行に一心に励んでいた鳩摩羅什のまっすぐな心が、自分に重ね合わさった。

千仏洞の階段を下りてきて、リュックからペットボトルの飲料水を取り出して飲んだ。ふと見ると目の前に、石竹色の細かな花を無数にしだれさせた、タマリスク（御柳）の灌木があった。

きれいだな。しばらく感じ入って眺めていた。そのとき、突然、心の中に滑りこんできたのだ。

この花は自分と同じだ。

どうしてそんなことを急に思いついたのか、自分でもわからなかった。

花は花。自分は自分。ありのまま。おんなじだ。

もしかして、俺は、この花に会うために、ここに来たんじゃないのか。君は、ここで俺のことを、ずっと待っていてくれたんだね。

不意に幹夫の瞳から涙があふれ出てきた。

俺は……俺は……俺のままでいいんだ。

そう思ったとき、幹夫は母のことを思い出した。母は生前ずっと、「幹夫は幹夫のままでいいんだよ」と言い続けてくれていたのだった。言葉に出すときもあり、出さないときもあったが、自分の存在をそのまま肯定してくれていた。いや、母さんだけじゃない。父さんもそうだったんじゃないか。快くこの旅に送り出してくれたことだって、俺のことを認めてくれているからじゃないか。

それから、薬山和尚や、今、同行している橋本常彦さんもそうだ。落ちこんだり、腐ったりしてしまう俺のことを、「大丈夫、大丈夫、君はよくやっているよ」と、何度も励ましてくれた。

でも、真希さんはどうなのか。

ここで幹夫の思いは大空を巡ることをやめ、肉体の中に戻ってきた。

タマリスクの花が風にそよいで、あたりの空気を花の色で染めている。地面の上で何かが動いたのが見えた。よく見てみると、一匹のとかげが静止している。そのまま見つめていると、急に動き出し、茂みの中に姿を消した。

やっぱり、真希さんも同じだ。俺のことを受け入れてくれたからこそ、一緒の時間を過ごしたんじゃないか。今は心が離れてしまったみたいだけど……。

真希のことを考えはじめると、頭の中はそれだけになってしまうので、今はやめておこうと幹夫は思った。それよりも、目の前のことを体中で受けとめよう。

すぐ近くの食堂で、昼食に洋風焼きうどんのようなものを食べながら、常彦が嬉しそうに言った。

「ぼくも初めてここに来たんだけど、鳩摩羅什について書かれた本を何度も読んできたせいか、懐かしい感じがしてならないよ。千六百年前に生きていた人の息吹を感じるなんてことがあるんだねえ」

幹夫もうどんをすすりながら答える。

「俺も同じです。さっき、なんだか鳩摩羅什がいたような気がしました。本当に連れてきてもらってよかったです。ありがとうございました」

常彦はうなずいた。

「さあ、食べたら、スバシ故城に向けて出発しよう」

砂埃をたたせながら一時間半ほど車は走った。砂と砂利の道を歩いて行くと、一陣の風が砂を舞い上げて吹いてきた。口の中がじゃりじゃりになる。常彦は、首から下げているカメラを守ろうと、シャツの中に入れた。

地面から垂直にそそり立った、小山のようなものが見えてきた。近づいて見ると、平たい煉瓦のようなものをいくつも重ね合わせて壁ができており、ヤルダン地形とは明らかに違った、人の営みの息づかいが伝わってくる人工物だった。

鳩摩羅什は幼い頃、母とともに亀茲国の雀梨大寺という寺で修行を積んでいる。雀梨大寺がどこにあったのか定かではないものの、このスバシ故城がそれに当たるのではないかと考えられている、ということを幹夫は本を読んで知っていた。

四世紀にあった寺ということから想像していた規模を遥かに超えて、スバシ故城は全貌を見渡せないほど広大な範囲に、いくつもの建物を連ねていた。

「寺、というよりも、一つの町のようなものだね。この中で暮らしが完結できたんだろう」

常彦が教えてくれた。幹夫は目を閉じて、かつての賑わいを想像してみた。町には大勢の人々が行き交い、特に市場では、食料、衣服、生活雑貨などありとあらゆる物が並べられ、売り買いする人たちの活気に満ちている。ラクダや馬も多く、東西のあらゆる人種の人々が、

スバシ故城

各々の言葉を話している。その中に、鳩摩羅什とその手を引く母、耆婆の姿もあった。

四角い土台の上にお椀を伏せたような背の高い建物の遺跡があった。仏塔だという。上に登ることができ、バルコニーのようなところに出た。ここはスバシ故城の中心的な場所のようだ。まさにこの場所に、鳩摩羅什が立ったこともあったのではないか。

水のまったくない河の跡のような平原をはさんで、遠くにも仏塔が見えた。

「南無妙法蓮華経」

常彦がぽつりと言った。

「南無妙法蓮華経」

幹夫も繰り返す。

「南無妙法蓮華経。南無妙法蓮華経……」

誰もおらず、静謐なスバシ故城の上から、二人の唱題の声が風に乗って運ばれていく。

青空も少しずつ翳りを帯びてきた。二人は長い間、無心に題目を唱えていた。やがて西日がスバシ故城を照らし輝かせた。在りし日の壮大な寺院の姿が、浮かびあがってくるようだった。

幹夫は思った。

鳩摩羅什さん。あなたが手渡してくれた法華経は、確かにこうして俺たちのところまで届いています。俺は、どうにもならないやつでした。生きていたって、いいことなんて一つもないって思ってました。でも、母さんや、父さんや、薬山和尚や、常彦さんや、それから、真希さんも、みんな俺は俺でいいって、ずっと言い続けてくれていたんだって、やっとわかりました。そして、あなたが、釈尊の教えとして受け取り、妙法蓮華経を漢訳するとき、その思いを中にこめたのですね。

「仏と仏のみが諸法の実相を見きわめている。すなわち、諸法の如是相、如是性、如是体、如是力、如是作、如是因、如是縁、如是果、如是報、如是本末究竟等ということである」

この世の中のあらゆるものは、原因と条件によって成り立っている。原因や条件が変われば、ものごとは変化する。だから、どうしようもないと思っていた自分も、どうにでも変えられる。そうなんですよね。こんな俺も、変われるんですよね。

大きくて輝きの強い夕日が、スバシ故城の壁の向こうへ沈んでいく。日が翳ると、急に寒くなってきた。

その晩のことである。羊の骨つき肉煮込みをほおばりながら、幹夫は常彦に言った。

「常彦さん、ありがとうございました。こんなところにまで来られるなんて、俺一人だったら絶対にできませんでした」

「いやいや。それはぼくも同じことなんだよ。幹夫君と一緒に行くって考えなかったら、なかなか行動に移せなかったと思う。ぼくがここに来られたのも、君のおかげなんだよ」

幹夫は驚いた。常彦に礼を言われるなんて、思ってもみなかったのだ。

「でも、不思議ですよね。暑くて湿潤なインドで生まれた仏教が、こんな乾燥地帯に暮らしていた人の頭の中を経て、東に伝わって、海まで越えて日本にやってきて、長い年月の間を受け継がれて、現代の俺たちのところにまで届いてるなんて。その俺たちは、今、西のほうに戻ってきて、『南無妙法蓮華経』って唱えてるんですね」

常彦は、真顔でうなずいて答えた。

「そうだよね。それだけ鳩摩羅什の訳した『妙法蓮華経』が、土地も時代も越える力強さと美しさを持っていたってことなんだろうね。でもさ、一番はさ、鳩摩羅什の魂がこの経にこめられていたということなんじゃないかな。ぼくは、なんとかして、このことを追求する研究をしていきたいな」

そう言って常彦は幹夫に笑顔を見せた。

幹夫の決意

常彦の話を聞きながら、幹夫は思い出していた。

かつて、常彦は自分の生い立ちについて話してくれた。今でこそ大学の先生となって順風満帆のように見える常彦も、たくさんのつらい目にあってきたのだった。それらを乗り越え、さらに、俺のことを支えてくれた。逆境を知っているからこそ、こんなにも優しいのだろう。常彦さんと出会えて、本当によかったな。

クチャの次に、幹夫と常彦が向かったのは、西安だった。飛行機で三時間飛び、東へと向かう。かつて鳩摩羅什はこの行程を自らの足とラクダで歩ききったのである。空港からバスに乗り、西安の街に出ると、人も車も多く、大都会ぶりに目眩がした。ここはかつての真丹の都、長安である。鳩摩羅什は長安へ行き大乗仏教を伝えることを願いに願っていたが、なかなか、かなわなかった。ようやくたどり着いたあとは、数多くの仏典を漢訳し、この地に骨を埋めたのである。長安で『妙法蓮華経』も訳されたのだった。

「ソードージへ行きます」

常彦は言った。幹夫が怪訝そうな表情をしているのを見て、説明してくれた。

「西安郊外にある草堂寺は、鳩摩羅什ゆかりの寺です。ここは鳩摩羅什の翻訳場があった逍遥園であるという説もあるんだけど、今のところ断定はできないんだ。ただね、鳩摩羅什の舎利塔があるんだよ」

「舎利塔って、墓ってことですか」

「そうなんだよ。行きたいだろう」

「もちろんです」

西安の街から車で一時間走ると、のどかな田園風景の中に、「草堂寺」と書かれた朱色の山門があった。山門をくぐり、竹藪の間を抜ける小道を行くと、「鳩摩羅什紀念堂」と書かれた建物があった。中では五人の僧が読経しており、無数の灯明が灯されている。

観光地めいたところは微塵もなく、普通の静かな寺のようだった。庭を掃き掃除している人がいる。

「紀念堂」の入口の前には台があり、その上に置いてある本を見ると「妙法蓮華経」だった。観世音寺で読経のときに使うのと、同じ文字が書かれていた。もし、本当にこの地で「妙法蓮華経」が漢訳されたのだとすると、はるばるここから日本にまで伝えられたのだということになる。思わず幹夫は、合掌した。

さらに奥へと小道を進んでいくと、小さなお堂が建っていた。お堂の中をのぞくと、石造りの「鳩摩羅什舎利塔」があった。お堂は後から作られたもののようだったが、舎利塔は、聞いたところでは四〇九年に鳩摩羅什が亡くなったときに建てられたということだから、千六百年もたっていることになる。

幹夫と常彦は、自然と舎利塔の前で合掌した。しばらく二人とも、言葉を発しなかった。小鳥の鳴き声だけが聞こえてくる。

「ここに鳩摩羅什がいるんですね。長い旅の果てに、やっと長安にたどり着いたんですね」

幹夫はぽつりと言った。常彦はうなずく。

顔を上げると、遠くに緑の山々が連なっているのが見えた。あの山を鳩摩羅什も見たのだろうと、幹夫は思った。

小道を戻ると、竹藪の中を一羽の雉が歩いていた。緑色の首に赤い顔が映えている。悠然と歩く雉を見ているとき、幹夫の決意は定まった。目の前に道が開けているような晴れ晴れとした気持ちになった。鳩摩羅什が手を貸してくれたのだ。ひとまずそう思うことにした。すぐに目の前の常彦に伝えたくなったが、踏み留まった。心変わりがあるかもしれないと思ったからである。

自分の内側からやる気がむくむくと湧き上がってくるのを感じていた。こんな高揚感は生まれてこの方、初めてのことだった。

やるぞ。やるぞお。

長安の都の青空の中へ全身で飛び上がり、泳いでいきたいような気分だった。

二人は寺の入口に戻り、太く長い線香の束を買い、鳩摩羅什紀念堂の前の香炉にさした。線香の煙が一筋になって立ちのぼり、どこまでも高い青空に吸い込まれていくのを、幹夫は見上げていた。

＊

「それではまず、簡単に自己紹介をなさってから、訳を述べてください」

僧叡が言った。男は低い声で語りはじめた。

「私は兵士でした。戦のあるたび、たくさんの人を殺めてきました。ある時、自分の人生が空しくなりました。人の命を奪うことによって生きているなんて、間違っていると気づいたのです。それから仏教について、学びはじめました。まだ初学者ですが、梵語もかじっています。よろしくお願いします」

男は口元を引き締め、ゆっくりと訳し始めたのだった。

「そのように行なった人は座り、あるいは座に臥す。このように説くとすると、その人は、私の言ったことをわかっていない。そのように行なった人はどこへも行かないし、どこからも来ないからである」

鳩摩羅什はうなずき、男の顔を見つめるように言った。

「ありがとうございました。他の方に影響を与えてしまいますので、この場での講評はさしひかえます。結果は最後に発表します」

鳩摩羅什は内心、驚いていた。独学でここまで到達しているとはすばらしい。仏典への理解は足りないものの、梵語を正確に理解している。その意味では、充分、筆受者の候補となりうる。

まず一人、試験を受けたことで、訳場内の張り詰めたような空気は、幾分、やわらいでいた。こんなことは自分には無理だととうにあきらめた者もいれば、挑戦してみようと意欲を燃やした者もいたのだ。

この時、一人の若い女性が立ち上がった。もちろん、仏典の漢訳はすべての人に開かれているのだから、誰が参加してもよいのである。ただ、このように若い人、しかも女性がやってくるとは、鳩摩羅什も弟子たちも予想していなかった。

派手ではなく清潔そうな楚々とした身なりのため、端正な美しさがかえって際立っていた。

「雅霜《がそう》と申します。私、仏教に関心があって参りましたが、梵語などさっぱりわかりません。すみません。場違いでした」

生真面目な表情で女性は言ったのだった。率直な物言いは、好感が持てるものだった。

「雅霜どの。あくまでも今は、筆受者の選抜をしているので、このような試験を設けているのです。梵語の知識などなくても、ぜひ、訳場にはいらしてください。学びたいと思う者こそ、修行者なのですから」

雅霜は笑顔になった。

「法師様。ありがとうございます。必ずまた、参ります」

雅霜の次に立ち上がったのは、学者然とした、剃髪した色白の男だった。年の頃、四十代半ばくらいに見えたが、物腰には活力が満ちていた。

「道生《どうしよう》と申します。出家者です」

とだけ男は言い、すぐに訳を述べはじめた。

「『如来は去り、あるいは来れり、あるいは住し、あるいは坐り、あるいは座に臥す』とこのように説くとすると、その人は、私が語った言葉の意味を理解していないのである。なぜかというと、如来はどこへも去らないし、どこからも来ないからである」

「タターガトー」をずばり「如来」と訳し、完璧な内容だった。

「ただし、この訳は、『タターガトー』という語は本来『人格を完成した立派な人』という意味であるのに、この語を解釈して『如に去れる』と『如より来れる』という二つの意味を重ねた言葉、であるかのようにとらえています。もともと『金剛般若経』が言わんとしていることは、人格を完成した立派な人が如来である、ということではないでしょうか。『タターガトー』をもっと素直に訳すべきと考えます」

これを聞いた鳩摩羅什は、すぐにこの人物を筆受者として迎え入れることにした。さすがに長安には逸材がいるものだと鳩摩羅什に思わせたこの道生という僧は、後に鳩摩羅什の門下四大弟子の一人と称される、竺道生その人であった。

こうして一日かけて、筆受者の選抜試験は行なわれた。結局、新顔として採用されたのは、道生ただ一人だった。

筆受者の構成は次のようになった。鳩摩羅什の弟子のうち、主導者格である僧叡。この人選に異論を唱える者は、一人もいなかった。それから、姑臧時代からの弟子で、若き天才と言われた僧肇。新たに加わった道生。そして、意外なことに新弟子である道影も、筆受者の一員とされた。この人選に最も驚いたのは、道影本人であった。自分のような実力のない者がなぜ、多くの兄弟子たちを飛び越えて選ばれたのか。いくら考えてみても、わからないのだった。

幹夫の決意

翌日、逍遥園の中に訳場として用意された西明閣に、鳩摩羅什、四人の筆受者、聴講者が集まっていた。鳩摩羅什が大きな声で宣言した。

「今日から、天竺の龍樹法師が著された、『大智度論』の漢訳に取りかかります。『大智度論』は、大乗仏教の百科全書と言ってよい、大部の論書です。原本は十万偈にも及びます。まず初品を全訳し、後の部分を抄訳することにしたいと思います」

姚顕徳

鳩摩羅什は、手に梵語原典を手にし、それを見ながら口訳を始めた。これを筆受者たちが筆記していく。

訳場内は張りつめた緊張に満ち、私語を発する者はほとんどなく、鳩摩羅什の声だけが朗々と響いた。四人の筆受者は、黙々と筆を滑らせる。

しばらくすると鳩摩羅什は筆受者から、筆記した紙を集めた。筆受の様子を確かめたかったのである。なるほど僧叡、僧肇は安定している。道生も高い水準を見せている。新弟子である道影はまだ追いつかず、ところどころ筆記できていない。ただ、道影の筆受には、他の三人と異なる点があった。

ところどころ傍線が引かれ、「疑」と書かれているのである。自分の理解できなかったところを正直に記しているのが微笑ましい。だが、実はこの傍線こそが、仏典の漢訳に必要なことなのであった。訳文を確定させる前に、説明を尽くさなければならない部分を示しているのである。衆生に伝わる訳文とするためには、道影の疑問を解くような説明を付け加えればいいとの考えであった。鳩摩羅什が道影を起用したわけは、ここにあった。

『大智度論』を訳しているとき、鳩摩羅什が手にしていたのは梵語の原典であった。だがそれは、龍樹著ではなく、実は鳩摩羅什自身が書いた『大智度論』であった。もともと『大智度論』は存在を広く伝えられてきたものの現物を目にした者は誰もいなかったのである。その点に鳩摩羅什は目をつけた。姑臧に留め置かれているあいだに、見つからないのであれば、自分で書いてしまおうと考え、実行したのである。

鳩摩羅什は自分の著書としてではなく、あくまでも龍樹の著ということにこだわった。自分の名を後世に残すということは、どうでもよかった。それよりも、龍樹の書いた伝説の『大智度論』ということにして、自分の考えを綴ったほうが、広く衆生に内容を伝えられるはずだと考えたのである。

鳩摩羅什が伝えたかったことは、「諸法の実相」であった。すべての存在のありのままの真実のすがた、ということである。諸法の実相をさらに分析していくと、次のようなことになると、鳩摩羅什は考えていた。

あらゆるものごとは何なのか。

あらゆるものごとはどのように存在するか。

あらゆるものごとはどのような形をとっているか。

あらゆるものごとにはどのような特質があるのか。

あらゆるものごとにはどんな本性があるのか。

諸法の実相に深く関わってくるのが、「縁起」ということであった。ある原因に条件を与えさえすれば、それにふさわしい結果や影響が現れてくる。

すなわち、あらゆる現象は、原因と条件によって成立するのである。したがって、絶対的、あるいは固定的な存在はない。これを、あらゆるものの本体は空である、と表現する。

このように『大智度論』は、空の思想を説く論書であった。『大品般若経《だいぼんはんにゃきょう》』の注釈を中心に据えながら空の思想を説き、大乗と小乗の明確な区別をする。その上で、大乗の小乗に対する優越性をはっきりと述べているのだ。これらすべてを鳩摩羅什は梵語で書き、龍樹著『大智度論』であるとして、漢訳したのである。

密かにこんな途方もない仕事をしたのも、釈尊の教えを受け継いだ空の思想を説きたかったからだった。

ある日、道影が訳場から出てきたとき、役人らしき風体の男に呼びとめられた。

「道影様でいらっしゃいますか。さるお方が、あなた様に申しあげたいことがあるとおっしゃっています。ご同行いただけないでしょうか」

さるお方というのが誰なのか、心当たりはなかったが、道影は男についていくことにした。大きな屋敷の中に連れて行かれ、主の前に出された。主の顔を見るなり、道影は驚いた。誰もが知っている顔だったからである。

一段高くなった床の上に椅子があり、こちらを向いて腰掛けているのは、後秦王姚興から絶大なる信頼を得ている元老、姚顕徳であった。老齢の域にさしかかっているはずなのだが、壮健な体躯には弱々しさのかけらも感じられなかった。大きな眼に宿る光は、相対する者を萎縮させずにはおかないほど強い。

この権力者、多分に腹黒いという評判の元老が、なぜ自分を呼びつけたのか。道影には解せなかった。

「道影どの、と申されたかな」

響きわたる大きな声で、姚顕徳は話しはじめた。

「率直に言おう。私は協力者を求めている。礼はたっぷりとはずむ。金銀、地位、妓女、望みのものは何なりと進呈しよう。だが、協力を断った者はどうなるかも教えておこう。おそらく、二度とお天道様のもとを歩くことはあるまいな」

そう言って姚顕徳は、道影をにらみつけた。

「私の言っている意味がわかるかね」

姚顕徳に見据えられ、道影は思わず息を止めていた。つばを呑みこむと、その音が大きく聞こえた。

姚顕徳が合図の手を打つと、一人の男が出てきた。

「手を出してみなさい」

男は両手を開いて前に出した。

道影は、男の手を見るなり、自分の心臓の鼓動が速くなったのを感じた。

てのひらを開いた男の両手には、指が一本もなかったのである。

これが何を意味するか。言うまでもなく、何かの訳があって姚顕徳が命じて、男の指を切り落としたということなのだろう。つまり、協力しないという選択肢はないのだ。この命を捨ててもよい、というほどの覚悟がなければ、協力を断ることはできない。自分にそんなことができるのか。

ここに鳩摩羅什法師がいたら、姚顕徳に何と言うのだろうか。考えてみても、道影にはわからなかった。ただ、恐ろしいという感情に、心の中は満たされていた。

道影は力なく、首を縦に振った。姚顕徳は笑みを浮かべてうなずいた。

「やはり、私が見込んだとおりの、物分かりのよい聡明なお方だ。そうと決まったからには、具体的にお話ししよう」

道影は再びつばを呑みこんだ。

「道影どのの師は、鳩摩羅什法師であろう。西域からわざわざ王が招致し、今では大きな尊敬を集めているそうだな。鳩摩羅什が慕われ仰がれるほど、その主君たる姚興の人望も高まる」

国王のことを呼び捨てにしていると道影は気づいた。

「私は姚興が気に入らないのだ。そこでだ……」

そう言って姚顕徳は椅子から立ち上った。背が高く、がっしりとした体格で、立つとさらに威圧感が増した。意外にも軽い身のこなしで道影のところまで下りてくる。

「鳩摩羅什の名声を落としてほしいのだ。鳩摩羅什自身にうらみはない。ただ姚興を失墜させたいだけなのだ」

道影の背筋に悪寒が走った。この男は権力欲のために、仏教を利用するのか。道影は師のことを思った。いつも、まっすぐに修行の道を貫かれている鳩摩羅什法師である。もし裏切ってだまそうとすれば、案外簡単に陥れることができるのではないだろうか。

だが、だが……。本当にそんなことを私はするのか。いくらおどされたとはいえ、師を裏切ることは、釈尊をも裏切ることになる。自らの身を守るために、そんなことをしてはいけない。そうわかってはいても、姚顕徳の眼を見ると、とても反抗などできないのだった。きっぱりと断ることができないまま、道影は姚顕徳邸を辞した。

鳩摩羅什を失墜させる。そのために最も効果的な方法を、道影はすぐに思いついてしまった。

破戒僧であること。

それが鳩摩羅什のありのままの姿である。だがそのことを、表立って批判する者はいなかった。一つには、鳩摩羅什が王の絶大な庇護のもとにあるためである。もう一つには、鳩摩羅什の圧倒的な学僧としての実力のためであった。破戒は事実であるため、僧として認められないと疑念を抱いている者もいたが、せいぜい陰でささやきあうくらいだった。

批判されないとはいえ、破戒は鳩摩羅什の最大の弱点であった。いくら高邁な思想を説こうとも、「あなたにそんなことを諭す資格があるのか」と問われたら、師はなんと答えるのだろう。それは、発してはいけない質問だった。

人間なのだから誰でも、一つや二つは弱みもあるだろう。師僧とて一人の人間なのだ。

だが自分は今、師の傷口に塩をすりこもうとしている……。

鳩摩羅什が家の扉を叩くと、どちら様ですか、と中から愛らしい声が聞こえた。ごぶさたしました、と鳩摩羅什が言うとすぐに扉は開かれ、鳩摩羅什は家の中に吸いこまれた。道影は足音を立てないようにして、扉の外にまでやってきて、中の様子をうかがう。ここは鳩摩羅什の妾の家だった。

雅霜

鳩摩羅什は姚興によって妾を侍らされていた。高僧の優秀な子孫を国の末代にまで残したいというのは、王の政策の一つだった。そのため鳩摩羅什には、正妻の暮らす家の他に十軒の家があり、順に泊まり歩いていたのである。鳩摩羅什にしてみれば、王の庇護なしに、仏典の翻訳事業は進められないのだから、王の意に沿わざるを得なかった。

私もすでに老境に入った。私の代だけで、仏典の漢訳事業を完遂させることはできないだろう。この仕事を続けていくためには、子を作るのも意義のあることかもしれない。それならば、妻も妾も幸せを感じられるように、私は生きていこう。

妻との間に子がなかった鳩摩羅什は、そんなふうに考えていた。

十人の妾のうち、特に寵愛していたのは、雅霜《がそう》という娘だった。訳場に筆受者の試験を受けに来ていた一人だった。以後、たびたび訳場に出入りするようになり、いつしか自然と鳩摩羅什と親しくなっていったのである。

瓜実顔に通った鼻筋、大きくて黒い瞳を持った雅霜は、美しいだけではなかった。仏の教えに関心を抱いている点が鳩摩羅什を喜ばせたのである。東西に名を轟かせる長安の都だけあって、美貌を誇る女性は数多くいたものの、雅霜のように、知的で実のある話のできる者はなかなかいなかった。ゆえに鳩摩羅什の足は、雅霜のもとに向かうことが多くなったのである。

雅霜の家の中から声が聞こえてくる。

「鳩摩羅什様、お会いしたくて焦がれておりました」

雅霜は細身の体をぴったりと鳩摩羅什に寄せて、言ったのだった。鳩摩羅什は甘い香りを感じた。

「雅霜よ。私も会いたかった。そなたはなんと美しい人だろう」

雅霜は鳩摩羅什から体を離すと、茶を椀についで持ってきた。白く細い腕から椀を受け取り、鳩摩羅什は茶を飲み干した。

「鳩摩羅什様、今日も、法華経の話をしてください」

雅霜は寝床の上に腰かけながら言った。その瞳はしっとりと濡れたような光を帯びている。

「雅霜どのは本当に熱心ですね。では、今日はサダーパリブータ菩薩の話をしよう」

鳩摩羅什は、雅霜の横に座った。

「サダーパリブータという名の菩薩がいました。サダーパリブータの意味は『常に軽蔑された男』、あるいは『常に軽蔑しない男』です。彼は、誰に対しても近づいてこう言いました。『私はあなたがたを敬います。決して軽んじたり見下げたりはしません。あなたがたはみんな菩薩の道を通じて、かならず如来になる方々であるからです』

この菩薩はただひたすらに、こう言い続けました。でも、突然そんなことを言われた人たちは気味悪がって怒り出し、サダーパリブータをののしりました。それでも菩薩は言い続けたのです。

『あなたは必ず如来となるでしょう』

だんだん人々のサダーパリブータに対する攻撃は激しくなっていきました。杖で打ったり、石や土を投げつけたりしました。菩薩は命の危険を感じて逃げました。自分の命を大切にしないと、人々に必ず如来になると伝えるという目的を達成できないからです。そして、遠く離れたところから、大声でまた、同じことを言ったんです。『私はあなたがたを敬います。決して軽んじたり見下げたりはしません。あなたがたはみんな菩薩の道を通じて、かならず如来になる方々であるからです』とね。サダーパリブータは、どんな人のことも信頼し、尊重したのです」

雅霜は鳩摩羅什のことを大きな黒い瞳でじっと見つめながら言った。

「鳩摩羅什様。そんなお方は、本当にはいらっしゃらないのでしょう。あくまでも、理想の姿、ということですか」

「それがだ……」

鳩摩羅什は雅霜の顔に、自分の顔を寄せて答えた。

「私はサダーパリブータ菩薩、すなわち常不軽菩薩に会ったことがあるんだよ」

「本当ですか」

雅霜はさらに身を寄せてくる。鳩摩羅什は雅霜の長い髪をなでた。

「かつて私の父は、幼かった私と母を残し、行方をくらましてしまった。後に、父の生まれ故郷である罽賓で、私は父とよく似た人に出会った。だがその人は、心をどこかに置き忘れてしまったような状態の中にいらっしゃったのだ。でも、その人は、時折、何か言いたそうにして、私のことをじっと見ていた。その人は『私はあなたを軽んじません』と、口には出さずとも全身で言っていたような気がするのだよ。いくら自分が人に指差されて笑われようとも、自分は人を軽蔑しないということを示されていたのではないかと、今は、思っているんだ」

雅霜は目を輝かせて言った。

「鳩摩羅什様が立派な僧侶になることを、望んでいらっしゃったという、お父様ですね」

「うん。それなのに、私は……」

鳩摩羅什は言葉に詰まった。

「そんなこと、おっしゃらないで。こうして私といることが、あなたを堕落させているというのですか。そんなこと、決してありません。鳩摩羅什様は私にたくさんのことを教えてくれています。そのおかげでどんなに私が救われているか、おわかりではないのでしょう。私の父は長い間、病の床についています。そのためいつも不機嫌です。母は父の看病につきっきりで、疲れ果てています。それなのに私は、家から逃げ出すように出てきてしまって、のうのうと暮らしています。本当はもっと両親のために、できることがあるはずなのに……。私はつまらない人間なのです」

雅霜は言うなり泣き出した。

「雅霜よ。常不軽菩薩品の終わりは、このように結ばれています。

『一心に広くこの法華経を説きなさい。そうするならば、どのような世でも繰り返し仏に会って喜ばせ、まわり道をすることなく仏の悟りにたっすることができるでしょう』。法華経に出会った者は皆、いずれ仏の悟りに達する、尊い徳を持った存在なのです。あなたもその一人ではありませんか。つまらない人間だなどと、思ってはいけません」

今度は鳩摩羅什が雅霜を励ましているのだった。

雅霜は顔を上げて、鳩摩羅什を見つめた。泣きながら、笑みを作ってみせた。

「わかりました。法師様。私もまた、修行者の一人です。もう二度と、自分はつまらない人間だなどとは考えないようにいたします」

なんと聡明で素直な人だろう。これまで私も、何度も打ちひしがれそうになってきた。戦場で多くの衆生が倒れているのを目の前にして、一人として救うことができなかったとき。無理矢理、王族の娘と結ばされて破戒したとき。長安に来て、釈尊の教えを広めるという使命を果たしたいのに、姑臧に幽閉されていたとき。

今、雅霜とめぐりあい、「つまらない人間だなどと思ってはいけない」と励ましている。だがそれは、私自身に向けて放たれた、法華経の言葉なのだ。

鳩摩羅什は、雅霜の顔に自分の顔を近づけて、愛おしそうに見つめた。

夜の帳が下りる頃、扉の外にいた道影は、そっと雅霜の家から離れていった。

翻訳場では、やがて、『十誦律《じゆうじゆりつ》』の漢訳が始まった。かつて鳩摩羅什が一心に学んだ、説一切有部の戒律文献である。比丘戒《びくかい》二百五十七条、比丘尼戒《びくにかい》三百五十五条にも及ぶ戒律を規定している。

当時、後秦の僧たちは、戒律文献の翻訳を熱望していた。修行のために、自らの日常生活をどのように規定していくべきなのかを知りたかったのである。

まず、罽賓より、弗若多羅《ふつにやたら》が招かれ、『十誦律』を口述した。これを鳩摩羅什が翻訳していったのだが、途中で弗若多羅は病に斃れてしまった。翻訳作業は中断したが、翌年、西域から曇摩流支《どんまるし》が長安入りし、鳩摩羅什とともに漢訳が続けられていた。

ある日、訳文について討論をしている時、道影は鳩摩羅什に、大勢の面前で問い質した。

「そもそも法師様は、戒律を語る資格をお持ちなのでしょうか」

一瞬にして、訳場内は静まりかえった。皆、道影が何を言ったのか理解できずにいた。まさか、弟子である道影から、師を批判するような言葉が発せられるとは、思っていなかったからである。だがすぐにほとんどの者は、道影の言葉に込められた攻撃的な内容に気づき、驚かされた。

なぜ、そんなことを言うのか。

破戒の身でありながら戒律文献の翻訳をするなど、おかしいではないかと言っているのだ。これは訳文の検討などではなく、鳩摩羅什に対する批判である。翻訳場においてわざわざ言うべき内容ではない。

道影は鳩摩羅什が答えに詰まるにちがいないと踏んでいた。

「皆さんもご存知のとおり、私は破戒の身です。破戒僧が『十誦律』について説き、漢訳に携わる者として、ふさわしいのかというご質問でした」

鳩摩羅什は、妻と結ばれたときのことを思い出していた。

小さな花を咲かせる

私が破戒しなければ、妻はきっと、殺されていただろう。破戒の他に選ぶ道はなかった。一方で、破戒は確かに僧としてあるまじき行為である。そのために今もこうして苦しめられているのだ。だが、それが何だというのか。私一人が苦しめば済むことではないか。それなら黙って耐え忍べばよいのだ。ただ、私の破戒ということと、この『十誦律』の翻訳の意義は別のものである。『十誦律』を真丹に届けることは、私の使命だ。私個人の立場に惑わされることなく、釈尊の教えを伝えることはできないものか。

しばしの沈黙ののち、鳩摩羅什は訥々と語りはじめた。

「皆さん、心の中に蓮華を咲かせてみてください」

突然、そんなことを言われ、訳場内の人々は混乱した。静まりかえって、皆が次の言葉を待っていると、鳩摩羅什の言葉は続いた。

「泥の中から蓮華が顔を出し、今、咲きました。鳩摩羅什という破戒僧はこの泥です。泥ばかり見ていてはいけません。どうぞ、泥の中から咲き出た蓮華の花を摘み取ってください。この花こそが、尊い釈尊の教えなのです。泥にとらわれて花を見ないことほど、愚かなことはありません」

心の奥底から絞り出した言葉だったが、鳩摩羅什はいつものように平静な口調のままだった。自らが破戒の身であることを泥にたとえ、漢訳することによって真丹に伝えようとしている釈尊の教えを、蓮華の花にたとえた、見事な表現であった。だが、道影は負けじと言い返した。

「釈尊の教えに背いた生活をしていながら、その教えを人に伝えることなどできるのでしょうか」

なおも食い下がる道影を、僧叡ら他の弟子たちは止めようとしたが、鳩摩羅什が手でさえぎった。この問答は、確かに理は道影にある。婬戒を破り妻を娶った上に、妾まで侍らしている鳩摩羅什に弁解の余地はまったくない。道影の説く正論に対し、鳩摩羅什は何と答えるのか。訳場内の者たちは皆、固唾を呑んで見守っていた。

しばらくの間、鳩摩羅什は何も言わずに道影を見つめていた。返答に窮したわけではない。なぜ、道影が自分に食ってかかっているのかと考えていたのである。それから、落ち着いた声で静かに語り出した。

「この『十誦律』は小乗律です。この議論については、大乗律である『仏蔵経』を翻訳してからにいたしましょう」

道影は、鳩摩羅什にはぐらかされたのだと思った。だが、こう言われてしまっては、『仏蔵経』のなんたるかも知らない自分が反駁を加えることはできないのだった。

今、道影は、師を敬愛する気持ちを失っていた。どこにいても姚顕徳に見張られているような気がしてならなかったのだ。釈尊も鳩摩羅什も心から追い出してしまい、ただ怯える毎日を過ごしていた。身近な弟子がそんな状態であることに、鳩摩羅什が気づかないはずもない。ただ、道影のあまりの急変ぶりをいぶかしんでいたのだ。

私の身を案じて薬草を煎じてくれたのは、ついこの間のことではないか。

そんなある日、姚顕徳からの使いが道影のもとにやってきた。

「姚顕徳様の屋敷までご足労願いたい」

姚顕徳の前に立たされた道影は、直立不動のまま話を聞いていた。

「道影どの。鳩摩羅什の様子に変わりがないそうだが、そんなことで済まされると思っているのか」

穏やかな口調がかえって恐ろしかった。道影はひれ伏して、頭を下げたままで答えた。

「申し訳ありません。申し訳ありません」

「謝罪などいらぬ。行動あるのみと心得よ」

姚顕徳は言い放つ。

褒美など、もはや、どうでもよかった。道影の願いはただ一つである。姚顕徳の支配下から逃れ出ることだ。

鳩摩羅什は、小細工など通用する人物ではない。そのことは身近にいる道影がよく知っていた。真っ向から問い質すほかないだろう。責めるべきは、女性関係のことだ。思い詰めた道影は、翻訳場である西明閣へ向かった。

ちょうど西明閣から出てきた鳩摩羅什が見えた。道影は目を血走らせて駈け寄っていく。

「鳩摩羅什様。お話ししたいことがあります」

「道影どの。ちょうどよかった。私もそなたと話がしたいと、考えていたところだったのだよ。今から私は家へ帰るところだ。久しぶりに寄っていかないか」

かつて道影は、鳩摩羅什の家に住みこんで、身の回りの世話を焼いていたのだった。道影がやってきた頃の、まだ少年のあどけなさを残していた顔を、鳩摩羅什は思い浮かべていた。

鳩摩羅什の家に着くと、妻が道影のことを温かく迎え入れた。すでに初老の域に達しているとはいえ、背筋は伸び、生き生きとした表情で微笑みかけてきた。

美しいお方だ。こんな奥様がいるのに、法師は他に何人もの妾を持っているのだ。

「ところで、そなたの話から聞くことにしようか」

向かい合って座り、鳩摩羅什は道影に話しかけた。

「いえいえ。法師様からどうぞ」

道影は、鳩摩羅什の出方をうかがってから、鳩摩羅什を責めるのが得策と考えたのだった。

「私が言いたかったのは、この間の西明閣での話の続きなのです。道影どののおっしゃったことに、理はあるのです。破戒した私には戒律を説く資格などありません。ただ、私の役割として、仏典の漢訳というものがあります。私が亀茲国に生まれたこと、罽賓や疏勒国にて修行をしたこと、姑臧に留め置かれ漢語を学んだこと、そして今、長安にいること。これらのすべて、私の歩みのすべてが、私に『仏典を漢訳せよ』と呼びかけているのです。たとえ私に戒律を説く資格がなかったとしても、求められている戒律文献は、翻訳して届けなければならないのです」

「法師様はそうお考えになるのかもしれませんが、衆生はそれを理解できましょうか。やはり、敬われなければ、その人の発した言葉は、届かないのではないでしょうか」

道影は必死だった。なんとか鳩摩羅什をやりこめなければ、自分も指を切り落とされた男のようにされるかもしれないのだ。鳩摩羅什は微笑みを湛えて答えた。

「本当は私は、とても弱い人間です。釈尊などに及びもつかない、ちっぽけな存在です。だから、あなたが『釈尊の教えに背いた生活をしているのに、釈尊の教えを人に伝える資格があるのか』と思われるのも当然のことです。だが、そんな私でさえも、仏になれるという可能性を信じていいのだと教えてくれたのは、『サッダルマ・プンダリーカ・スートラ（白蓮のように最もすばらしい正しい教え）』でした。

その中に、『三草二木の譬え』という話があります。この世の中にはいろいろな種類の植物が生えています。一方、その上に降りそそぐ雨は同じものです。同じ雨に潤されて、小さな草木は少し、中くらいの草木は中くらいに、大きな草木は多く雨を受けて、それぞれに生長します。それぞれの性質によって、異なる花を咲かせ、異なる実を結びます。人も同じであると、この譬えは教えてくれます。それぞれの素質や能力に違いはありますが、すべての衆生に平等に与えられる釈尊の教えを受けると、いつかは皆、それぞれの能力に応じて仏になる、ということを示しているのです」

小さな花を咲かせる

はじめは反発して聞いていたのだ。だが、三草二木の話が、心の中に入ってきた。自分は小さな草にしかすぎない。でも、釈尊の教えという雨を受け、小さな花を咲かせることはできるかもしれない。

そのとき、道影は気づいた。法師様は、私に、あきらめるなと言っているのだ。師を裏切っている弟子に対してさえも、励ましてくださっているのだ。

鳩摩羅什の話が終わると、道影は泣き出して、鳩摩羅什の足元にひれ伏した。

しばらく道影は何も言わず泣き続けた。鳩摩羅什も何も語りかけず、ただ、道影の頭をなでている。やがて鳩摩羅什は口を開いた。

「どうぞ、お顔を上げてください」

鳩摩羅什に手を添えられて、道影は起き上がった。

「何があったのか、話してくれますね」

道影は素直にうなずいた。

「法師様。私は姚顕徳様に脅されているのです。お屋敷に呼び出され、指を切り落とされた使用人を見せられ、お前もこのようになるぞとほのめかされました。それで、それで……私は言われるがままに、法師様を陥れようとしていたのです」

姚顕徳の鋭い眼光を思い出し、道影は身震いしながら小さな声で言った。

「それは気の毒なことでした。これから私が姚顕徳様のもとへ行き、話をつけてまいります」

「ほ、法師様……。そんな恐ろしいことは、おやめになってください。姚顕徳様は、法師様、そしてさらに国王様のことを失脚させようと、たくらんでいるのです」

道影は信じられなかった。

わざわざあんなに恐ろしい人物のもとへ、自ら出向いていこうというのか。法師様は、あのお方のことをよく知らないのだ。

陀羅尼

幹夫が中国の旅から帰国し家に戻ると、父がいた。

「ただいま帰りました」

「おかえり。元気そうだね」

少し日焼けをした幹夫を見て、父は言った。

「本当にありがとう」

幹夫は父の顔をじっと見つめながら、かみしめるように言った。

「どうだ。腹へってるか」

幹夫はうなずいた。

「よし。カレーを作ったんだ。食べよう」

食卓に着くと、父は言った。

「もう少し待ってろよ。いま、あったためてるから」

自分を迎えるために、料理を作っていてくれたのだ。幹夫は嬉しかった。

「あのさ、父さん」

カレーを食べているとき、幹夫はぽつりと言った。

「俺、やりたいことが見つかったんだ」

父はカレーを食べる手をとめ、黙って幹夫の目を見た。

「中国語を勉強したい。そして、翻訳家になりたい。鳩摩羅什のことを知って、翻訳について考えていくうちに、自分でもやってみたくなったんだよ」

父は黙ってうなずいた。

「だからさ。学校に行かせてください。お願いします」

幹夫は頭を下げた。

「幹夫、ちょっと来い」

父は立ち上がって、幹夫の手を引いた。幹夫は、父が何をしようとしているのか、さっぱりわからなかった。

「幹夫、母さんに報告するんだ」

父は仏壇の前まで幹夫を連れていき、涙声で言った。

幹夫は仏壇に飾ってある、母の遺影に手を合わせながら言った。

「母さん。今まで、いろいろと心配かけてきたけど、俺、やっと、自分のやりたいことが見つかりました。いっぱい、わがまま言って、ごめんなさい。どうか、ずっとずっと、いつもそばにいてください。ありがとう」

言いながら、幹夫の目にも涙があふれてきた。父も、唇をかみしめて、涙をこらえようとしているようだったが、目尻からこぼれ落ちていた。

台所では、食べかけのカレーライスが湯気を立てていた。

翌日、幹夫は観世音寺の薬山和尚のところへ行った。これまで薬山和尚には、折に触れて励まされてきた。反発したときもあった。それでもいつも、自分のことを気にかけ、支えていてくれた。鳩摩羅什のことを教えてくれたのも、橋本常彦とひきあわせてくれたのも、薬山和尚だった。幹夫は和尚にお礼を言いたいと思いながら、観世音寺の山門をくぐった。

和尚は、久しぶりの幹夫の来訪を、たいそう喜んだ。向かい合って座り、幹夫のためにお茶を淹れてくれた。和尚は顔を上げ、微笑で揺れる柔和な視線を幹夫に向けてきた。幹夫は両手で茶碗を口まで持っていき、熱い茶を少し啜った。

いつだったかも、和尚にお茶をいただいたな。

幹夫は観世音寺にやってきた頃のことを思い出した。それから、橋本常彦と行ってきたばかりの、中国の旅の話をした。実に嬉しそうに話す幹夫を見ながら、和尚は何度もうなずいて聞いていた。

　草堂寺の話が終わると、幹夫は言った。

「やっと、自分のやりたいことがわかったんです。俺、中国語を勉強して、翻訳家になります。鳩摩羅什のような才能があるわけじゃないんで、鳩摩羅什よりもたくさん勉強しなくっちゃなりません」

　和尚は喜びを顔じゅうに表しながら言った。

「水野君。修行を便所掃除から始めたことを覚えているだろう。あの頃の君が今の君を見たら、なんて言うだろうね。もう君は、立派に自分の足で歩きはじめたんだ。これから未来に向かっていく君に、話しておきたいことがあります。法華経の話です。

　森にはたくさんの植物が生えているだろう。空に浮かぶ雲から、雨が降ってくる。草も灌木も薬草も樹木も雨を受ける。すると植物は、それぞれの能力や場所や勢いに応じて水を吸い、それぞれの種類にふさわしい大きさに成長する。けれど、降りそそいだ雨水は同じものなのです。雨は一つなのです。

　仏の教えもまた、一つなのです。それはすべての人々に与えられます。仏の教えを受け、それぞれの素質や能力の違いはあっても、いつかは皆、煩悩を滅し、たくさんの人々を救う存在になれるのです。これを三草二木の譬えといいます。

君はまさに今、雨を受けて水を吸いはじめたところです。これからぐんぐん成長するだろう。君にふさわしいやり方で、君ならではの美しい花を咲かせるでしょう。そしていつか、他の人々を励まして救うことのできる人になるのです」

和尚の話が終わってからも、しばらく幹夫は何も言えなかった。

この自分が人を励ますなんて時が来るのだろうか。確かなことは、自分は和尚に励まされてきたということだ。もしかして、和尚も自分と同じような状態になったことがあるのだろうか……。

「和尚さんも、昔、誰かに救われたんですか」

思いきって、幹夫はたずねてみた。和尚はゆっくりとうなずいてから言った。

「こうして君も、他人のことを思いやる余裕が出てきたんだね。すごいじゃないか。そうだよ。私もかつて、君と同じような、いや……もっとひどい状態のときがあったんだ。そんなとき、私の師はいつも励ましてくれたんだよ。それから長い時間がかかったけれど、いつしか私も、誰かを救う人間になりたいと思うようになったんだ」

和尚の目に涙がにじんでいた。その様子を見ながら、幹夫は思った。

確かに俺は、和尚に救われたんだな。ありがとうございます。

「お母さんも、さぞ、お喜びのことでしょう」

突然そう言われて、幹夫は涙が出そうになったが、なんとかこらえた。

「ちょっと、ついてきてくれないか」

立ち上がって和尚が言った。あとについていくと、本堂の中に入った。和尚が礼盤に着座したので、幹夫は講のときのように、自然と少し離れて後ろに座った。

何の前触れもなく、薬山和尚は読経を始めた。

「妙法蓮華経陀羅尼品第二十六。安爾《あに》　曼爾《まに》　摩禰《まねい》　摩摩禰《ままねい》　旨隷《しれい》　遮梨第《しゃりてい》　賖咩《しゃみゃ》　賖履多瑋《しゃびたい》　羶帝《せんてい》　目帝《もくてい》　目多履《もくたび》　沙履《しゃび》　阿瑋沙履《あいしゃび》　桑履《そうび》……」

和尚は激しく経文の言葉をたたきつけた。ほとんど息もつかず、次々と言葉は飛び出し、恐ろしいくらいだった。

どうかしてしまったのか。薬山和尚は大丈夫なのだろうか。こんなの一度も聞いたことがない。これもお経なのだろうか。

「阿三磨三履《あさんまさんび》　仏駄毗吉利袟帝《ぼっだびりきりじりてい》　達磨波利差帝《だるまはりしてい》　僧伽涅瞿沙禰《そうぎゃちりくしゃねい》　婆舎婆舎輸地《ばしゃばしゃしゅたい》　曼哆邏《まんたら》　曼哆《まんた》邏叉夜多《らしゃやた》　郵楼哆郵楼哆《うろたうろた》　憍舎略《きょうしゃりゃ》……」

鬼気迫る激しさのまま、突然、読経は終わって、しばしの沈黙ののち、和尚は幹夫のほうに向きなおった。

「これも法華経……なのですか」

幹夫はたずねた。

「そうです。陀羅尼品第二十六といいます」

驚いたことに、あれほど大きな声で読経していたのにもかかわらず、和尚の息は乱れていなかった。

「どんな意味なのでしょうか」

「わかりません」

和尚は即答した。

「わからないんですか」

幹夫は驚いて聞いた。

「そうなんです。陀羅尼というのは、呪文なのです。梵語の音を、鳩摩羅什は漢字に直したんですが、もともと、唱えることそのものに意味があるとされてきました。君の新たな出発にあたって、どうしても陀羅尼品を読経したかったのです」

そうだったのか。薬山和尚からの声援だったのだな。

幹夫は体に力が漲ってくるのを感じた。

「また、いつでも、講に来てください」

和尚は幹夫の手を強く握って言った。温かい手だった。

「はい。俺、頑張ります。もちろん講にも来ます」

山門を出ると、足の裏から頭のほうに向かって、体の中を力が突き上がってきた。幹夫は、よーしとつぶやいて、自転車を勢いよく漕ぎ出した。

青空の中に浮かんだ太陽は、すべての地面に照りつけている。木漏れ日の下を、さえぎるもののない炎天の下を、幹夫は走り抜けて行った。

妙法蓮華経

「そんな恐ろしいことは、おやめになってください」

鳩摩羅什は微笑を浮かべて答えた。

「心配はいりませんよ。釈尊はおっしゃっています。『蓮華のようにみごとな大きな象は、群れを離れて、思うがままに森の中を歩く。そのように、犀の角のようにただ独り歩め』と。何があろうとも、結局、私たちはただ独りで歩いていくしかないのです」

「鳩摩羅什様。どうか、私を再び弟子にしてください」

道影は必死の思いで、鳩摩羅什に頭を下げた。

「私は破戒の身ゆえ、本当は弟子など持てないのです。ただ共に、釈尊の教えを学ぶ者として、私の学んだことをお伝えするだけなのです。道影どの、これからも共に学び続けましょう」

そう言って、鳩摩羅什は家を出た。

姚顕徳の屋敷に着くと、門のところで衛兵に止められた。

「鳩摩羅什がやってきたとお伝えください」

しばらく待つと門は開けられた。

豪勢な屋敷の中を案内されて行く。奥の部屋に鳩摩羅什が入っていくと、威圧するような視線を感じた。こちらを向いて立っている男が低い声で語りかけてくる。

「法師よ、ようこそおいでくださいました。どうぞ、お座りください」

鳩摩羅什は姚顕徳がすすめる椅子には座らず、立ったままで答えた。

「わが弟子のことで参りました」

「さて、どんな用件かな」

姚顕徳はとぼけた。

「道影という若者のことです。あなたに、私を失脚させるよう、言われていたとのことです」

姚顕徳は笑って言った。

「ずいぶん、あけすけにおっしゃる。道影とは聞いたことのない名前ですなあ」

「もし、私が目障りならば、どうぞ人を介さず、直接私におっしゃってください。あらゆるものは移り変わるのですから、この地にこだわりません。どこへでも行きましょう。ただし、前途有望な若者のことは、そっとしておいていただきたい。あのような才能豊かな若者こそ、未来をつくる、この国の宝と言えましょう」

鳩摩羅什は淡々と、だがはっきりと、姚顕徳を見据えて言った。

「そこまでおっしゃるのなら言おうではないか。法師どの、私は、あなたが目障りなのです。どうぞ、狗《いぬ》にでも喰われていただけないでしょうか」

姚顕徳は不敵な笑みを口の端に浮かべて言った。

「わかりました。ただし、私にも途上の仕事がございます。『サッダルマ・プンダリーカ・スートラ』の漢訳が終わったら、そのようにいたしましょう。ではどうぞ、道影のことはそっとしておいていただきますよう、お願いいたします」

「なんと、狗に喰われてもいいとおっしゃるのか。そんなこと言って、そのサッダルマとやらの仕事が終わるのには時間がかかって、そのうちにごまかそうという魂胆ではないのかな」

「いいえ。決してそんなことはありません。一年ののちには終えられるでしょう」

「よし、わかった。それなら覚悟しておけ。獰猛な狗を探しておこう」

鳩摩羅什は一礼して、姚顕徳のもとを辞した。

あんなことをずけずけと言ってのけたが、どうせ、時間稼ぎをしただけだろう。たかが弟子一人のために、高僧と言われる身分の者が、自分の命を投げ捨てるわけがない。それなら思い知らせてやろう。本当に狗に引き合わせて、命乞いするところを、公衆の面前で見せてやるのだ。いい見世物になるではないか。

姚顕徳はほくそ笑んだ。


翌日、西明閣では大乗律文献の翻訳が始まった。

「今日から『仏蔵経』の翻訳に取りかかります。昨年訳した『十誦律』は小乗律でしたが、こちらは大乗律です。ここで学ぶべきことは、小乗と大乗の違いです。『十誦律』では、比丘戒二百五十七条、比丘尼戒三百五十五条が規定されていますが、この戒を守っていても、『諸法実相は生ずることも滅することもない』ということを理解しない者は、結局のところ、破戒ということになるのです」

鳩摩羅什は訳場に居並ぶ五百人ほどの人々に向かって語りかけた。

小乗戒を守ることよりも、空を理解するほうが重要である、それが大乗戒の精神であると説明したのだ。この精神にのっとって考えれば、妻を娶り、妾と暮らす自分を卑下しなくともよいと言える。もちろん、自己弁護のためにでっちあげたことではなく、仏典に書いてあることだった。

それからしばらく経ったある晩、鳩摩羅什は自室にこもり、『サッダルマ・プンダリーカ・スートラ』の梵語原文と、竺法護訳『正法華経』を手にしていた。いよいよ明日から、翻訳に取りかかるのだ。

　この経典の題は、「妙法蓮華経」とする。姑臧に留め置かれていたときに、すでに決めていたことであった。これまで「正法華経」として流布していた経典の題を変えることについては、鳩摩羅什の中に、確固とした考えがあった。

『サッダルマ・プンダリーカ・スートラ』を直訳すると「正しい教え・白蓮華・経」となる。「白蓮華のような正しい教えの経」、すなわち「正法華経」となる。なぜ、白蓮華が出てくるのかというと、天竺では、最もすばらしい華とされているからだ。その華のように最もすばらしい正しい教えであるのが、「サッダルマ・プンダリーカ・スートラ」である。その意味を汲み取るためには「白蓮華のような正しい教えの経」という訳では、どうも弱いし、正確な意味が伝わりにくい。もう一歩踏みこんで、「白蓮華のように最もすばらしい正しい教えの経」とすべきであろう。鳩摩羅什は、そう考えていた。

　これまで私は、釈尊の教えを生涯懸けて学んできた。この経を「妙法蓮華経」と名づけると、経自らが「最もすばらしい」と自讃することになってしまう。だが、それでよいのだと思う。「妙法蓮華経」は、誰もが仏になる素質を持っているのだと言う。そのことを伝えるために、仏は生まれもしないし死にもしない存在として、常にこの世に住している、と述べている。仏は我々一人一人の内にも外にもすでに満ちているのである。仏はいつも、我々と共にあるのだ。自分がすでに仏であることに気づきなさいと、「妙法蓮華経」は教えてくれる。だからこそ、この経は最もすばらしいのである。

翌朝、鳩摩羅什は訳場にいた。この日は六斎日にあたっていた。六斎日とは、毎月の八、十四、十五、二十三、二十九、三十日のことであり、この日の一昼夜は、在家信者も八戒を守る精進日であった。鳩摩羅什は経典の翻訳を開始する日と、終了する日は、六斎日と決めていた。鳩摩羅什の仏典漢訳にのぞむ、真摯な態度の表れであった。

この頃、訳場は西明閣から長安大寺に移されていた。訳場にたくさんの人がつめかけるようになり、手狭になってしまったのだ。

「一つ、皆に申し渡しておきたいことがあります。『サッダルマ・プンダリーカ・スートラ』の翻訳に際して、校訂を終えるまでは書写を禁じるということを、忘れないでいてください。漢訳の途中では、まだ訳文が変わることがありますので、くれぐれも訳場の外に出さないようにしていただきたい」

挨拶が済むと鳩摩羅什は、梵文を手にして、いきなり漢文として述べた。

「我見《がけん》彼土《ひど》　恒沙《ごうしゃ》菩薩《ぼさつ》　種種《しゅじゅ》因縁《いんねん》　而求《にぐ》仏道《ぶつどう》（かの国土のガンジス川の砂の数ほどの菩薩が、いろいろな因と縁によって、仏道を求めているのを見る）」

これを筆受者が筆記した。筆受者は、主導者格の僧叡、若き天才僧肇、新加入の実力者道生、そして道影であった。さらに、この場には、国王姚興の弟である姚嵩が立ちあっていた。手には梵文『サッダルマ・プンダリーカ・スートラ』と、竺法護訳『正法華経』を持っている。

『正法華経』を凝視しながら、鳩摩羅什の言を聞いていた姚嵩は言った。

「法師どの。この部分は、梵文では『菩薩たちはそれぞれの努力によって、悟りを生み出している』となっています。一方で、『正法華経』では次のように訳されています。

又見仏土《うけんぶつど》　不可計数《ふかけしゅ》　諸菩薩等《しょぼさっとう》
如江河沙《にょごうがしゃ》　億百千数《おくひゃくせんしゅ》　而不減少《にふげんしょう》
建志精進《こんしししょうじん》　興発道意《こうほつどうい》

原文にある『悟り』を漢訳すると、『仏果』となると思うのですが、竺法護法師は『道意』とし、鳩摩羅什法師は『仏道』としているのは、どういうわけなのでしょうか」

ここに、鳩摩羅什の翻訳場の大きな特徴があった。訳場にて、自由闊達な対論が行なわれていたのである。鳩摩羅什は満足気にうなずきながら言った。

「ここを『仏果』と訳すと、『仏となった状態』だとか、『修行の結果として得た悟り』という意味になります。だがここはあえて、『仏道』としたいと思います。なぜかというと、『悟りに至るべき道』、あるいは『悟りに至るための修行そのもの』という意味を持たせたいのです。菩薩が悟りを生み出している、としてしまうと、自分とは遠い存在のように思えてしまうでしょう。そうではなくて、菩薩を自分と同じように修行している存在としてとらえ、求法者を励ましたいのです。

竺法護法師が『道意を興発せり』、すなわち『仏教を修行する気持ちをおこした』と訳しているのも、同様の意図によるものだと考えられますが、さらに意味をはっきりとさせるために、『仏道』と明記したいと考えます。

そもそもあなたがたの『老子』には、『道』についての教えが書かれているのではありませんか。その伝統を踏まえて『仏の道』とすれば、より多くの人々に釈尊の教えを伝えやすくなるのではないでしょうか」

第七章　観世音菩薩

そこまで考えた上での「仏道」であったのか。

姚嵩をはじめ、訳場にいた人々は、鳩摩羅什の説明に呑みこまれていた。

このように、訳場では、しばしば訳語や訳文についての討論がなされた。誤訳や不明点はないだろうか。教理の理解はなされているか。これら一つ一つを確認するために、大勢の意見をぶつけ合わせるのだった。

方便品第二を訳していたときのことである。鳩摩羅什は漢訳を口述した。

「仏と仏のみが諸法の実相を見きわめている。すなわち、諸法の如是相、如是性、如是体、如是力、如是作、如是因、如是縁、如是果、如是報、如是本末究竟等ということである」

この時も、『正法華経』と対照させて姚嵩がたずねた。

「『正法華経』では、『諸法のよるところ』と訳している部分を、『諸法の実相』としたのはどういうことでしょうか」

鳩摩羅什は目を輝かせて言った。

「さすがに姚嵩どのは、重要なところをついてきなさりますな。諸法とは、あらゆるものごとのことです。もともと梵文では『如来こそあらゆるものごとを知っている』とあるだけです。これを竺法護法師は、『如来は諸法のよるところを悟っている』と素直に訳されました。けれど、私は今一歩、釈尊の教えに踏みこみたい。あらゆるものごと、すべての存在のありのままの真実の姿とは何なのか。釈尊が語ろうとしていたのは、まさにそのことではないでしょうか。そこで、『諸法実相』という訳語にしました。実相とは、『真実の姿』という意味です。すなわち、諸法実相とは『すべての存在のありのままの真実の姿』ということになります」

ここまで言って、鳩摩羅什は息をつき、訳場内の人々の顔を見た。皆、真剣な面持ちで一心にこちらを見ている。鳩摩羅什は手ごたえを感じていた。

あらゆるものごとの真実の姿を追い求めた釈尊の教えは、今、ここにある。天竺から遠く離れた真丹において、釈尊の教えを人々は渇望しているのだ。母が私に託したこと、私が長年、やり遂げようと考えてきたこと、そして人々を苦しみから救う立派な僧になってほしいという父の願いを、今、現実のものにしようとしている。ここに至るまでの道は、たやすいものではなかった。途上で私は破戒僧となり、姑臧の地に長きにわたり留め置かれもした。苦しかった。だが、その苦しみの淵からはい出ようともがくことこそ、すべての者を救おうとする大乗仏教の営みそのものであったのではないか。

背筋を伸ばし、場内の弟子や聴衆らを見つめる鳩摩羅什の顔に、かすかな笑みが浮かんだ。

鳩摩羅什は再び、方便品第二についての説明を始めた。

「続いて梵文では『あらゆるものごとは何なのか、どのように存在するか、どのような形をとっているか、どんな特質があるのか、どんな本性があるか』と続きます。ここを竺法護法師は、『あらゆるものごとはどこから来たのか、どのようなものであるか、本質はどうであるか』と簡略に訳しています。だが私は、むしろここは強調すべきだと考えます」

このとき、僧肇が手を挙げた。

「法師様。如是相以下の部分と、先に漢訳した『大智度論』内の九種の法とは関係がありますか」

鳩摩羅什は感心して僧肇を見た。

このことに気づく者がいたか。なるほど僧肇の才は素晴らしい。

鳩摩羅什はうなずいて訳場内の皆に向かって言った。

「おっしゃるとおり、関係があります。先立って漢訳した、龍樹法師による『大智度論』の中に、九種の法というものが書かれていました。体、法、力、因、縁、果、性、限礙、開通方便です。この部分を『妙法蓮華経』の諸法実相の部分に入れこみ、『如是相、如是性……』とすると、感覚としてわかりやすくなるのではないでしょうか」

　これを聞いて、弟子の内でも主導者格の僧叡が立ちあがって問うた。

「法師様。経を漢訳する時に、梵文にないものを挿入してもよろしいのでしょうか。釈尊の教えを変えることに、なりはしないのでしょうか」

　鳩摩羅什は僧叡をじっと見て答えた。

「よいか僧叡殿。それはとても重要な問いです。確かに通常、翻訳というものは、異国の言葉を自国の言葉に置き換えていくものである。なぜ、そんなことをするのかな」

「異国の言葉を知らない者でも、読むことができるようにするためです」

　僧叡は間を置かず答えた。

「そのとおりです。ではなぜ、私たちは経典を漢訳しているのだとお思いですか」

「釈尊の教えを広く衆生に伝えるためです」

　鳩摩羅什はうなずいた。

「そのとおりです。では、最後の問いです。とにかく原本に書いてあることを一言一句忠実に漢訳することと、釈尊の教えを衆生にわかりやすく、かつ正しく伝えるために言葉を添えるのと、どちらに重きを置くべきでしょうか」

　僧叡は答えた。

「もちろん、釈尊の教えを正しく伝えることのほうが大切です」

鳩摩羅什は顔を上げて、訳場内の者に語りかけた。

「そうなのです。私たちに課せられた、仏典の漢訳という仕事の本質はそこにあります。釈尊の教えを伝えるということ以上に、重要なことはないのです」

訳場に詰めかけていた五百人ほどの者たちは、物音一つ立てずに、鳩摩羅什の言葉を聞いていた。鳩摩羅什の大胆な翻訳方針の表明であった。意訳はもちろんのこと、改変、付け加えも辞さない構えで仏典の漢訳に臨むというのである。

「ゆえに、この部分は次のようになるわけです。『仏と仏のみが諸法の実相を見きわめている。すなわち、諸法の如是相、如是性、如是体、如是力、如是作、如是因、如是縁、如是果、如是報、如是本末究竟等ということである』このように諸法の実相を具体的に明らかにすると、おのずと釈尊の縁起の思想というものが、浮き彫りになってきます」

この時、鳩摩羅什の脳裏には、ジーナの言葉が響いていた。

「鳩摩羅什様。私たちは、今、ここで、今の自分を懸命に生きるしかないのでしょうか。生まれついた自分というものから、逃れることはできないのでしょうか」

真剣な眼差しでそう問われたとき、鳩摩羅什は次のように答えたのだった。

「釈尊は縁起ということについて語っておられます。あらゆるものは、結果を招く直接の原因

『因』と、それを補助する条件『縁』によって生じるのです。たとえば、種をまいて麦を作るとします。種は麦ができる直接の原因ですから、『因』のことです。そして、種をまいたのちに、雨が降ったり日が照ったりすることが『因』を補助する条件『縁』になります。この世の中のあらゆるものは、原因と条件によって成り立っています。ということは、原因や条件が変われば、ものごとは変化するのです。つまり、因と縁によって、自分というものもまた、どうにでも変わるし、どうにでも変えることができるのです」

因と縁によって、自分などどうにでも変えられる。仏にだってなれるのだ。これほど、苦しむ衆生を励ます教えはない。わが故郷亀茲で戦があったとき、私は無力感にさいなまれた。昨日までつつましく暮らしていた人々が、目の前で、無残にも命を奪われた。かろうじて生き残った人たちを待っていたのは、略奪と暴力に満ちた、この世の地獄であった。そんな人たちこそ、仏になれるのだと励まさなければならない。

これからも、衆生は苦しめられるだろう。そんな未来の衆生たちに向けて『妙法蓮華経』を残そう。諸法の実相を示し、釈尊の縁起の思想をよく伝えられるように、十の「如是」を明記することとしよう。

こうして、方便品第二に『大智度論』から「九種の法」を借りてきて、十の「如是」が書き加えられることになった。『大智度論』は龍樹が書いたものではなく、姑臧にて鳩摩羅什が梵文で執筆したものである。鳩摩羅什は、自らが縁起の思想をわかりやすく表現するために、龍樹著を隠れ蓑として、「十如是」を創作したのであった。このことは誰も知らない。

別の日のことである。鳩摩羅什は語った。

「化城諭品第七には、次のような話があります。たとえば、人もいず、飲み水もなく、逃げたり隠れたりする場所もなく、毒虫が多く、悪獣がうろついている、恐ろしい密林があったとする。人々は早くこの密林の中の険しい道を通り過ぎたいのだが、密林はまだまだ尽きずに五百由旬もあったとする。

そこに一人の道案内人がいたとする。注意深いが決断力があり、経験が豊かで、自信にあふれ、人々の苦難を救うものである。疲れ切った人々は、その案内人にこう語る。

『私たちは疲れ果ててしまいました。ここから引き返そうと思います』

経験豊かで賢明な案内人は、こう考えるのだ。

『なんたる愚かな人々であろうか。ここで引き返せば、大いなる宝をみすみす失うではないか』

そこで案内人は方便を用いようと考える。

『神通力によって、美しい建物が数えきれないほどある大きくて立派な都城をつくろう。城壁や城門がめぐり園林があり、川と池もあって、そこには男も女も充ちあふれている』

幻の城

神通力によって幻の都城をつくり、案内人はみんなを慰めてからいう。

『恐れることはありませんよ。みなさんはこの都城にはいって、疲れを癒してください』」

流出

鳩摩羅什の化城諭品第七についての話は続いていた。

「みんなは都城に入って、心が大いに嬉しくなった。みんなは安心して、充分に休息をとった。案内人は休憩が終わったことを知り、みんなを集めて言った。

『お前たちはまだ先に進まなくてはいけない。この都城は、お前たちが疲れ切って道を途中で引き返そうとしていたので、私が神通力で作ったのだ。方便によってこしらえた、幻の城なのだよ。お前たちはいっそう精進して、一緒に宝の島に行かねばならないよ』

もちろん、この案内人というのは、釈尊のことです。そして、みんなとは私たちのことなのです。宝の島をめざすというのはすなわち、真実の涅槃をめざして修行することを意味しています。生と死と煩悩のために、悪道を越えられずに疲れ果てている私たちを、釈尊は、悟りという安らかな境地で一休みして、また進んでいくようにと励ましてくださっているのです。

つまり、自分が煩悩を抱えているからといって、落胆しなくてもいいのです、釈尊は、疲れ果てた私たちが真実の涅槃に達する道を用意してくださっているのです。私とて同じこと。悪道を越えられず、いまだもがいている身であります。それでも、あきらめずに修行を続けていくという姿勢が大切なのです」

弟子たちに語りかけながら、その実、鳩摩羅什は自分自身に向けて言っているのだった。破戒僧であることを、一時たりとも忘れたことはない。そんな自分に向けての言葉が、この化城諭品第七の中には用意されているのだと、鳩摩羅什は改めて妙法蓮華経の懐の深さに感じ入っていた。

「さて、今日は、化城諭品第七の中の訳文の検討に取りかかりたいと思っています。梵文で次のような意味のところです。

『私たちも、すべての衆生たちも、最高の悟りに到達したいのです』

ここの訳文として、次のように提案したい。

『願《がん》以《に》此《し》功《く》徳《どく》　普《ふ》及《ぎゅう》於《お》一切《いっさい》
我《が》等《とう》与《よ》衆生《しゅじょう》　皆《かい》共《ぐ》成《じょう》仏道《ぶつどう》』

（願わくは此の功徳を以て　普く一切に及ぼし　我等と衆生と　皆共に仏道を成ぜん）」

「法師様」

思わず立ち上がったのは、筆受者の中で最も若い道影だった。姚顕徳のもとより抜け出してきてから、いっそう筆受に身が入っているようだと、鳩摩羅什は思った。

「どうしましたか。道影どの」

「梵文を漢訳すると、『我等与衆生　皆共成仏道』だけで充分だと思うのですが、その前に『願以此功徳　普及於一切』という部分を付け加えるのは、どのような意図のためなのでしょうか」

鳩摩羅什にしてみれば、このような質問が出るにちがいないと、あらかじめ想定していた内容であった。ただ、その問いが道影から発せられたことに驚きと嬉しさを感じていた。

「このことについて、何か考えをお持ちの方がいらっしゃったら、聞かせていただけませんか」

鳩摩羅什は訳場内に集ったすべての人たちに向けて、質問を投げかけた。

筆受者である、僧叡、僧肇、道生らはすぐに挙手した。聴衆の中からも、数人の者たちが手を挙げたのが見えた。鳩摩羅什はあえて、筆受者を指名せず、挙手している聴衆の中から、一人の老婆を指名した。聴衆は、翻訳に関することならば、自由に発言をしてよいことになっていた。聴衆も鋭い意見や質問を投げかけたりして、仏典の漢訳に重要な役割を担っていたのである。

「『願わくは此の功徳を以て　普く一切に及ぼし』というのはつまり、『仏の教えを受持し、修行する〈行供養〉の功徳がすべての人々に及び』ということで、そのあとの『みんなが最高の悟りを得られるように』という祈りにつながっていくものです。つまり、ただ悟りを獲得したいと言うだけではなくて、そのために修行しますという決意を示しているのではないでしょうか。この部分を付け加えることによって、法師様は、私たちの進むべき道を示してくださっているのだと思います」

そう言って、老婆は合掌して一礼した。

「すばらしいご意見をありがとうございました」

鳩摩羅什も合掌してうなずいた。

続いて、僧叡が発言した。

「今のお方のおっしゃるとおりだと、私も思います。ちっぽけな『我れ』を捨てて、無我となって仏の道を行ずること、それこそが、私たちのやるべきことだという、積極的な呼びかけをしているのです。『妙法蓮華経』はただのありがたい文言なのではなく、もっと能動的に、私たちに働きかけるものにしようと、法師様はお考えなのではありませんか」

ここで鳩摩羅什はうなずきながら発言した。

「今のお二方が、私の言いたいことを、代弁してくださいました。正にそのとおりです。『願以此功徳　普及於一切』の『願』の文字にこめられた、悟りへ向かって精進していくのだという決意の表れを、ここでは感じ取っていただきたいと考えます。釈尊とはちがって、私たち凡人が悟りを得ることは、決してたやすいことではありません。ですが、難しいからといって、投げ出してあきらめるべきではありません。悟りに向かっていくのだという心構え、日々の過ごしかたこそが、大切なのです。そのためにはこの『妙法蓮華経』を受持し、修行を続けていくべきなのです」

「願以此功徳　普及於一切」ということは、私の歩みそのものではないか。普く一切に及ぼすために、私はこの遥か長安をめざしてきたのだ。

戸を叩く音がした。

「法師様。法師様。大変です」

鳩摩羅什が戸を開けると、道影が肩で息をしながら、興奮した面持ちで言った。

「妙法蓮華経が……妙法蓮華経が……」

鳩摩羅什の家にかけこんできた道影は、あまりに気持ちが昂ぶっていて言葉が出てこないようだった。

「お茶を一杯、どうぞ」

鳩摩羅什の妻が差し出した茶を、道影は一息で飲み干した。

「奥様ありがとうございます。法師様、大変なことが起こりました。『妙法蓮華経』を訳場から持ち出した者がおります」

「どういうことですか」

鳩摩羅什は目を見開いてたずねた。

「校訂を終えるまでは書写を禁ずる、との法師様の厳命を知らぬ弟子はおりません。それなのに、巷で『妙法蓮華経』を見つけた者がいるのです。誰かが写して持ち出したようです」

とうとう、恐れていたことが起こってしまったかと鳩摩羅什は思った。

「知らせてくれてありがとう。誰が持ち出したか、わかっていますか」

「ただいま、手分けして調べているところです」

「一つ、皆に伝えてほしいことがあります。持ち出した者を探すのは、犯人を見つけて罰するためではありません。流出した経を回収できさえすればよいのです。それ以上、その者を責めてはなりません。くれぐれも、このことを徹底してください」

「わかりました。皆に伝えます」

法師様は、なんと寛大な御心をお持ちなのだろうかと、道影は感じ入った。

「それから、わかっていることとは思いますが、回収には最善を尽くしてください。私たちには『妙法蓮華経』を、正しく伝える使命があります。納得のいく校訂作業が完了してから流布すべきなのです。それには、もう少しだけ、時間が必要です」

道影は鳩摩羅什の命を、他の弟子たちに伝えに行った。

道影が帰った後、鳩摩羅什の妻は、穏やかな表情で言った。

「経を持ち出した者を責めないのですね」

「その者も、早く『妙法蓮華経』の教えを知りたい伝えたい、という一心から行なっただけなのだよ。『妙法蓮華経』を広めようとする気持ちは、私たちと同じなのだ。ただ、もう少しだけ待ってほしいのです」

鳩摩羅什の意向は、瞬く間に各弟子に伝えられた。校訂途中の経が外部に流出したという、事の重大さはすぐに理解された。ただし、日頃、世俗の瑣事との関わりを断ち修行に励んでいる比丘たちには、どのように対処したらよいのかわからないのだった。大変だと騒ぎ立てるばかりである。

その中で一人、道影は、様々な世俗の経験を身の内に積んでいた。先日まで、姚顕徳によって政争に巻き込まれ、鳩摩羅什をおとしめる術策に奔走していたくらいなのである。兄弟子たちの信頼を得て、道影が指揮をとることになった。

まず道影は、長安の都を城内四区画、場外八区画に区分した。全十二区それぞれに、責任者、副責任者、十人の人員を配置し、経典の目撃情報を集めた。情報はすべて、全体を統括する自分のもとに集約した。

もともとの目撃情報は、城内南東部においてだった。調査の結果、南東部のある民家で、『妙法蓮華経』を見たという、新たな報告が寄せられた。鳩摩羅什門下の者からの情報だったので、道影はまず、会って話を聞いてみることにした。訪ねていくと、自分と年の頃が同じと思われる若い僧だった。

「うちの近所の家で、ありがたい経典が学べるという噂を聞きまして、行ってみたんです。その家の扉を叩き、修行中の身ゆえ一緒に学ばせていただきたいのだと言うと、すぐに中に招き入れられました。そこで読誦されていたのが、法華経でした」

「確かにそれは『正法華経』ではなく、『妙法蓮華経』だったのですか」

道影はたずねた。すでに漢訳され流布している『正法華経』ならば、何一つ問題はないのである。

「十如是が出てきたのです」

これは確かに怪しい。十如是が出てくるのは、鳩摩羅什法師の漢訳した『妙法蓮華経』しかないはずではないか。

道影は僧叡とともに、その家を訪ねた。扉を叩くと、剃髪した初老の男が出てきた。僧貌の道影と僧叡を見ると、すぐに中に招き入れてくれた。

「どのようなご用件でしょうか」

初老の男は小声でたずねてきた。

慧遠からの書簡

この男が、『妙法蓮華経』を持ち出したのだろうか。

そう考えると、緊張のあまり、道影は何も言えなくなってしまった。

「ここで学ばれているという経を、私たちも学ばせていただきたいと思ってまいりました」

僧叡が声をひそめて答えた。

「どの経のことをおっしゃっているのでしょうか」

なおも男はたずねてくる。その慎重な様子を見て、道影は思った。

なるほど、この男は隠しごとをしているな。

「なんでも、西域から伝わってきた、ありがたいお経だと聞いています。それを高名な法師様が漢訳されたばかりだそうですね」

僧叡の言葉を聞き、男はうなずいた。

「やはり、そうでしたか。秘蔵の経でありますゆえ、他言は無用です。どうぞ、奥の部屋へお入りください」

道影が僧叡の顔を見ると、僧叡は黙ってうなずいた。

男の後について、二人は家の奥へと入って行った。薄暗い廊下を通り抜けていくと、灯明をともした部屋に、五人の僧らしき者たちの背中が見えた。彼らに向き合う位置に、一人の若い僧が書物を手に立ち、講義をしているようだった。

「これを長者窮子の譬えと言います」

そう言った青年僧の顔を見たとき、道影は思わず声を上げそうになった。訳場の中で、熱心に翻訳の様子に聴き入っている姿を、たびたび見かけていることに気づいたのだ。

道影と僧叡は、青年僧に近づいていった。

「お話し中、失礼かとは存じますが、お許しください。今、お持ちなのは、ひょっとして『妙法蓮華経』ではありませんか」

道影が問いかけると、青年僧は目を大きく見開き、書物を手にしたまま逃げ出そうとした。行く手に僧叡が立ちはだかる。

僧叡と道影を案内してきた初老の男は、驚いた様子で駈けつけてきた。

「どうなさりましたか」

講義を聴いていた者たちも何が起こったのかわからず、動揺している様子だった。

「今、学ばれていたこの経は、鳩摩羅什法師が長安大寺で漢訳を進めている最中の『妙法蓮華経』なのです。校訂が完了するまでは、持ち出すことが禁じられています。それが、こちらにあるのではないかという知らせを受け、調べに来たところだったのです」

僧叡が説明した。

青年僧は膝を床につけ、頭を垂れた。

「申し訳ありませんでした」

『妙法蓮華経』に関する事情を知っていたのは、この青年僧だけであった。ただ、秘蔵の経についての教えを説く、というので、初老の男を通じて、近隣の僧たちが集められていたとのことである。

「『妙法蓮華経』を持ち出してはいけないことをご存知でしたか？」

道影がたずねた。

「はい。知っておりました。たまたま、訳場内で私の目の前に、漢訳が置いてあり、人目を離れたことが一時あったのです。まだよそに伝わっていない、ありがたいお経がここにあると思ったら、思わず懐に入れて持ち帰ってしまいました。すると、どうしても経の内容を人々に伝えなくてはならないと、思わずにはいられなくなりました。急いで書き写し、元本は戻したのです。悪いのは、私、一人だけです」

「さあ、顔をお上げください」

道影が優しく語りかけると、青年僧はおずおずと顔を上げた。

「校訂が終わるまで、もう少しお待ちください」

「お許しくださるのですか」

震える声で、青年僧は言った。

「許すも何も、私たちは同じ、鳩摩羅什法師の弟子ではないですか。そして、同じ仏弟子です。一つだけ、教えてください。あなたが持ち出した『妙法蓮華経』は、他に写しなどは作ってはいませんか」

「はい。これだけです。もちろん、お返しいたします。申し訳ありませんでした。まだ誰も手にしていない経を得て、慢心しておりました」

「また訳場においでくださいますね」

道影が笑顔で言葉をかけると、青年僧は泣き出した。

「ありがとうございます。ありがとうございます。きっと明日から参ります」

青年僧は立ち上がり、涙を流したまま合掌した。

帰り道で道影は、僧叡に向かって言った。

「僧叡様。もし、鳩摩羅什法師に言われていなかったら、私はきっと、あの方をなじっていたと思います。そうではなく、訳場にお誘いすることまでできて、本当によかったと思います。もし叱責していたら、今、私はこんなにも穏やかな気持ちになっていなかったでしょう。正しいのは自分だと、慢心していたのは、あの青年ではなく、私のほうだったのです」

「お経も無事に回収できましたし、何よりでした」

僧叡は微笑みながら答えた。

夕焼けのあたたかで優しい光が、ほとんど真横からやってきて、並んで歩く二人の姿をくるんでいた。

まもなく、鳩摩羅什のもとにも、校訂作業の途中で流出した『妙法蓮華経』が無事に回収できたとの知らせが届いた。しかも、経典を持ち出した者も、再び訳場に顔を出していると報告された。

回収できて本当によかった。事後の対応もうまくいったようだ。この事態を、道影はよく収拾してくれた。やはり、釈尊の教えがすべてを包みこんでくれているのだ。

鳩摩羅什は取り立てて、道影を呼び出してねぎらうことはしなかった。ただ訳場にて目が合ったとき、うなずき微笑んだだけだった。それでも鳩摩羅什の思いは充分に、道影には伝わったのである。

道影は、『妙法蓮華経』を持ち出した青年僧が、訳場内の群衆の中にいるのを見つけた。この日の翻訳作業を終えた後、道影は青年僧のもとへ行った。

「ようこそおいでくださいましたね」

道影が話しかけると、青年僧は深々と一礼をした。

「一つだけお伝えしておきたいことがあります。先日、信解品第四の『長者窮子の譬え』についてお話をされていましたね。正直に申し上げますと、私は『妙法蓮華経』を持ち出したあなたのことを責めようとしていました」

これを聞いた青年僧は、身を固くした。

「ところが、鳩摩羅什法師はあなたの行いを許し、ともに仏弟子であることを確認しようと、言ったのです。あなたもご存知の通り、信解品の中では、貧乏で愚かな息子は、実は長者の息子であり、莫大な財産を持っていたことを知らされます。この譬えが示しているのは、私たちは皆、すでに仏の智慧の蔵の相続人であり、仏になれる可能性を持っている、ということです。鳩摩羅什法師は、あなたも私たちと同じ仏弟子であると考えていたのでしょう。法師がここに示した慈悲は、仏の慈悲そのものなのだと思います。私がさらに思うのは、私たちは財産を持っているというよりも、むしろ私たち自身が財産そのものなのではないか、ということです。仏の慈悲を、経典を通じ、この身をとおして人々に伝えていこうとするとき、私たちは仏と一つなのですから、何一つ、責められるべきことはないのでしょう」

青年僧は、道影の言葉を聞いて、深く感じ入っていた。

仏の教えを、鳩摩羅什法師様と門下の方々のおかげで、『妙法蓮華経』を通じて学ぶことができるなんて、私はなんと幸福なことだろう。

慧遠からの書簡

この頃、長安の南東、東晋領廬山《とうしんりょうろざん》に、釈慧遠《しゃくえおん》という高僧がいた。鳩摩羅什が長安にいると聞くと喜び、袈裟を添えて、信書を送ってきた。

「釈慧遠頓首。昨年、姚嵩の書簡を受け取り、つぶさにあなたの消息を承りました。あなたは以前は遠方の外国においでででした。ところが最近になり、あなたが宝を懐に入れてやってこられたことを知りました。長安に滞在されていると承って、心は一日に九度もあなたのもとに馳せますが、そちらに出かける術もなく、いらいらするばかりです」

これを受け取った鳩摩羅什は返事をしたためた。

「鳩摩羅什敬礼。まだお目にかかったこともなく、文通することもできず、互いに心が通い合う機縁は塞がれていましたが、駅伝によって書状が届けられ、あらましのお人柄を承知しました。経典の中に、将来、東方に護法菩薩が現れるだろうとあります。頑張ってください。わざわざお送りくださった袈裟、高座に登るときに着用するようにとのこと、おっしゃるとおりにします。ただ人間がこの品物に釣り合わないことを恥じ入る次第です。今、平生使用している二つ口の真鍮《しんちゅう》の澡灌《そうかん》（僧が手を洗う時に使う水瓶）をお送りします。あわせて次の偈一章を送ります。

『もし心が馳せまわったり散乱したりしないようにできるならば、深く諸法実相に入るだろうか。畢竟空の実相（一見実在するかのように日常的に見聞きされる事物も、その真実のありようは空であること）の中では、その心は何も願うことはない。嘘偽りは実なきに等しく、心を止める場所でもない。あなたがものにされている法について、どうかその要点を示してほしいものだ』」

以後、仏の教えについての慧遠の質問に鳩摩羅什が答える、という形の書簡が、交わされるようになった。

御柳の花

慧遠は書簡にて、鳩摩羅什にたずねた。

「法華経は『阿羅漢（修行の最高段階に達した人）が記別（仏が弟子に未来世の成仏を予言すること）を受けて仏となる』と説いています。ところが、般若経、維摩経に従うかぎり、阿羅漢が仏になるということは、いかにしても成り立たないのではないでしょうか」

これに対して鳩摩羅什は、次のように答えた。

「仏説の諸経にはそれぞれ独自の趣意があるので、表面に現れたところだけで判断して、一方を信じ他方を捨てるということがあってはなりません。

般若経が阿羅漢は仏になれないと説き、法華経では阿羅漢は仏になれると説くのは、それぞれ理由があってのことなのです。

小乗を学び、その後に大乗に進む者もあります。このような者を仏教の中に引き入れるために、般若経では、般若について説き、これを欠くときは仏になれないとしたのです。

しかし法華経のように、仏の入滅のときが近づき、これまで長い間にわたって教化を続けてきた段階においては、人々の心は清浄になって仏説を受け入れられるようになっています。法華経において、阿羅漢は仏になれると説かれるのは、こうした根拠の上に立つものです。それゆえ、法華経は秘蔵の経と名づけられるのです」

すると、さらに慧遠は書簡を送ってきた。

「では、般若経や維摩経で救われなかった者も、法華経では救われるというのでしょうか」

鳩摩羅什は答える。

「まさに、おっしゃるとおりなのです。法華経は、『誰でも仏になれる』ということを述べています。だからといって、他の経を非難すべきではありません。一つの経に執着して、他の一切を信じないようなことがあってはなりません」

このように返事を書いてから、鳩摩羅什は立ち上がって、大きくのびをした。気分を変えようと、部屋から外に出る。すがすがしい青空のもと、白樺の幹の白さがまぶしかった。葉が風にそよいで、表裏を交互に見せていた。

「葉はすでに木なのだ……」

そうつぶやいて、鳩摩羅什は部屋に戻った。すぐに慧遠への返事にとりかかる。

「そもそも私たちは、ことさらに仏になろうとする必要があるのでしょうか。葉っぱは木になることを求める必要などありません。なぜなら葉っぱは、今ここですでに、木であるからです。同じように、あなたも、私も、誰もがすでに仏なのです。あなたはもうすでに、自分がなりたいと望む、仏になっています。

自らがこの真理を悟り、また他の人々がこの真理を悟るのを助けるために必要なことは、修行の道に入ることとだけです」

この書簡を受け取った慧遠は歓喜し、涙を流した。

鳩摩羅什法師よ。誰もがすでに仏なのですね。あなたの教え、確かに受け取りました。私は修行に勤しみます。そして、他の人々にこの真理を伝えたいと思います。

以後、慧遠は廬山に留まり修行を続け、江南の仏教の中心人物となる。

訳場である長安大寺からの帰り道でも、鳩摩羅什は訳文のことを考えていた。『妙法蓮華経』に取りかかって以来、食事をしたり寝たりする間も惜しいくらいだった。できることならば、ずっと訳場に詰めていたいくらいだったが、あまり根を詰めすぎてもいい仕事ができないとわかっていた。近頃は、とみに疲れやすくなってきた。特に、経文を読みこんでいるときに目がかすむ。だからといって、漢訳の手をゆるめる気などは毛頭ない。

まだ先は長いのだから、もう少し先に進みたい、というところでやめておくのがよい。そう自分に言い聞かせては、帰宅の途に着くのだった。それでも、訳文のことが、片時も頭から離れることはない。

口の中でつぶやきながら歩いているうちに、なぜか自然と立ち止まっていた。何かに呼ばれたような気がして、顔を上げると、薄桃色の御柳《ぎょりよう》（タマリスク）の花が無数に咲いていた。

なんと美しい……。

この時だけは、訳文は頭から追い出され、可憐な花々の色彩が、鳩摩羅什の中に広がっていった。花に目を留めることなど、これまでほとんどなかった。一心に仏の教えに向き合ってきた毎日だったのだ。だがその間も、この花はずっと、咲いたり散ったりを繰り返してきたのだ。

それからしばらくの間、無心に花を眺めていた。

夕闇がひた寄せてきて、気づくと、花は暗くなっている。それでも御柳は、薄暗い中でほのかに光って見えた。

世はこんなにも美しい。これまで、多くの人と出会い、迷いを抱えつつも、かけがえのない経験を重ねてきた。そして今、私はここにいる。私たちはこの世に生かされているのだ。願わくば、すべての生きとし生けるものが、虐げられることなく、それぞれの生を全うできますように。そして、この花の美しさと一体となって、また自らも輝けますように。

鳩摩羅什は夜空を見上げた。満天に散りばめられた星を見ていると、自分が天高く上っているような心持ちがしてくる。ぐんぐん上っていき、やがて星たちがいるところにたどり着く。そこでは自分も星となり、光を地上に注ぐのだ。鳩摩羅什は花となり星となり、肉体は消え失せ、自然の中に溶けこんでいた。とても心地よく、眠たかった。

誰かが耳元でささやく。

「私は永遠に生きています。私は常にあなたとともにいるのです。ですから、安心していいのですよ。あなたはすでに、自分のなりたいものになっています。そのことを、皆に伝えなさい」

誰が言っているのか？

父か。

母か。

それとも、仏か……。

私たちは久遠仏の慈悲につつまれ、久遠仏の中で生きている。私たちが生きているということは、私たちが久遠仏そのものである、ということなのだ。久遠仏は私であり、私は久遠仏だ……。

鳩摩羅什は闇に向かって合掌し、「南無妙法蓮華経」と唱えた。

「さていよいよ本日より、如来寿量品第十六に取りかかります。ここは妙法蓮華経の要点ともいうべき、重要なところです」

訳場内に詰めかけた人々は、黙って一心に、鳩摩羅什の話を聞いていた。

「自我得仏来《じがとくぶつらい》　所経諸劫数《しょきょうしょこうしゅ》
無量百千万《むりょうひゃくせんまん》　億載阿僧祇《おくさいあそうぎ》
常説法教化《じょうせつぽうきょうけ》　無数億衆生《むしゅおくしゅじょう》　……」

見事に五言ずつにまとめられた詩になっていた。読誦する時の韻律を考慮したためであったが、それでいて経の内容をおろそかにすることはなかった。そのことにいち早く気づいたのは僧叡であった。

「法師様。竺法護法師訳『正法華経』では、
不可思議《ふかしぎ》　億百千劫《おくひゃくせんごう》
欲得限量《よくとくげんりょう》　莫能知数《まくのうちしゅ》　……
となり、一節を四字八句とした四六駢儷文となっています。ところが今回の訳では五字四句となっています。なぜ、こういうことになったのでしょう」

鳩摩羅什は満足そうにうなずいて言った。

「僧叡どの。ここは、私としても、皆さんのご意見をうかがいたいところです。ここは偈の部

分、つまり詩句です。梵文の韻律をそのまま翻訳することは不可能なのですが、漢文にした時の韻律も考慮したいところです。もちろん、意味を外してはなりません。竺法護法師のとられた四六駢儷文は、文章を流麗に進めていくことには、大変向いています。易しい内容を率直に言いきるといった場合に用いられます。その半面、形容詞や副詞を入れにくいので、複雑な内容を示すことは難しいのです。そこで私としては、内容を重視しつつ、五字四句でまとめることによって、あるていどの韻律を保持することに努めようとしたわけなのです」

道影が言った。

「偈ではない地の部分は、四字句とするのですか。『正法華経』では、すべてが四字句となっており、見た目には美しいように思えますが」

「それはつまり、漢訳において、何を重視するのかという考え方の違いなのだと思います。私は見た目の美しさよりも、読誦した時の韻律を大切にしたい。また、地の文を四字句、偈を五字句として区別することによって、変化をつけたい。そうでなかったら、偈にする意味合いが薄れてしまいます」

「では、形式よりも意味を重視すると考えてよいのでしょうか」

そうたずねたのは、道生であった。

「それを基本としつつ、形式を整えるべく努力したいと思います。たとえば、この如来寿量品における偈は、五字四句を基本としますが、一部では、五字六句など変則的なところも入ってきます。これは、梵文の意味のまとまりがあるためなのです。これを無理に、四句におさめるように改変してしまっては、抜け落ちてしまう内容が出てきます。ですが、それでも、五字にはおさめようという点で、形式にもこだわっている、といった加減なのです」

訳場では、師が弟子に教えを授けているわけではなかった。師も弟子もともに考え、意見を交わし、新しいものを作っている。すでにできあがった、冷え固まった教えを与えるのではなく、今まさに鍛えている最中の真っ赤に熱せられた鉄をそのまま手渡していたのだった。場内の人々の中にも熱気は満ち、生まれたばかりの言葉もまた、熱かったのである。

身近な菩薩

「『それらの衆生が素直で、優しく、おだやかで、愛欲を離れたとき、私は僧団を形成して、自分の姿を、ここグリドラクータ山に現わす』と梵文にある部分は、次のように訳してみました。

衆生既信伏《しゆじようきしんぶく》　質直意柔軟《しちじきいにゆうなん》
衆生離愛欲《しゆじようりあいよく》　時《じ》我及衆僧《がぎゆうしゆそう》
倶出霊鷲山《くしゆつりようじゆせん》

（人々の心が正しくなり、穏やかになって、愛欲を離れるのなら、私は弟子たちとともに霊鷲山に姿を現わすであろう）」

「でも、これでは五字五句になってしまいます」

道影が言った。

「そうなのですよ。ここは一句減らすと意味が弱まってしまいますから、逆に何か一句、付け加えたいところです」

　道生が立ち上がった。

「ここのところは、衆生がこうすれば仏が姿を現わす、と言っているのですよね。それならば、私たち修行者が修行すべきことを書き入れたらよいのではないでしょうか。たとえば、『心から仏に会いたいと欲する』などはいかがでしょうか」

「なるほど。それでは、他に、我々が修行すべきことを考えつく者はいないですか」

　僧叡が言う。

「体も命も惜しまず修行に励む、というのはどうでしょうか」

「なるほど。両方とも入れたいですね。でも、そうすると、今度は七句になってしまいます。どうしたものか」

　鳩摩羅什はやや考えこみ、顔を上げた。

「こうしてはどうでしょうか。

衆生既信伏《しゆじようきしんぷく》　質直意柔軟《しちじきいにゆうなん》
一心欲見仏《いつしんよくけんぶつ》　不自惜身命《ふじしやくしんみよう》
時我及衆僧《じがぎゆうしゆそう》　倶出霊鷲山《くしゆつりようじゆせん》

（人々の心が正しくなり、穏やかになって、心から仏に会いたいと欲し、身体も命も惜しまないのなら、私は弟子たちとともに霊鷲山に姿を現わすであろう）」

「あれっ。でも、こうすると、『衆生離愛欲』の部分がなくなってしまいます」

道影が言った。

「確かに道影どのがおっしゃるとおりなのですが、『人々の心が正しくなり、穏やかになって、心から仏に会いたいと欲し、身体も命も惜しまないのなら』としたほうがいっそう、仏を思う気持ちが強調されはしないでしょうか。『愛欲を離れ』というのは、修行者がすべきことですが、仏へ気持ちを集めていくこととは、方向性が異なることとです。ここは、仏へと向かっていく流れを重視してみてはどうかと考えました」

こうして、筆受者を中心に、訳場内の人々の意見を取り入れて、訳文は作り上げられていった。「妙法蓮華経」の漢訳はなおも続く。

「私は久遠の時を常に霊鷲山にあり、また、他のどこにでもある」

鳩摩羅什がこのように訳したとき、僧肇がたずねた。

「梵文では、『私は他の幾千万もの寝床や座席をそなえたこの霊鷲山から動くことはしないのだ』とあります。法師様の訳の中で、『常に霊鷲山にあり』というところはわかりますが、『また、他のどこにでもある』とは、どういう意味なのでしょうか」

鳩摩羅什は、僧肇はさすがに梵文をよく理解しているな、と思った。訳場内を埋め尽くした人々を見渡しながら言った。

「確かに梵文では、『仏は永遠に霊鷲山にいる』と書いてあります。が、仏は遥か天竺の山にいると言われたらどうでしょうか。ああ、遠くにいらっしゃるのだなあ、と思うばかりで、遠い存在だと理解してしまうのではないでしょうか」

鳩摩羅什は知らないことであったが、かつて、鳩摩羅什の父、鳩摩炎は若き修行時代に、霊鷲山に登ったことがあった。鳩摩炎は霊鷲山の上で釈尊の存在を感じ、心を熱くして、涙を流したのだった。

「そこでだ」。鳩摩羅什は一度言葉を止め、ゆっくりと噛んで含めるように語りかけた。

「霊鷲山だけでなく、他のどこにでも、つまりは私たちのそばにも釈尊がいらっしゃるとしたら、どれほど心強いことでしょう。今、ここにも釈尊はいらっしゃる。そのことを感じて修行できるかどうかは、私たち一人一人にかかっているのです」

僧肇は歓びを隠さずに、高揚した声音で言った。

「釈尊は常に私たちとともにある、ということをより鮮明に伝えるために、言葉を付け加えたのですね。これは、修行中の私たちを励ます経なのですね」

「そのとおりです。釈尊はどこにでもいらっしゃるのですから、天竺へ行かずとも法を説いてくださるのです。私たちは皆、どこにいても、釈尊の説法を聴くことのできる仏弟子なのです」

続く仏国土の描写には、意見をさしはさむ者はなく、ただただ、その美しさと快さに惚れているのだった。

「園林諸堂閣《おんりんしょどうかく》　種種宝荘厳《しゅじゅほうしょうごん》
宝樹多華果《ほうじゅたけか》　衆生所遊楽《しゅじょうしょゆらく》
諸天撃天鼓《しょてんきゃくてんく》　常作衆伎楽《じょうさしゅぎがく》
雨曼陀羅華《うまんだらけ》　散仏及大衆《さんぶつぎゅうだいしゅ》
(庭園や様々の堂閣は　色とりどりの宝をもって荘厳され　宝樹には花も果実も多く　人々は遊楽している。神々は天空で鼓を打ち　多くの楽器を奏で　曼陀羅華の雨を降らせて　仏や弟子たちの上にそそぐ)」

訳文を読みあげながら、鳩摩羅什は母耆婆のことを思っていた。

今、どこにいらっしゃるのかわかりませんが、きっと、求法の末に永遠の命を得て、このような仏国土にたどりつかれたのでしょう。私もだいぶ、年を取りました。ですが、いまだ修行は途上です。どうか、私のことをお見守りください。

密度の濃い翻訳作業が連日に渡り、鳩摩羅什は、少しずつ疲労が蓄積してきているのを感じていた。同時に、深い充足感に浸ってもいた。今、自分が携わっている「妙法蓮華経」の漢訳には、王、僧侶、弟子たちから大きな期待が寄せられている。一言一句をおろそかにすることなく、この経にこめられた教えを自らの血肉として取りこもうという、訳場内にいる人々の熱意が、ひしひしと伝わってきていた。また、訳場の外、巷の人々の関心も高いと聞く。だからこそ、先日のように経を持ち出そうとする者も現われるのだろう。久しぶりに鳩摩羅什は自宅に戻ることにした。「おかえりなさい」。出迎えてくれた妻の顔を、意外な場所で再会を果たした人であるかのように、いつになくまじまじと見つめた。

「お茶を淹れましょう」

台所へ立った妻の背中を見ながら、鳩摩羅什は考えていた。

思えば長いこと、この妻とも一緒にいるものだ。姑臧で幽閉されていたときも、ずっとそばにいて、私を励ましてくれた。決して、私を選んで妻となったわけではない。それでも投げ遣りにならずに、自らの境遇を受け入れ、いつも穏やかに笑ってくれている。

このとき鳩摩羅什は、これまで考えたことのなかったことに思い当たり、菩薩様はこんなに身近にいらっしゃったのだ。

＊

身近な菩薩

中国での鳩摩羅什をめぐる旅から戻った幹夫は、薬山和尚に会って旅の報告をした後、自転車に乗って、真希の勤める図書館へ向かった。ためらうことなく、児童書のカウンターへまっすぐ行く。以前と変わりなく、カウンターの向こうに真希が座っていた。幹夫の姿に気づき、一瞬、気まずそうなこわばった表情になったが、会釈をしてきた。

「真希さん、久しぶり」

真希は立ち上がった。何か言いたそうなそぶりだった。幹夫は先に口を開いた。

「俺、中国語を勉強することにしたんだ。鳩摩羅什みたいになる、なんてことは、とてもじゃないけど言えない。でも、翻訳をしてみたいって、思うようになったんだ」

幹夫ははっきりとした口調で言った。真希は黙って聞いている。

「だから、もう大丈夫。あとは頑張ればいいだけだから。今までは、自分が何をしたいかわからなかったんだ。だから、すぐ人と比べて自分はだめだ、何もできないって考えてた。でも、わかったんだ。自分のやるべきことを、ただやればいいんだ。他人がどんなにすごくたって、それはその人のことだし、結果がどうなるかはわからないけど、一所懸命やるほかないんだよ。そんなこと、みんな、わかってるのかもしれないけど、俺、やっと気づいたんだ。

それでさ、真希さんにお礼が言いたくて来たんです。俺がどうしていいかわからずにいたときに、心配してずっと一緒にいてくれたのは、真希さんだったから。俺、舞い上がっちゃって、真希さんが俺のこと……って、勝手に勘違いしてたみたいだけど……。だから、ありがとう」

真希は幹夫をじっと見つめていた。少し経ってから、言葉をかみしめるようにして言った。

「幹夫君、すごいよ。なんだか大きくなったような気がする。私、別に同情してたわけじゃないよ。でも、あんなことになってごめんね。職場でちょっとトラブルがあって、でも、なんだか幹夫君には相談しにくくって、それで、つい、橋本さんに会いに行って……私、自分勝手で、どうかしてた。本当にごめん」

そうだったのか。俺はいつも自分のことだけで手一杯になってて、真希さんにも悩みがあるなんて、考えてもみなかったんだ。

「あやまらないで、真希さん。俺こそごめん。真希さんがつらいときに気づいてあげなくって。それで、トラブルはどうなったの」

「ううん。もういいの。たいしたことじゃなくて、ちょっとした誤解だったたってことがわかったから」

「よかった……それじゃあ……さようなら」

幹夫は真希に手を振り、図書館の出口に向かって歩き出した。

「ちょっと待って」

幹夫の背中に向かって真希が呼びかけた。

坂の向こうの青空

真希に呼び止められ、幹夫は振り向いた。

「自分勝手なことなんだけど、今言わなかったら、もう二度と言えないと思うから……。また……私と……会ってもらえませんか？」

幹夫はカウンターに近づいていき、置いてあった「図書館からのお知らせ」の裏に、鉛筆で何かを書いた。それから、ちょっと待ってて、と言って、児童書の書棚のほうに向かった。

少したって幹夫は、絵本を一冊抱えて持ってきた。

「これを貸してください」

カウンターに絵本を差し出す。真希が受け取ると、それは二人が出会うきっかけを作った、子豚の絵本だった。絵本に紙きれがはさんである。真希は開いて見た。

「これからもよろしく」

真希は涙ぐみながら笑った。

そのとき幹夫の後ろから、子どもの声がした。

「これ、借りたいんですけど」

幹夫と真希が見ると、小さな男の子がたくさんの本を両手に抱えて立っていた。幹夫は横に退く。真希は貸し出し手続きに取りかかった。

「じゃあまた」

幹夫は真希に言った。

「うん、またね」

真希はちらっと幹夫のほうを向いて、笑顔を見せた。

幹夫は離れたところから、真希が働いている姿を見た。

頑張ってるなあ。俺も頑張るぞ。今日は、中国語の学校のパンフレットをもらいにいこう。これから忙しくなるぞ。

小さな子どもと手をつないだ母親らしき人とすれちがった。幹夫は、母のことを思い出した。母さん、俺、もう大丈夫だよ。安心して。父さんともきっとうまくやれる。そして、いつか、誰かを救える人になる。

図書館の外に出ると、日ざしがまぶしかった。自転車に乗り、ペダルを踏む足に力をこめて急な坂道をぐんぐん上っていく。坂の向こうまで行くぞ。

ほんの一瞬、坂を上っていく、たくましいお坊さんの背中が見えたような気がした。

鳩摩羅什だ。

幹夫は確信したが、すぐに背中は見えなくなった。

青空が近づいてくる。

＊

感謝の念が胸いっぱいに満ちてきて、鳩摩羅什は妻のことがたまらなく愛おしくなった。

「今までありがとう」

そうつぶやいて、鳩摩羅什は妻の背中に向かって頭を下げた。

「何かおっしゃいましたか」

妻が微笑んで言う。

「今までありがとう、と言ったのだよ」

「え。何ですって？」

再び妻はたずねてきた。

「聞こえているのに、何度も言ってほしくて、わざと聞こえないふりをしているだろう」

ふふふっと、妻は笑った。

この頃、亀茲から卑摩羅叉がやってきた。鳩摩羅什に戒を授けた、かつての師僧である。鳩摩羅什は、遠路はるばる訪ねてきた師に、礼節の限りを尽くしてもてなした。卑摩羅叉は鳩摩羅什にたずねた。

「そなたはこの地に、とても大きな縁があります。受法の弟子は何人いるのですか」

思いがけぬ師の問いに対して、鳩摩羅什はぽつりと答えた。

「ここ漢土には、経典も戒律も、いまだに備わっておりません。新たな経典と論書は、おおかた私が訳したものです。三千人の求法者たちは皆、私から法を授かった者です。ただ私は煩悩が深く、師としての尊敬を受けてはおりません」

まことに寂しい、鳩摩羅什の胸中であった。ただ、もし、この言葉を鳩摩羅什の弟子たちが聞いたら、その多くは、法師を心から尊敬していると答えたであろう。

中には、妻を持ち妾を侍らせる鳩摩羅什の生活に、批判的な者がいたことも事実であった。それでも、精緻で美しい経典の訳文を認めない者はいなかった。

訳場では、如来寿量品第十六の漢訳作業が続いていた。

鳩摩羅什はよく通る大きな声で述べた。

「如来寿量品では、偈の部分に先立ち、仏はたとえ話を述べておられます。

名医と言われる医者がいました。その人には何人もの息子がいました。この医者が外国に行った留守に、息子たちは皆、毒を飲んでしまいます。息子たちが苦しんで地面を転げまわっているとき、父親が帰ってきました。彼らは喜んで父を迎えました。

『どうか私たちの命をお救いください』

父は薬を調合し、飲ませるためにこう言いました。

『この良薬は、色も香りも味もよい。これを飲みなさい。すぐに毒は消えて、病気は治るからね』

息子たちのうちで毒に侵され心を失っていない者はただちに服用し、病気が治りました。毒によって心を失ってしまった息子たちは、薬を服用しませんでした。そこで父は息子たちに薬を飲ませようとしてこう考えました。

『この子どもたちは毒によって、心が顚倒している。私に救いを求めているのに、薬を与えても飲もうとしない』

そこで医者は巧妙な方便を講じました。

『私は今、老いて衰え、死の時が近づいた。この良薬をここに置いておく。お前たちよ、取って服用しなさい』

この言葉を残して再び外国に行き、使いを出して告げさせました。

『お前たちの父はすでに死んだ』

息子たちは悲しみを抱き、顚倒していた心がついに目覚めたのです。そして薬を服用しました。彼らは苦しみから完全に解き放たれました。それを聞いて、医者は姿を現しました。

このようなお話です。

表現を簡潔にしてはいますが、おおよそ、梵文通りの筋立てとなっています。

ここで、私たちが考えなければならないのは、この話によって、釈尊は我々に何を伝えようとしているのかということです。

もちろん、先に訳した偈の部分に、この思想は要約されていますが、より深い理解を得るためには、要約されていないこのたとえ話の意味をしっかりとつかむことが肝要です」

道影が立ち上がって言った。

「医者は仏、息子たちは我々衆生のことだと思います。仏は一時的に姿を消すことによって、衆生に仏の教えを求める心を抱かせようとするのだ、ということを伝えているのではないでしょうか」

鳩摩羅什は満足そうにうなずきながら答えた。

「道影どの。そなたの成長ぶりには、まったく驚かされます。まったく正しい受け取り方だと、私も思います。少しだけ補足をさせてください。一つは、医者は無理矢理に薬を飲ませようとはしなかったということの意味です。つまり、仏の教えがいくらすばらしいものであったとしても、自ら学ぼうとしなければ、その真意を汲み取ることはできないということではないでしょうか。ですから、息子たちが自ら薬を飲みたくなるように、仏は導いたのです。これをわが身に当てはめて考えてみると、いくら自分が仏の教えがすばらしいものだと思ったとしても、それを押しつけることは、決して相手のためにはならないということです。このことをいつも、私たちは肝に銘じておかなければなりません」

道影は鳩摩羅什をじっと見つめたまま、真剣に耳を傾けていた。

「さらにもう一つ。偈の部分でも学んだように、仏は常に私たちとともにあるのです。すなわち、永遠の命を持っているわけです。最後に医者が、息子たちの前に元気な姿で現れたように、仏が滅度に入る姿を見せたのはあくまでも、衆生のための方便だったということです。いいですか。仏は今、この時も、私たちとともにあるのです。私たちは、久遠仏の慈悲に包まれて生きているのです。そのことを、この如来寿量品は強く私たちに伝えてくるのです」

訳場内は、静まりかえっていた。道影だけでなく、すべての人々の心に、鳩摩羅什の言葉が沁みわたっていった。

その日の作業を終え、鳩摩羅什は訳場から出て、家に向かって歩いていた。

「法師様」

呼ばれて鳩摩羅什が振り向くと、十五歳くらいの少年が立っていた。

「どうされましたか？」

鳩摩羅什はおだやかに語りかける。

「今日のお話、仏様は永遠の命を持っていらっしゃるということでしたが、その仏様のお慈悲に私たちも包まれているのだとしたら、私たちも永遠の命を持っているということなのでしょうか？」

なんと。なぜ、この少年は、「妙法蓮華経」に対して、このような深い理解に達しているのだろうか。

鳩摩羅什は驚きながらも答えた。

「経典に直接、そのようには書かれておりません。ですが、私もそう感じております。私たちが生きているということは、私たちが久遠仏そのものであるということだと思います。しかし、なぜ、そのような深遠な考えを持っているのですか？」

少年はうつむきながら言った。

「昨年、母が病のため亡くなってしまいました。それからずっと、どうして死んじゃったんだろうって、考え続けてきたんです。そんなこと考えたって仕方ないって思うんですが、どうしても頭の中は、母でいっぱいになってしまって……」

少年は涙をこぼした。鳩摩羅什は黙って見守っていた。

「でも、今日のお話を聞いて、母も永遠の命を持っているんじゃないかって、思ったんです。もしそうなら、頭の中が母でいっぱいになるのは、悪いことじゃないんですね。だって、母はいつも、ぼくのそばにいてくれるんですから。そう思ったら、なんだか心が落ち着いて、安心して、母のことばかり考えなくても大丈夫になりました。だって、ぼくが考えたって考えなくたって、母はいつも、ぼくと一緒にいてくれるんですから」

少年は泣きながら、それでも笑顔を鳩摩羅什に見せた。

鳩摩羅什は深く心を打たれていた。

仏の教えを伝えるということは、まさに、このようなことだったのだ。

この時鳩摩羅什は、なんとしてでも「妙法蓮華経」の漢訳を成就させるのだと、決意を新たにした。

常不軽菩薩

訳場では、「常不軽菩薩品第二十」の漢訳が始まっていた。鳩摩羅什は問いかける。

「この品における最大の問題は、登場する菩薩の名前である『サダーパリブータ』を何と訳すか、ということです。竺法護法師訳『正法華経』では、『常に軽んじられた菩薩（常被軽慢）』としています。私は、『常に軽んじない菩薩（常不軽菩薩）』としたいと考えています。このことについて、ご意見をお聞かせいただきたい」

ここのところ実力をつけてきている道影が逆に、鳩摩羅什に対して素朴な疑問をぶつける。

「なぜ『正法華経』とは異なる訳にするのでしょうか」

「『サダーパリブータ』という単語は、『常に軽んじられた』と『常に軽んじない』の両方の意味に解釈することができます。ですから、どちらの訳が正しいかどうか、という問題ではないのです。この品をどのようなものとしてとらえ、何を伝えたいのかということを考えて、訳語を決めなければならないのです。

そこで、梵文を読んでみることにしましょう。

サダーパリブータという名の菩薩は、誰に対しても近づいてこう言いました。

『私はあなたがたを決して軽んじたり見下げたりはしません。あなたがたはみんな菩薩の道を通じて、必ず如来になる方々であるからです』

この菩薩はただひたすらに、こう言い続けたのです。でも、突然そんなことを言われた人たちは気味悪がって怒り出し、サダーパリブータを罵りました。それでも菩薩は言い続けました。

『あなたがたは必ず如来となるでしょう』

だんだん人々のサダーパリブータに対する攻撃は激しくなっていきました。杖で打ったり、石や土を投げつけたりしました。菩薩は命の危険を感じて逃げました。自分の命を大切にしないと、人々に如来になれると伝える目的を達成できないからです。そして、遠く離れたところから、大声でまた、同じことを言ったのです。

『私はあなたがたを決して軽んじたり見下げたりはしません。あなたがたはみんな菩薩の道を通じて、必ず如来になる方々であるからです』

つまり、サダーパリブータは、常に軽んじられながらも、『常に軽んじません』と言い続けたのです。受けた待遇からみても、自らの行動からみても、『常に軽んじられた菩薩』としても、『常に軽んじない菩薩』としても、よいわけです」

実力派の道生が問いかける。

「どちらの訳語でもよいということは、わかりました。その上で、お聞きします。なぜ法師様は、『常に軽んじない菩薩（常不軽菩薩）』にしたいとおっしゃるのでしょうか」

鳩摩羅什はゆっくりとうなずいた。

「まず、竺法護法師が『常に軽んじられた菩薩（常被軽慢）』という訳語を採用したわけについて、考えてみましょう。かつては、今よりもずっと、大乗仏教は危険な思想だと考えられていました。上座部仏教の人たちから見ると、『誰でも仏になれる』などと言う法華経は、異端そのものだったのです。竺法護法師が漢訳を行った時代も、まだ、そのような状況でした。

つまり、サダーパリブータが罵られたり、杖で打たれたり、石や土を投げつけられたりしたというのは、大乗仏教に対する迫害を象徴しているのです。だからこそ竺法護法師は、『常に軽んじられた菩薩』という訳語を採用して、『いくら迫害を受けても負けないぞ』という強い意志を表明しようと考えたのではないでしょうか。

それでは、現在はどうでしょうか。

この真丹においては、法華経を受持しているからといって、迫害されるなどということはありませんね。大乗仏教が異端視されることもないでしょう。このような時代においては、迫害に負けるなと主張するよりも、サダーパリブータが積極的に他者へ働きかける姿勢を重視し、強調したいと私は考えます。この菩薩の、『あなたがたは必ず如来となるでしょう』と言い続ける行為こそが、利他の心を持ち、皆が仏になると伝える、法華経の精神そのものだからです。だから『常に軽んじない菩薩（常不軽菩薩）』という名にしたいのです」

いつにも増して、鳩摩羅什の熱を帯びた口調に、訳場内の人々も、ただならぬものを感じていた。いよいよ「妙法蓮華経」の漢訳も、経典の核心に達しつつあるのだと、皆、感じていた。

弟子の中でも、最も皆からの信頼を集めている僧叡が言った。

「法師様。結局、この常不軽菩薩は、悟りの境地に到達したのですよね。そして、仏自身が、常不軽菩薩は私であると明かしますよね。これは、仏の修行時代について述べていることなのでしょうか。つまり、一人の普通の若者が、迫害にも屈せずに皆が仏になると伝え続けたことによって、本当の人格を完成して、悟りに達した、このようにして私は仏になったのだよと言っているのでしょうか。それとも、如来寿量品第十六において、仏は方便として入滅してみせたように、あくまでも教えを伝えるための手段として、常不軽菩薩の話をしているのでしょうか。本当の仏の修行時代について述べているわけではなく、愚直なまでに『あなたがたは必ず如来となるでしょう』と言い続ける行為を繰り返し、竺法護法師の言うところの『常に軽んじられた菩薩』とまで言われてしまうような存在になり果ててしまうくらい、一心に、誰もが仏になれることを信じ、そのことを広めなさいと、言うための話なのでしょうか」

実に僧叡らしい、澄みきった心から発せられた疑問であると、鳩摩羅什は思った。多くの修行者は、長く修行を続ければ続けるほど、自らが悟りの境地に達することを本当には願わなくなってくる。修行そのものが目的になりがちなのだ。僧叡ほど真摯に、悟りを求めて修行の日々を送っている者もいなかったのである。

「そうですね。なかなか即答しかねる問いだと思います。大切なのは、利他の心を持ち、皆が仏になると伝える、法華経の精神そのものが、この菩薩の存在によって浮かび上がってくるということなのだと思います。きっと、どちらも本当のことなのではないかと、私は考えます。確かに釈尊は、若いとき、この菩薩そのものであり、迫害にも屈せずに皆が仏になると伝え続けたのでしょう。また、同時に、誰もが仏になれることを信じて、そのことを広めなさいという教えを、私たちに伝えようとしているのでしょう。大切なのは、どちらも、私たちに向かって語りかけてくることは同じなのだということです。私たちの修行のあるべき姿、私たちがこの現実の中で実際に生きていくときの理想の姿がここにはあります。人に軽んじられても軽蔑されても、人への無限の信頼を失わずに、善意で生きていきたいものだと、一修行者として、私も思わずにはいられません。そのような日々の積み重ねは、悟りへと至る唯一の道なのでしょう」

僧叡は合掌し、鳩摩羅什に一礼した。

次に、若き天才と言われた僧肇が立ち上がって言った。

「法師様。積極的な他者への働きかけを重視するという面を強調するならば、『軽んじない』という表現では、まだ弱いのではないでしょうか」

鳩摩羅什は嬉しそうに僧肇に言う。

「実は、私も、もう一歩踏み込んだ表現にできないかと考えていました。人への無限の信頼を失わずに、善意で生きていくということは、口で言うほど簡単なことではありません。誰にも、憎しみを抱いてしまう相手がいることでしょう。そんな相手に対してもなお、『あなたがたは必ず如来となるでしょう』と言わずにはいられないのですから、もっと強烈な表現がふさわしいのかもしれません。具体的な提案はありますか」

「はい。『軽んじない』という否定的表現よりも、肯定的な表現にしたほうが、心に響いてくると思います」

「なるほど。肯定的表現ですか……」

そう言って、鳩摩羅什は目をつぶって思案した。目尻に刻まれたしわが、重ねてきた年齢を感じさせる。

鳩摩羅什は、かつて出会った、父と思しき出家者のことを思い出していた。焦点の定まらない目をして、涎を垂らしていたあのお方は、自分と母の出家を後押しするために、一人、城を出て行ったのではなかったか。

彼こそはその存在を懸けて、『あなたがたは必ず如来となるでしょう』ということを、表していたのだ。

常不軽菩薩は一人ではないのではないか。

そのことに、鳩摩羅什は気づき、全身に震えが走った。

あらゆる方向に顔を向けたもの

苦しみに満ちたこの世の中には、きっと他に何人もの常不軽菩薩がいらっしゃる。どんなお姿をしていたとしても、私はそれらすべての菩薩様を敬う。そして、菩薩様に「あなたがたは、必ず如来となるでしょう」と言われた私もまた、今度は他の人たちに、同じように「あなたがたは、必ず如来となるでしょう」と伝えていくのだ。

鳩摩羅什は目を見開き、笑顔で言った。

「『私はあなたがたを敬います。決して軽んじたり見下げたりはしません。あなたがたはみんな菩薩の道を通じて、必ず如来になる方々であるからです』というようにしては、いかがでしょうか」

僧肇は大きくうなずいた。

「『軽んじない』という表現に、『敬う』という積極的な行為を付け加えるのですね。すばらしいと思います」

興奮した口調で、僧肇は言った。鳩摩羅什もゆっくりと、大きくうなずいた。さらに鳩摩羅什は続ける。

「梵文では、菩薩はこの言葉をただ言うだけですね。もっと強調するために、誰に対しても礼拝して讃えて言うことにしましょう」

これを聞き、僧肇は、大きな衝撃を受けた。

鳩摩羅什法師は、菩薩様の行為すら、変えてしまおうというのか。

鳩摩羅什の話はまだ続いている。

「先ほど利他の心と言いましたが、つまりは相手を尊重するということですね。何をされても礼拝して相手を讃えるという行為は、ややもすると愚かなことだと思われるかもしれません。しかし、考えてみてください。本気で相手を尊重するということは、自らの存在を懸けてすべての命を大切にしていくことではありませんか。これは、心から『あなたも必ず如来になる』と考えているからなのです。この世の中に、つまらない人など一人もいないのです。どんな人のことも信頼して生きていくことは、私たちの理想の姿なのです」

この時鳩摩羅什は雅霜のことを思っていた。自分はつまらない人間だと言う雅霜に向かって、かつて鳩摩羅什はこう言ったのだった。

「法華経に出会った者はみんな、いずれ仏の悟りに達する、尊い徳を持った存在なのです。あなたもその一人ではありませんか。つまらない人間だなどと、思ってはいけません」

あの時は、そのように説いて聞かせたものの、果たして鳩摩羅什自身が心から自分のことを、「つまらない人間ではない」と言えるかどうか、自信を持てずにいたのだった。だが、今は違う。こうして、「つまらない人など一人もいない」と言い続ける行為そのものが、自分を意味のある存在にしているのだということに気づいたからだ。

相手を拝むことは、自分を拝むことにほかならない。そして、自分もまた尊い存在であることがわかるようになるのだ。

鳩摩羅什は心をこめて、弟子たちに、そして妙法蓮華経を学びに集う人たちに向かって、常不軽菩薩品の結びの言葉を伝えていた。

「一心に広くこの法華経を説きなさい。そうするならば、どのような世でも繰り返し仏に会って喜ばせ、まわり道をすることなく仏の悟りに達することができるでしょう」


いよいよ、妙法蓮華経の漢訳も大詰めを迎え、観世音菩薩普門品第二十五に取りかかっていた。鳩摩羅什は、梵語の『サッダルマ・プンダリーカ・スートラ』を手にしながら、朗々と漢訳文を発声した。

「百千万億の人々がもろもろの苦悩を持っていようと、観世音菩薩の名を聞き、一心にその名をとなえるなら、観世音菩薩はただちにその声を聞いて人々を苦悩から解き放ってくれよう。この観世音菩薩の名を心にたもっているなら、たとえ大火の中に入っても、この菩薩の神通力によって焼かれることはない。大水に流されようと、その名をとなえるなら、浅いところに流れ着く。もし百千万億の人々が、金、銀、瑠璃、しゃこ貝、めのう、珊瑚、琥珀、真珠などの宝を求めて大海に入ったとする。仮に暴風が吹いて船が羅刹鬼の国に打ち上げられたとしても、その中のたった一人でも観世音菩薩の名をとなえれば、全員が羅刹の難をまぬがれることができる……。

愛欲にとらわれたものも、常に観世音菩薩を念じて敬えば、欲を離れることができる。憎悪に狂っていても、常に観世音菩薩を念じて敬えば、怒りを離れることができる。無知に迷っていても、常に観世音菩薩を念じて敬えば、愚かさを離れることができる。観世音菩薩の威力とはこのようであるから、いつも心の中に念じているべきなのだ」

静まりかえった訳場内で、一人のぼろをまとった老婆がおずおずと手を上げた。鳩摩羅什がどうぞとうながすと、老婆は杖を支えにして、震えながらゆっくりと立ち上がった。

「おそれながら法師様。一つ疑問がございます。観世音菩薩を念じて敬えば功徳を得られるのだとしたら、こんなにありがたいことはないと存じます。私のような、仏の教えについて右も左もわからないような愚か者であっても、それならできます。第一、『無知に迷っていても、常に観世音菩薩を念じて敬えば、愚かさを離れることができる』のだとおっしゃっていたではありませんか。

けれど一方で、お坊様たちは、毎日毎日すべての時を修行に励んでいらっしゃるのでしょう。そのような日々の絶え間ない努力と研鑽が必要だということであれば、正直に申し上げて、私には難しいことです。

果たして、私は、ただ観世音菩薩を念じて敬うだけでよいのでしょうか」

鳩摩羅什は老婆に対して深く一礼してから答えた。

「そのような問いをお持ちである以上、あなたは決して、無知だということにはなりません。そして、おっしゃるとおりのことが、妙法蓮華経の中にはあるのです。諸法実相を深く理解するべく修行することが衆生が仏になる道です。そのことに間違いはありません。

けれど、日々の糧を得ることで精一杯の人たちにとっては、そのような修行の道を歩き出すことすら難しいのが現実なのではないでしょうか。毎日一所懸命に働き、生活していくこと。そのことは、仏の道の前では、意味のないことなのでしょうか。

答えは、否です。

諸法実相について学びの時を持つことがかなわなくとも、善意で日々を生きていく衆生にもまた、仏への道は開かれているのです。なぜなら、人は誰でも仏になれるということを、妙法蓮華経を通じて釈尊が伝えようとされているからなのです。

先日学んだ常不軽菩薩品にはこうありました。『人に軽んじられても軽蔑されても、人への無限の信頼を失わずに、善意で生きていく。そのような日々の積み重ねは、悟りへと至る唯一の道なのだ』と。これはすなわち、毎日を大切にしてていねいに生きていくことにほかなりません。

そのために具体的にできることは、たとえば、観世音菩薩を念じて敬うことです。また、常不軽菩薩品の結びに書かれているように、一心に広くこの法華経を説くことです。また、如来寿量品にあったように、仏を慕い求める心を持つことです。そのようにすれば、きっと、仏になれるのです」

この時鳩摩羅什は考えていた。

この一人の老婆の問いが、どれほど私たちの法華経への理解を深めてくれたことであろうか。

「今のご質問は、仏を慕い求める心の表れではありませんか。あなたはすでに、仏へと続く道を歩かれているのです」

老婆は鳩摩羅什をじっと見つめながら言った。

「ありがたいお言葉です。こんな私に対して、ていねいにお答えいただき、心がすっと落ち着いた気がいたします。これからも一日一日を、まわりの方々に感謝しながら、大切に生きていきたいと存じます。本当にありがとうございました」

老婆は深々とお辞儀をする。鳩摩羅什も一礼を返してから、全聴衆に向きなおって言った。

「もう一つ、付け加えておきましょう。観世音菩薩普門品の『普門』とは、『あらゆる方向に顔を向けたもの』という意味で、観世音菩薩の別名のことです。つまり、観世音菩薩は、私たち一人一人の持つ苦しみや悲しみ、そして喜びをともに持っている存在なのだということを示しています。苦しみがわかっているからこそ、私たちを救うことができるのです。いつも、観世音菩薩に見守られていると思うと、心が安らぐのを感じます」

自分は、観世音菩薩のように人を救う力は持っていない。けれど、「あらゆる方向に顔を向けたもの」として、せめて、人々の苦しみをともに感じることくらいならばできる。たとえ苦しみを取り除けなくとも、その苦しみを理解していると伝われば、力になれるだろう。

漢訳のための講義を行いながら、鳩摩羅什自身も学んでいたのだった。この訳場内で行われていたのは、教義を確認することに留まらず、法華経を自らの生に照らし合わせて、その理解を深めていき、また日々の暮らしに持ち帰るという、生き生きとした学びであった。

法華経から吹いてくる風

「今日から、妙法蓮華経陀羅尼品に取りかかります。『陀羅尼』というのは、梵語の『ダーラニー』を音訳したものです。神秘的な力がこもると信じられている呪文のことです。原語には『保持する』という意味があるため、竺法護法師は『正法華経』のなかでこの品を『総持品』と意訳しています。つまり、仏の教えを心に留めて忘れないこと、という意味ですね。さらに中身についても、『正法華経』では意訳されています。たとえば、陀羅尼の部分はこうなります。

『奇異所思意念無意……』

しかし私は、陀羅尼品を音訳してみたいと考えます。同じ部分は次のようになります。

『安爾《あに》　曼爾《まに》　摩禰《まねい》　摩摩禰《ままねい》　旨隷《しれい》　遮梨第《しゃりてい》……』

「法師様」

そう言って立ち上がったのは、道影だった。

「これまで、梵文の意味を汲んで、大胆に意訳をすることが多かったように思えるのですが、この陀羅尼品については、梵語の音をそのまま漢語に置き換えただけのようですね。どうしてなのでしょうか」

鳩摩羅什は質問には答えず、いきなり、腹の底から響くような大きな声で、陀羅尼を唱えはじめた。

「安爾《あに》　曼爾《まに》　摩禰《まねい》　摩摩禰《ままねい》　旨隷《しれい》　遮梨第《しゃりてい》　賖咩《しゃみゃ》　賖履多瑋《しゃびたい》　羶帝《せんてい》　目帝《もくてい》　目多履《もくたび》　沙履《しゃび》　阿瑋沙履《あいしゃび》　桑履《そうび》　沙履《しゃび》　叉裔《しゃえい》　阿叉裔《あきしゃえい》　阿耆膩《あぎに》　羶帝《せんてい》　賖履《しゃび》　陀羅尼《だらに》……」

突然のことで、道影だけでなく、訳場内にいる人々皆が、まるで時が止まったかのように凍りついた。

法師様は、どうされたのだろうか……。

まわりの反応など気にせず、鳩摩羅什は、ただただ陀羅尼に没入しているように見えた。

聞いている者たちは、はじめは鳩摩羅什の口から発せられる言葉の意味がわからなかったので、あっけにとられていたが、次第に、その音声に聞き惚れるようになっていった。意味など詮索しなくてもよいような気がしてきたのである。

「……悪叉邏《あきしゃら》　悪叉冶多冶《あきしゃやたや》　阿婆盧《あばろ》　阿摩若那多夜《あまにゃなたや》」

ここまで一気に唱えると、鳩摩羅什は沈黙した。場内もまた、静まりかえっていた。

鳩摩羅什が黙って自分のことを見つめていることに、道影は気づいた。道影も鳩摩羅什のことをじっと見つめ返した。それから、落ち着いた声でゆっくりと、鳩摩羅什に話しかけた。

「この陀羅尼は、唱えることそのものに意味があるのですね。読誦することに専念し、またそれを聞くことに没入すればよいのですね」

鳩摩羅什はなおも黙ったまま、うなずいた。

発せられた問いに直接答えることはなかったのだが、陀羅尼を唱えることで、その答えとしたのだった。

「陀羅尼の言葉の意味は、よくわからないのです。もともと古代インドの神々の名とも言われていますが、おそらく祭礼において、皆で陀羅尼を唱えるというものなのでしょう。日々の苦しみを乗り越えて、一日一日を大切に生きていこうと、私たちを励ましてくれる言葉なのではないでしょうか。

そう考えると、『誰もが仏になれる』と、繰り返し伝える妙法蓮華経全体の声とつながり、私たちを応援してくれるものとして受け取ることができます。だから私たちは、日々、励まされながら修行を続けていけばよいのです。それこそが仏に至る道だと、私は法華経から学んできました。皆様どうか、法華経から吹いてくる風を背中に受け、前へと進んでいってくださいますよう、祈っております」

いよいよ、妙法蓮華経の漢訳も、最後の普賢菩薩勧発品にさしかかった。

「妙法蓮華経の最後となるこの品では、普賢菩薩が仏にたずねます。

『お願いですから世尊よ、どうかお教え願いたいのです。善男善女がいて、如来が滅度された後、どのようにしてこの法華経を得ることができますか』

世尊は普賢菩薩にお話しになりました。

『善男善女があって、四つのことがらを成し遂げれば、如来が滅度された後にも、この法華経を得ることができる。すなわち、一つはもろもろの如来たちによって護られていることを確信し、二つは人々にもろもろの善根を植え、三つは正しい方向に決定された人々の中に入り、四つにはすべての人を救うという心をおこすこと、これである。この四つの方法を成し遂げれば、如来の滅後においても必ず法華経を得ることができよう』

普賢菩薩は、私たちの代わりに、仏にたずねてくださっているのだと思います。すなわち、この四つのことは、私たちが日ごろから心がけなければならないことであり、それらを成し遂げれば、法華経の真の功徳を得られるということを示しているのです。

この品の最後は、梵文ではこう結ばれています。

『この普賢菩薩の章が説かれているとき、ガンジス河の砂の数にも等しい数えることもできないたくさんの菩薩は、百千万億回も回転するダーラニーを得た』

ここは法華経の最後であるため、しめくくりにふさわしいように、手を加えたいと考えています。そこで、次のようにしてはどうでしょうか」

そう言って鳩摩羅什は、筆受者である、僧叡、僧肇、道生、道影ら弟子たちの眼を一人一人、強い光をこめて見つめた。弟子たちは、鳩摩羅什が万感の思いを抱き、この妙法蓮華経の漢訳にのぞんできたことをよく知っていた。弟子たちも師の瞳をじっと見つめていた。

次に鳩摩羅什は、大勢詰めかけた、訳場内の人々にも目を向けた。この人たちに、妙法蓮華経を手渡すのだという気持ちを改めて抱き、鳩摩羅什は一人うなずいてから、口を開いた。

「この普賢菩薩の章が説かれている時、ガンジス河の砂の数にも等しい数えることもできないたくさんの菩薩は、百千万億回も回転するダーラニーを得て、三千大千世界の微塵の数に等しい多くの菩薩は、普賢の道を実現したのでございます。

世尊がこの法華経を説かれた時、普賢やもろもろの菩薩たちと、舎利弗やもろもろの声聞たち、およびもろもろの神々、竜神、人、人でないものなどすべては皆大いに喜び、如来の言葉を記憶して、礼をなして去っていったのでございます」

鳩摩羅什が最後の一文を口述すると、とうとうここまでたどり着いたのだと、筆受者をはじめとする訳場内の人々は、深い感慨にひたった。しばらくは誰も、動けなかったほどである。

やがて緊張は解け、誰からともなく、歓喜の声が上がったのであった。

ついに、鳩摩羅什、畢生《ひっせい》の大仕事である、妙法蓮華経の漢訳が終わったのだ。弘始八年（四〇六）の暑い夏のことであった。

鳩摩羅什が初めて、『サッダルマ・プンダリーカ・スートラ』に出会ったのは、正式な比丘となった二十歳の時のことであった。この経典を読み、真丹に釈尊の教えを伝え、苦しむ衆生を救いたいという、自分の使命が心の中にしっかりと収まったのだった。そして同時に、使命を成し遂げるためには、仏典を自らの手によって漢訳しなければならないことに気づいたのである。

法華経から吹いてくる風

あれから三十六年の年月がたっていた。

鳩摩羅什は、訳場の外に出た。長安の都は、普段と変わらぬ、賑やかさであった。往来を行き来する人と馬。強烈な日ざしを照りつけてくる太陽。荷を背負った一人の青年が、木陰に涼を求めて休んでいた。そこに一陣の風が吹いてきて、青年はその心地好さに目を細めた。

風はそのまま大空へ舞い上がる。一気に都の遥か上空へと吹き抜けると、大河が流れゆき、青々とした山々が連なっている。遥か西方には、鳩摩羅什がかつて歩いてきた砂漠が広がっている。

妙法蓮華経の漢訳成るとの報は、後秦の元老、姚顕徳のもとにも届けられた。鳩摩羅什は、弟子の道影を守るために、姚顕徳と一つの約束を交わしていた。

妙法蓮華経の漢訳が終わったら、狗に喰われる。

そんな約束があるとは、道影はもちろんのこと、鳩摩羅什以外の誰一人知る由もなかった。

鳩摩羅什法師よ。よもやお忘れではないだろうな。

姚顕徳は、鳩摩羅什が命乞いをする様を皆に見せ、その名声を落としたいと考えていたのだ。鳩摩羅什を支援しているのは、後秦王姚興である。姚顕徳は、姚興失墜をたくらんでいた。

鳩摩羅什を呼びつけようと、姚顕徳が考えていた矢先に、鳩摩羅什のほうから、姚顕徳の屋敷にやってきた。

なんと。逃げも隠れもしないのか。

堂々と入ってきた鳩摩羅什の様子を見て、さすがの姚顕徳も衝撃を受けた。

命が惜しくないのか。それとも単に、虚勢を張っているだけなのか。

まだまだ漢訳すべき仏典は多くあったものの、ひとまず、妙法蓮華経を完成させることができたので、鳩摩羅什は一安心していた。

もとより、自分の命など惜しくはなかったのである。

すべてのものは移り変わるのだから。

それよりもむしろ、道影を救い、次の世代に釈尊の教えを伝え継いでいくことのほうが、重要だと考えていたのである。実際、近頃の道影の躍進には、目を見張るものがあった。修行に対する努力も並大抵のものではないことは、誰の目にも明らかだった。

鳩摩羅什は気負うことなく、静かな心持ちで、姚顕徳の前に立った。

「これまでお時間をいただきまして、ありがとうございました。無事に妙法蓮華経の漢訳を終えることができました。感謝しております」

仏の道を生きる

「それでは約束どおり、狗に喰われてもらおうか」

姚顗徳がさらりと言った。

「はい」

静かな声で淡々と鳩摩羅什は答えた。姚顗徳は立ち上がり、怒気を含んだ声で言った。

「いいか。法師どの。わかっているのか。生きながら獰猛な狗に喰われてしまうのだぞ。脅しではないぞ」

「はい。お約束ですから」

鳩摩羅什がちっとも動揺した様子を見せないので、姚顗徳はたじろいだ。

「おい。どうしてそんなに平静なのだ。お前、俺が本当に狗を放ったりしないと考えているのだな。それは甘いな。俺は本当にやると言ったことは実行する」

姚顗徳は、鳩摩羅什をにらみつけながら、そう言わずにはいられなかった。鳩摩羅什は平然と答えた。

「私に残された寿命は、さほど長くないでしょう。それよりも、後進に使命を託したほうがよいというものです。釈尊の教えを真丹に伝えるために、私は西域よりやってきました。まだその始まりにすぎません。衆生のもとに届けるには、時間がかかるでしょう。それには、若い、未来のある人物の力が必要なのです。私がすべきことは、きっと道影ら弟子たちが成し遂げてくれるはずです。その道筋はつけました。それなら、どうして私一人の保身を望むことがありましょうか」

姚顕徳は、鳩摩羅什のことが恐ろしくなってきた。この男、本当に命が惜しくはないのか……いや、そんな者がいるわけがない。立派なことを言っても、いざとなったら命乞いをするにちがいない。思い知らせてやる。

姚顕徳は手を叩き、部下を呼びつけ、鳩摩羅什を引っ立てさせた。

往来で鳩摩羅什を痛めつけるようなことをすれば、姚興が黙っていないだろうと考え、自分の屋敷内で、鳩摩羅什と狗を対面させることにした。だが、証人が必要だった。鳩摩羅什が命乞いをする醜い姿を見せつけ、広めなければ意味がない。

姚顕徳は、すばらしい証人を思いついて、不敵な笑みを浮かべた。

鳩摩羅什の弟子たちに見せてやる。法師の無様な姿を見れば、やつらは失望するにちがいない。

すぐに、僧叡、僧肇、道生、道影ら、経典漢訳の筆受者たちが、姚顕徳邸の庭に集められた。鳩摩羅什は両手を後ろ手にして縛られている。

「法師様」

僧叡が駆けよって、鳩摩羅什に呼びかけた。

「皆、落ち着くのだ。突然ではあるが、今が今生の別れの時である。だが、何も恐れることはない。私たち修行者がなすべきことは、わかっているであろう。真の悟りを手に入れるため、日々、精進を重ねるのだ。

私はある約束を、姚顕徳様と交わした。そのため、今日で、皆とはお別れである。だが、一切は空なのだ。私がいるということも空なのだから、執着などすべきではないのだ。

私がいなくなったあとも、そなたたちは修行を続け、この地の衆生に、釈尊の教えを浸透させていってほしい。そのために経典を漢訳してきたのだ。妙法蓮華経の中にあるように、誰もが仏になれるのだということを、伝え広めてください」

「法師様！」

弟子たちが涙を流しながら口々に叫ぶなか、鳩摩羅什はうなずきながら、微笑んでいた。

やがて、檻に入れられた、子牛ほどの大きさの狗が連れてこられた。この地方では見られない、異国の狗のようだった。牙をむき出し、涎を垂らし、うなりながら檻を前脚で蹴っている。飢えている様子だった。

鳩摩羅什は庭の一画を柵で囲った中に入れられた。続いて檻も柵の中に運び入れられる。

鳩摩羅什は坐禅を組み、目を閉じた。

「南無妙法蓮華経。南無妙法蓮華経。南無妙法蓮華経……」

鳩摩羅什の声に合わせて、弟子たちも唱えはじめた。

「南無妙法蓮華経。南無妙法蓮華経。南無妙法蓮華経……」

次に鳩摩羅什は、観世音菩薩普門品を唱えはじめた。

「善男子《ぜんなんし》。若有無量《にゃくうむりょう》。百千万億衆生《ひゃくせんまんのくしゅじょう》。受諸苦悩《じゅしょくのう》。聞是《もんぜ》観世音菩薩《かんぜおんぼさつ》。一心称名《いっしんしょうみょう》。観世音菩薩《かんぜおんぼさつ》。即時《そくじ》観其音声《かんごおんじょう》。皆得解脱《かいとくげだつ》。若有持是《にゃくうじぜ》。観世音菩薩名者《かんぜおんぼさつみょうしゃ》。設入大火《せつにゅうだいか》。火不能焼《かふのうしょう》。由是菩薩《ゆぜぼさつ》。威神力《いじんりき》故《こ》……」

（百千億の人々がもろもろの苦悩を持っていようと、観世音菩薩の名を聞き、一心にその名をとなえるなら、観世音菩薩はただちにその声を聞いて、人々を苦悩から解き放ってくれよう。この観世音菩薩の名を心の中にたもっているなら、たとえ大火の中に入っても、この菩薩の神通力によって焼かれることはない……）

鳩摩羅什には、姚頭徳への怒りは微塵もなかった。心の中にいたのは、観世音菩薩であった。

「南無観世音菩薩。南無観世音菩薩。南無観世音菩薩……」

弟子たちも一心に唱える。

「南無観世音菩薩。南無観世音菩薩。南無観世音菩薩……」

やがて、弟子たちの心も落ち着いてきた。たとえ体が焼けたとしても、心が焼かれることはないのだ。

この時、姚顕徳は気づいた。鳩摩羅什は虚勢を張っているのではなく、本心から命が惜しくないのだ。これまで、有象無象、様々な者どもと対峙してきたが、これほど肝の据わった人物に出会ったことはなかった。姚顕徳の背筋に寒気が走った。

姚顕徳は握りしめた拳の中に、じっとりと汗をかいていた。

なぜだ。なぜ、鳩摩羅什も弟子たちも、こんなに落ち着いていられるのか。おかしいではないか。鳩摩羅什の運命は、今や、私の手の中にある。それなのに、なぜ、私のほうが動揺しているのだ。私はどうしたらよいのか。誰か教えてくれ。

権勢をほしいままにしてきた、自信に満ちた生涯の中で、姚顕徳は、まったく理解することのできない眼前の光景に茫然としていた。

ああなぜだ。やつらはなぜ、命が惜しくないのだ。

もしかして、これが、仏の道を生きるということなのだろうか……。

今まで私は、権力や名声を得ることに邁進してきた。それが、幸福に至る唯一の道だと信じていたからだ。だが、いつまでたっても、他人への疑いは尽きることはなく、安心して日々を送ることすらままならない。

仏の道を生きる彼らは……先ほど、誰でも仏になれると言っていなかったか。まさか、私も仏になれるのか……いや、そんなわけはない。他人を痛めつけることで自分の意見を通して生きてきた私が、仏になどなれるわけがない。だが、もし……本当に平安な心持ちになれるのだとしたら、それこそが、本物の幸というものではないだろうか……。

じっとりと汗で湿った掌を服になすりつけ、姚顕徳は手を大きく叩いた。

「やめえ。狗を連れていけ」

すぐさま、狗の入った檻は運ばれていった。鳩摩羅什も弟子たちも、何も変わることなく、唱え続けている。

「南無観世音菩薩。南無観世音菩薩。南無観世音菩薩……」

姚顕徳は、悔しさと羨望の入り交じった視線を、鳩摩羅什らに向けた。

狗が運び去られるのを見ていた道影は、感激のあまり、涙を流していた。

これは観世音菩薩の功徳だろうか。それとも鳩摩羅什法師の……。

まわりを見ると、兄弟子たちも鳩摩羅什法師も、平静と変わりなく、観世音菩薩の名を唱え続けていた。自分はまだまだだなと思うと、心に余裕が生まれ、道影は微笑みながら唱えた。

「南無観世音菩薩。南無観世音菩薩。南無観世音菩薩……」

いつのまにか西日が差してきた。姚顗徳も家来たちも屋敷の中に戻っており、鳩摩羅什と弟子たちだけが庭にいて、唱え続けていた。

「さて、そろそろ帰るといたしましょう」

縛《いまし》めを解かれた鳩摩羅什は、弟子たちとともに何事もなかったかのように、姚顗徳邸を後にしたのであった。

弘始十一（四〇九）年、鳩摩羅什は五十九歳になっていた。

雅霜のもとを訪ね、くつろいでいたときのことである。何の前触れもなかったが、鳩摩羅什は自分の胸に激痛が差しこむのを感じた。

「うっ……」

「どうされました」

雅霜が駆けよった。

「胸が、胸が……苦しい……」

「法師様。今、すぐに人を呼びます」

家から出て行こうとする雅霜を、鳩摩羅什は引きとめた。

願い

「ちょっと待ってください」

どうして引きとめるのかと、雅霜はいぶかしんだ。

「もしかしたら、私の命も尽きようとしているのかもしれません。二人でゆっくり話をする機会も、これが最後となるのかもしれないのです。だからどうか、私のそばに来ておくれ」

鳩摩羅什は苦しい胸を押さえながら言った。

「法師様……」

雅霜は両手で顔を覆って泣き出した。

しばらくすると雅霜は涙を拭いて顔を上げた。

「法師様。あなたの教えのとおりに、私は二度と、自分がつまらない人間などとは思いません。あなたが残してくれた妙法蓮華経を携えて、堂々と生きていきますから、どうぞ安心してください。あなたは私の心に灯をともしてくださいました。この灯は一生、消えることはないでしょう。本当にありがとうございました」

雅霜は鳩摩羅什に向かって合掌し、微笑んでみせた。

「ありがとう雅霜。今の言葉を聞いて、私の歩みがこれでよかったのだとわかりました」

鳩摩羅什はとても、安らかな心持ちになった。雅霜は鳩摩羅什の手を取った。

「法師様。もう、私のことはご心配なさらないでください。残された時間、あなたには、他にもお会いにならなければならない方々がいらっしゃるのではないですか」

「雅霜……あなたこそ、思いやりの心を持った、立派なお方です」

鳩摩羅什は嬉しさのあまり、涙があふれ出てきた。

これまで雅霜を救っているつもりでいたが、実のところは、自分が雅霜に救われていたのだ。

それから雅霜は弟子たちを呼び、鳩摩羅什を自宅へ運んでもらう手筈を整えた。自分は再び鳩摩羅什の生きた姿を見ることはないと、わかっていた。

すぐに鳩摩羅什は自宅に運ばれ寝かされた。鳩摩羅什はうっすらと目を開き、傍らに寄り添っている妻に語りかけた。

「おまえ……今まで苦労ばかりかけてしまったね……。望まない結婚を私とさせられ、亀茲国から出るはめにもなり、おまけにここ長安では家に帰らない夜も多く……本当に申し訳ないことばかりだった……。すまなかったね」

妻は心配そうに鳩摩羅什のことを見つめながら、涙まじりに言った。

「法師様。そんなにお話しになったら、お体にさわります。正直に申し上げますと、あなたが家にいらっしゃらない晩は、寂しかった……。でも、よその家へ行くのも、国王様の命令あってのこと。しかたありません。そう私は、自分に言い聞かせてきました。私はあなたを尊敬、お慕い申しておりましたから、一緒にいられて幸せでした。今までありがとうございました」

鳩摩羅什は身を起こし、妻を抱き寄せた。

「ありがとう」

妻は黙って、何度も何度もうなずいた。妻を抱き寄せたままで、鳩摩羅什は眠ってしまった。妻はそっと、鳩摩羅什を寝かせた。

次に目を開けたとき、寝台のまわりには、弟子たちが並んでいた。弟子たちの先頭に立って率いてきた僧叡、姑臧に訪ねてきてからずっと近くにいた才覚あふれる僧肇、筆受者の選抜試験で抜擢された実力者道生、そして、ひとまわり大きく成長した道影らがいた。鳩摩羅什は弟子たち一人一人の顔をじっと見た後に言う。

「あなたたちとは、仏法のおかげで出会うことができました。そのことは、どんなにか、嬉しいことでしょう。ですが私は、あなたがたのためにできることをすべて、やりきったわけではありません。今、この世を去るにあたって、悲しさは言いようがありません。私は愚かですが、翻訳の仕事を授かり、訳出した経典、論書は三百巻あまりとなりました。私が漢訳したものを、どうか、皆さんの力で、後世に伝え広めてほしいというのが、私の最後の願いです」

鳩摩羅什は、これまでの遥かなる旅路に思いを馳せていた。亀茲に生を享け、この長安に至るまでの旅の途上に、どれほど多くの人々の願いが満ちあふれていたことだろうか。

疎勒国の裏通りの片隅に寝ていた、あわれな老婆の願い。

戦によって踏みにじられた祖国亀茲にて、親を殺されて絶望の淵に立っていた少年の願い。

呂光によって国を占領され捕虜となった、亀茲の王女であった、妻の願い。

鳩摩羅什を長安に迎え入れ、「法華経」の改訳を求めた姚興の願い。

亡くなった父の後を継ぎ、隊商の長という立場を引き受け、颯爽とラクダにまたがって旅を続けるジーナの願い。

かつては自分をつまらない人間だと考えていたのにもかかわらず、堂々と生きていくと言いきった雅霜の願い。

仏法を真丹の地に伝えてほしいという、母の願い。それはなんとか、やり遂げることができた。心残りは、今一度、会って話がしたかったということ。

そして、亀茲国の城で、「この月を、私と見たことを覚えていておくれ」と言っていた、父の願い。

罽賓で会った、焦点の定まらない目をして、涎を垂らしていた父は、何を願っていたか。

「苦しみに満ちた衆生を救う立派な僧侶になってほしい」

果たして私は、苦しみから衆生を救えたのだろうか。

私が出会った数々の願いを、この身に背負おうとしてきた。決して背負いきれたわけではないだろう。だが、人々の願いが連綿と続く以上、願いを受け継いでいく者もまた、入れ替わっていけばよいのだ。苦を滅してよりよく生きていこうと修行を続ける者たちにとって、私の訳した経典が、助けになればよい。

願わくば、釈尊の教えに帰依することによって、現世そして後世の苦しむ人々が救われんことを。

釈尊の願い。

すべての生きとし生けるものは、幸せであれ。

鳩摩羅什は合掌して、ゆっくりと口を開いた。

「私がいなくなっても悲しまないでください。すべてのものは去るのです。変わらないものなどないと、皆、よく知っているはずではないですか。どうか、汚泥の中にある、蓮華の花だけを摘みとっておくれ」

鳩摩羅什は床の中で、一人一人の顔を見た。弟子たちと妻の姿が見える。皆、泣いている。

泣くな。私はいつだって、あなたたちとともにいるのだから。

「安爾《あに》　曼爾《まに》　摩禰《まねい》　摩摩禰《ままねい》　旨隷《しれい》　遮梨第《しゃりてい》……」

突然大声で唱えだしたのは、道影だった。妙法蓮華経陀羅尼品第二十六であった。鳩摩羅什は悲しむなと言うが、道影には無理なことであった。だからせめて、魔よけとなる陀羅尼を唱えたのである。

部屋中を震わせる道影の独唱が終わると、鳩摩羅什は道影に語りかけた。

「道影どの。そなたの陀羅尼、私の心に確かに届きましたよ。本当に立派になられた。私は道影どののことを誇らしく思っています。どうぞ、このまま修行を続けてくださいますように。先輩たちからよく学ぶのですよ」

道影は思わず、鳩摩羅什の手を握った。

「法師様、法師様……」

鳩摩羅什は微笑んで、弱々しく手を握り返した。

その手の力がふっと抜けた。穏やかな表情のまま、口元には笑みをたたえたまま、鳩摩羅什は静かに息を引き取った。

弘始十一（四〇九）年八月二十日、鳩摩羅什は長安に没した。五十九年の生涯であった。屍は逍遥園にて荼毘に付された。その煙は細く長くたなびき、どこまでも突き抜けていくような青空の中を、高く高くのぼっていった。

その煙を追いかけるようにして、弟子たちの唱題の声が走る。

「自我《じが》得仏来《とくぶつらい》　所経諸劫数《しょきょうしょこうしゅ》　無量百千万《むりょうひゃくせんまん》　億載阿僧祇《おくさいあそうぎ》……」

その晩は、幼い鳩摩羅什がかつて父と見たような大きな満月がのぼり、輪郭を際立たせるような青白い光を発し、地上のものすべてを包みこんだ。


鳩摩羅什の没後、彼の訳した仏典は、すぐに真丹各地へ伝わっていった。弟子たちはそれぞれに、師の教えを継承し、真丹の人々に仏教を理解させようと尽力した。

雅霜は長安大寺に通っては、僧叡らのもとで修行を続けた。月命日には、鳩摩羅什の墓に、野の花を手向けた。

羅什門下の一人、道影は、十余年、長安にて修行を続けた後、「高句麗へ仏教を伝えに行く」と言い出し、旅立った。真丹へ釈尊の教えを伝えようとした、師鳩摩羅什の思いを携え、さらに東へと向かったのだった。

鳩摩羅什が漢訳した「妙法蓮華経」は、馬の背に揺られ、山脈をおりてきた風に吹かれ、水田の緑の間を抜け、朝鮮半島にもたらされた。さらに時を経て船に乗せられた経典は、荒れ狂う波を乗り越えて、日本に上陸した。

千六百年たった今なお、「妙法蓮華経」は訳されたそのままの形で読み継がれている。鳩摩羅什が生涯を懸けて磨き上げた一字一句が、私たちの手元にあることの驚きと喜びは、日々、新鮮なものである。

※本書は小社発刊の月刊誌『佼成』の連載「羅什　法華経の来た道」
（二〇一〇年一月〜三月・立松和平、二〇一一年四月〜二〇一五年十二月・横松心平）を一冊にまとめたものです。

なお、単行本化に際して著者による加筆および修正を施しました。

参考文献

慧皎『高僧伝（一）～（四）』吉川忠夫・船山徹訳、岩波文庫
立松和平『はじめて読む法華経─白い睡蓮はいかに咲くか』水書坊
横超慧日・諏訪義純『人物　中国の仏教　羅什』大蔵出版
坂本幸男・岩本裕訳注『法華経　上・中・下』岩波文庫
松濤誠廉・長尾雅人・丹治昭義訳『大乗仏典4　法華経Ⅰ』中央公論社
松濤誠廉・丹治昭義・桂紹隆訳『大乗仏典5　法華経Ⅱ』中央公論社
法華経普及会編『真読法華経並開結』平楽寺書店
植木雅俊訳『梵漢和対照・現代語訳　法華経　上・下』岩波書店
庭野日敬『新釈　法華三部経　全10巻』佼成出版社
大角修『〔図説〕法華経大全』学習研究社
ティク・ナット・ハン『法華経の省察─行動の扉をひらく』藤田一照訳、春秋社
山尾三省『法華経の森を歩く』水書坊
野村耀昌『「妙法蓮華経」の生いたち　鳩摩羅什三蔵について』日蓮宗新聞社
SAT 大正新脩大藏經テキストデータベース 2012 版（SAT 2012）http://21dzk.l.u-tokyo.ac.jp/SAT/index.html
中村元訳『ブッダのことば─スッタニパータ─』岩波文庫
中村元『現代語訳　大乗仏典1　「般若経典」』東京書籍

中村元『現代語訳　大乗仏典2　「法華経」』東京書籍
中村元『現代語訳　大乗仏典3　「維摩経」「勝鬘経」』東京書籍
中村元『龍樹』講談社学術文庫
増谷文雄編訳『阿含経典1』ちくま学芸文庫
奈良康明・沖本克己・末木文美士・石井公成・下田正弘編『新アジア仏教史　全15巻』佼成出版社
高崎直道・木村清孝編『シリーズ・東アジア仏教第2巻　仏教の東漸　東アジアの仏教思想Ⅰ』春秋社
任継愈主編『定本中国仏教史Ⅱ』丘山新他訳、柏書房
三﨑良章『五胡十六国―中国史上の民族大移動―新訂版』東方書店
伊藤丈『大智度論による仏教漢文読解法』大蔵出版
船山徹『仏典はどう漢訳されたのか―スートラが経典になるとき』岩波書店
慧立・彦悰『玄奘三蔵』長澤和俊訳、講談社学術文庫
玄奘『中国古典文学大系22　大唐西域記』水谷真成訳、平凡社
長澤和俊『法顕伝　訳注解説―北宋本・南宋本・高麗大蔵経本・石山寺本四種影印とその比較研究―』雄山閣出版

立松和平（たてまつ・わへい）

作家。1947年、栃木県生まれ。早稲田大学政治経済学部卒業。80年『遠雷』で野間文芸新人賞、93年『卵洗い』で坪田譲治文学賞。97年『毒——風聞・田中正造』で毎日出版文化賞を受賞。2007年『道元禅師』で第35回泉鏡花文学賞、08年同作で第5回親鸞賞を受賞。その他多数の著書がある。2010年2月逝去。

横松心平（よこまつ・しんぺい）

作家。1972年、東京都生まれ。北海道大学大学院農学研究科修士課程修了。著書に『札幌はなぜ、日本人が住みたい街NO.1なのか』『ご主人、「立ち会う」なんて、そんな生やさしいものじゃありませんよ。』『振り返れば私が、そして父がいる』（共著）などがある。

鳩摩羅什《くまらじゅう》　法華経《ほけきょう》の来《き》た道《みち》

2017年1月30日　初版第1刷発行
2018年3月15日　初版第3刷発行

著　者　立松和平　横松心平
発行者　水野博文
発行所　株式会社佼成出版社
〒166-8535　東京都杉並区和田2-7-1
電話（03）5385-2317（編集）
（03）5385-2323（販売）
URL http://www.kosei-shuppan.co.jp/
印刷所　小宮山印刷株式会社
製本所　株式会社若林製本工場

◎落丁本・乱丁本はお取り替えいたします。

ISBN978-4-333-02751-4　C0015